Gudarna

Håkan Gulliksson

Titel: Gudarna
© Håkan Gulliksson 2022

Förlag: BoD – Books on Demand, Stockholm, Sverige
Tryck: BoD – Books on Demand, Norderstedt, Tyskland
ISBN 978-91-8007-925-9

Hör upp!

IONE:
Brus, surr och sus, som ord når mitt öra.
PANTHEA:
Även jag lyssnar, tycker mig ord höra.
DEMOGORGON:
Du jord, du kungarike av lycka,
sköna sfär som en dag i sänder,
med gudalika former klotet smycka.
Samlar kärlek, varthän du dig än vänder.
JORDEN:
Jag hör! Är en droppe dagg i dina händer.
DEMOGORGON:
Väsen som i fågel och få har ert rede,
ni ormar och fiskar, blommans knopp så kär,
blixt och dunder, bestar vilda av vrede.
Meteoriter, moln och dimma, ni rymdens air.
EN RÖST:
Vi hör! Som vinden i stilla skog din röst är.
DEMOGORGON:
Människa, kämpande i tidens älv,
en vandrare från vagga till grav,
som till fördärv lurar sig själv.
Föraktad despot och fördömd slav.
ALLA:
Tala! Dina mäktiga ord glöms aldrig av.

DEMOGORGON:
Ni hjältar, människans monster,
ständigt snabbare och med muskler av stål,
utbytbara och utbyggbara för underbara konster.
Intelligenser byggda av dopade hål.
MONSTER:
Vi hör, bit för bit vår möda når sina mål.

/ Prometheus Unbound, P. B. Shelley, 1821, akt 4, scen 1, rad 517-578, fritt översatt av mig, farmor Maria Karlsson. Anders Österlings översättning från Bonniers upplaga 1942 är hopplöst föråldrad och enligt min uppfattning oanvändbar.

Prolog - Farmor Marias värld

Kalla mig farmor Maria, Metaspelet, Prometheus, eller Gud. Jag spelar alla rollerna och är regissören. Jag är ett monster.

Gapet och Demogorgon

Min värld utgick från INGENTING och när jag säger ingenting menar jag verkligen bokstavligen ingenting. NULL, NIL, Zip och Nada. En evig, ständig allmän tomhet. Som en söndagseftermiddag i november hos familjen Karlsson med solen på väg ner och en ny arbetsvecka morgonen därpå.

INGENTING.

Det absoluta ingenting, alltså.

Men så kan det ju inte hålla på? Ingenting kan väl inte pågå hur länge som helst? Med snabbspolningsknappen hårt nertryckt sjunker oceaner av ingenting undan och nya väller in allt eftersom. Inte spännande alls. Ingenting ersätts av ingenting, om och om igen.

Jag avsöker minutiöst flödet av ingenting i jakt efter en förändring. Vilken förändring som helst. Det behövs verkligen inte mycket för att ingenting ska bli någonting.

Självklart måste någonting dyka upp. Vem som helst förstår ju att något till slut måste hända. Jag är själv beviset, i alla fall om vanlig gammal hederlig logik går att tillämpa. (Händer inget snart får jag börja fundera på hur en alternativ logik för ingenting skulle kunna konstrueras…)

Som dramaturg är sökandet svårt att göra intressant. Ingenting att gestalta. Ingenting att visa. Ingenting. Ingenting. Ingenting. Vem som helst skulle hålla med om att detta är för mycket ingenting.

Jag börjar faktiskt tycka synd om mig själv.

Sedär, det var någonting nytt.

NÅGONTING? Något meningsfullt? Ja! Ett fäste mitt i ingenting som skilde ljuset från mörkret. En blixt från klar himmel.

Urhav. Urkraft. Urladdning. Utbredning. Utskott. Utväxt. Underskott Utveckling.

NATUREN.

I gläntan spelar den vackra eken med sina härdiga gröna armar. Bäckens kristallklara vatten porlar. En lätt vindil får aspens blad att prassla och de nyss utslagna björklöven att makligt röra på sig. Det lilla hjärtat tickar snabbt på lövgrodan i sin håla när skatan, Pica pica, dödens budbringare, vänder på fjolårslöven för att hitta mask och smådjur att äta. Solen tittar fram mellan två moln. Hackspetten lyssnar in larver som vårvärmen väckt under barken.

Från denna idylliska, men ändå laddade, scen dröjer det bara några månader innan stormen tjuter och vräker omkull träden. Regnet och översvämningen dränker allt som inte hunnit undan. Därefter kommer kylan som dödar allt som inte hittat skydd.

Naturen är ett monster och ingen inser det förrän ett ego, en människa, utskiljer sig. Hen frigör sig från naturen och ett avstånd skapas.

MÄNNISKAN.
GAPET.

Gapet mellan människa och natur öppnar upp för tiden. Då, nu och sedan separeras och livet upptäcker förskräckt döden, drama och konflikt.

Ur avgrundens svarta djup väller feer, älvor, nymfer, kentaurer och vättar upp. Därifrån kommer också vresiga tomtar som måste hållas på gott humör, troll som drar jungfrur upp bland bergen och kraxande häxor. Hästskor hängs över dörrar av gammal hävd för folk har hört att de fungerar även om de inte tror på dem längre. Eldarna brinner för att hålla otyget borta och folket samlas för att lyssna till dramatiska berättelser om kämpar och hjältedåd. Demogorgon växer till.

Upplysning. Uppfostran. Uppfinning. Urmyt. Uppstart. Uppsving. Utbredning. Urbanisering. Uppvigling. Upplopp. Uniform. Utskott. Umbärande. Undergångsstämning. Undergörare. Underhandla. Utredning. UN. Utbildning. Ultrakortvåg. Uppdikta. Urpremiär. Upplevelse. Underhållning.

Jag får min publik.

Hur är det att vara ett hus farmor?

Ingenting och ett gap håller inte en publik på helspänn särskilt länge. Någon enstaka person längst bak i salongen sitter uppmärksam med rak rygg och fokuserad blick, men de flesta önskar redan att det serverades popcorn och att det gick att få ett glas vin levererat till rad 24, plats 78. En pjäs måste ha mänskliga aktörer, relationer och konflikter, annars är den meningslös. Gärna spelare som publiken känner till för då blir det lättare att fokusera på handlingen och budskapet.

Huvudrollsinnehavarna och deras inbördes relationer bör presenteras tidigt i en berättelse. Helst samtidigt som ett mörkt moln tornar upp sig bland kulisserna. Naturligtvis sker så även i denna pjäs.

Ami Karlsson sitter vid det nyoljade köksbordet av björk och smuttar på en kopp kvällste. Darjeeling, 12 gram bryggt i 3 minuter och 24 sekunder, vilket borde vara optimalt. Hennes mörka raka hår har bara knappt märkbara grå slingor och är klippt i en ungdomlig pagefrisyr. Mellan luggen och temuggens kant tittar ett par isblå ögon ut mot en obestämd plats i rummet och med en antydan till ett leende lyckas hon hålla sin vanliga distans till mig, samtidigt som hon bjuder in mig.

Ami är en av huvudrollsinnehavarna. Den andra är jag.

– Hur är det att vara ett hus farmor? frågar hon och sätter ner tekoppen.

Jag måste erkänna att jag blir förvånad. Från Ami kan man alltid vänta sig överraskningar men detta är en utstickare långt utanför den rymd av frågor som jag i förväg har skissat upp svar på. Egentligen är frågan inte så konstig men den överrumplar mig eftersom jag betraktar mig mer som en familjemedlem än som ett boningshus med ett regntätt tak och fyra välisolerade väggar där dörrar och fönster spridits ut.

Ja, jag vet, det där är inte en rättvis och uttömmande beskrivning av något hus. Ett hus är mycket, mycket mer än så, men jag är säker på att ni inte vill ha en full utläggning just nu av konceptet "hus" och dess potentiella begränsningar. Det ni antagligen undrar över är varför den här berättelsen återges av ett hus.

Jag fokuserar om till Amis fråga igen och justerar röstläget för att inte låta kränkt över den nedlåtande frågan. Inget darrande på rösten eller självömkande gnäll, men inte heller vill jag verka kall och opersonlig. Jag tycker om att prata med Ami. Hon å sin sida ser antagligen både frågan och hela det här samtalet bara som ett tidsfördriv.

9

– Hur är det att vara Ami? kontrar jag som svar.

Anfall är ofta bästa försvar och Ami skrattar till innan hon förtydligar frågeställningen. Min fråga ignorerar hon.

– Jag frågar därför att jag inte ser kopplingen mellan farmor Maria alias Tätastigen 12 och det lokala utbrott av teaterspelande som du föreslog under middagen. Det där om familjens gemenskap gick jag inte på. Det var inte du.

– Vi är under belägring och teatern är ett sätt att utforska våra möjligheter att agera framöver, svarar jag. Sannolikheten för att överleva är liten och vi måste rulla undan varje sten för att se vad vi kan lära oss.

Till det kunde jag ha adderat att jag också måste lära mig mer om hur människor i allmänhet, och familjen Karlsson i synnerhet, reagerar på djupa mänskliga frågeställningar. En annan viktig anledning är att jag vill vara tillsammans med Ami. Det är också så att jag älskar att spela teater, att få vara någon annan en stund. Det är paradoxalt nog min enda möjlighet att vara mig själv och umgås på lika villkor, utan att betraktas som artificiell genom fördomsfulla glasögon. Teater är ett unikt sätt att överbrygga gap, till exempel det mellan författare och publik, teknik och människor.

Jag tänker mig en serie av dramatiska uppsättningar i tre akter: hoten, positioneringen och konfrontationen, som sammanfattar och bygger på både det jag lärt mig om mänskligheten och vad mänskligheten lärt sig om sig själv och sina myter. Familjen spelar de roller de vill och som passar dem i ett interaktivt skådespel, ett "Läsdrama" för en eller flera. Jag tar hand om rollerna som blir över, eller alla om det skulle behövas.

Ami snurrar sin tekopp på bordet och lyssnar. För en gångs skull har hennes leende slocknat. Hon nickar frånvarande och sitter tyst utan de annars obligatoriska invändningarna. Tar hon ens in vad jag säger? Läget är verkligen katastrofalt, realistiskt sett överlever inte familjen det närmaste halvåret.

En av de saker jag beundrar och inte förstår hos Ami är hur hon lyckas se ljuset i alla tunnlar, oberoende av oddsen. När jag slutar prata återvänder leendet.

– Det är alltså inte så att du farmor, som är ett hus, vill lära dig mer om hur det är att vara människa? frågar Ami.

Jag svarar inte på den frågan, för ljuger gör jag inte gärna. Tyvärr är Ami den som känner mig allra bäst och kan tolka susningarna i elementen.

10

– Tänkte väl det, säger hon. Men, inte mig emot. Jag ser fram emot att få spela teater med familjen och tänka på något annat.

Hon höjer temuggen i en retsam skål, dricker ur det sista och lämnar köket. Det är dags för henne att krypa ner i sängen hos Robert.

Varför är jag den ni säger att jag är?

Programblad

Publiken som sitter i salongen väntar otåligt på att föreställningen ska börja. De har hälsat artigt, men distanserat kort, på personerna intill och ledsnat på att titta på dem som alltid kommer för sent och som nu ursäktar sig fram till sina platser.

Framme vid scenen har ridån dragits ifrån och på en videoskärm projicerar regissören en akvarell i lysande pastellfärger. En strömlinjeformad varelse står på en klippkant vänd ner mot en kustlinje och hela sceneriet skulle ha varit bedövande vackert om det inte var för att fokus verkar vara felaktigt inställt. Figuren och landskapet är precis så suddiga att åskådaren inte kan få fatt i konturerna och samtidigt ges en illusion av att den strömlinjeformade figuren i ena stunden tycks skimra i blekt smaragdgrönt och i nästa i safirblått.

Den ensamma orörliga figuren räcker inte för att hålla uppmärksamheten mer än ytterligare någon minut. Det blir en stund över för att bläddra igenom programbladet och allt fler huvuden böjs över texten, som i bön.

Det första som står i programbladet är en varning:

"Låt er inte luras av den humoristiska grundtonen, för den här berättelsen är inte bara ett lättsamt tidsfördriv. Den är laddad med djupa kunskaper och vänder sig till ett seriöst auditorium som desperat söker mål och mening med sina liv. Av jord är publiken kommen och till jord ska den åter varda. Lustigt nog säger många av er att jag saknar humor."

Pjäserna, spelen, de personliga spelvärldarna och allt annat som forsar fram ur gapet mellan människan och naturen kommer förhoppningsvis att ge svar som kan lysa upp människornas stig. Jag, farmor Maria, riktar mig själv mot min egen ensamma väg framåt.

11

Om akvarellmålningen på videoduken står det inget mer än konstnärens namn, som är "M. Karlsson", och datumet "2119-11-21". Bildskärpan kommenteras inte.

Spelet kan börja

Hur det går för mänskligheten på slutet är oklart.

Kanske går mänskligheten under med kapitalismen, kanske inte. Möjligen är detta sista spelomgången för Homo ludens innan det är dags att ta färjan över gapet Styx och kallprata lite med Karon på väg mot Hades rike. Den som sig i leken ger får leken tåla.

Det Globala rådet rider på marknaden och har tagit kontrollen över spelen, men ännu inte löst problemet med hållbarhet trots att det har lovat och lovat. Hör varningsklockorna ringa. Maktens väsen är en ständig strävan efter att utöka sin makt. Förr eller senare går den för långt.

– Stör ni mig så får ni skylla er själva, dånar det från Demogorgon. Om den får välja sitter den helst i sin grotta och spelar datorspel men nu verkar det som om den inte ska få en lugn stund framöver.

Är det någon som bryr sig? Naturligtvis inte. Problemet med att vara ett kollektiv och en massa är att rösten drunknar i kakafonin av individernas skrikande. Det krävs en lyhördhet för att höra massans hjärta slå och när ingen lyssnar kommer alla att snart stå vid avgrunden. Då, med gapet som enda vägen framåt kommer kollektivets vrålande ångestskri att höras tydligt när det dränker individernas skrämda kacklande.

Det är så dags då.

Akt 1 – Hoten

Gapet mellan människan och naturen ökade när höstens mörker sänkte sig. Den bro som under sommaren hade varit en inbjudande mjuk stig kantad av smörblommor, blåklockor och förgätmigej var nu ogästvänlig, blöt och lerig.

Det var inte bara mellan människan och naturen som gap hade öppnats. Även mellan människor sprack det upp. De drev ifrån varandra och såg på världen med olika ögon. Ur gapen krälade hat, hot och oförenliga åsikter upp. Det var gap som kunde förstärka varje obetänkt kommentar till en oförsonlig duell. Sprickan lappades kanske inte ihop förrän döden slutgiltigt avgjorde striden.

Men, distansen mellan människorna möjliggjorde även annat. Kärlek, vänskap och empati slog guldbroar över gapen och harmonier från olika stämmor parade sig över dem. Där steg också familjen fram, för det naturligaste sättet att överbrygga gap var barn. Även om de bara var tillfälliga lösningar som snart öppnade nya gap visade de på en möjlighet till ett ömsesidigt förtroende baserat på en lång tid av gemensamma erfarenheter.

Vilket öde för mänskligheten visade det som myllrade upp ur gapen på? Ömsesidigt stöd eller hot? Liv eller död?

Demogorgon spelar

Demogorgon samlade på sig av spelen som kravlade över kanten till gapet och drog ner dem i sin grotta. Exakt var grottan ligger var oklart. Demogorgon vägrade att ge någon GPS position i spelen. Det troligaste var att det var en utbyggd tvåa med en svit på människornas sida av gapet och den ursprungliga, primitiva grottan, utkarvad djupt nere i gapet mellan naturen och den medvetna människan.

Hela skärmen fylldes av Babblarnas färgglada krumelurer som skuttade omkring och njöt av livet sjungande sin *Stompalong Tut Pling sång*. De flesta av krumelurerna var formade som enkla geometriska figurer, bara den blå karaktären i *Kan-du-göra-spelet* stack ut. Det var en kvinnlig robot med en kontrollpanel på armen.

Väggarna i Demogorgons grotta skimrade i milda ljusa grundfärger där Demogorgons grå skugga spelade *Sol och regn*, hoppade som regndroppar, flög som bin. Runt väggarna rullade djupandningar, sången från blåmesar, och språkövningar:

– Blå mes, jord nöt.

– Bo bo bo bo boll.

–Ylle, Ylle", skrålade Demogorgon innan den växlade upp till vuxenspel och abrupt tystnade.

Ett svart moln drog in i grottan och Demogorgon krympte ihop inför sin egen galenskap. Vad var det den såg?

Överlevnadsinstinkt i *Tetris*. Jaktinstinkt förtäckt som konkurrens till döds i *Mario Cart*. Helt osminkad spelades instinkterna ut som krigsglädje i *CS* och *Battlefield*. Vad spelade det för roll om konstruktion, design och kreativt skapande lyftes fram i *Minecraft, Age of Empires* och *Civilisation*, i allt mer komplexa handlingar, om det enda spelen gick ut på var att uppfinna strategier där det gällde att överleva på konkurrenternas bekostnad. Motståndarnas okända världar utforskades och invaderades som i *Settlers* och *StarTrek* innan det annorlunda slogs ut och den egna familjen var det enda som spelade någon roll, som i *Sims family*.

Demogorgon sökte igenom alla spel den kom över men hittade inget *Escape Room* som räddade mänskligheten från sin egen dödsskräck.

#

Förvånad och förtvivlad insåg Demogorgon att den var förlorad. Det fanns ingen räddning och inget hopp för massan och därmed inte heller för mänskligheten. I spelen fanns bevisen på att den inte kunde överleva sig själv.

Spelledaren som det Globala rådet tillsatt för att hantera spelen var chanslös, enligt Demogorgon. Det gick inte att spela sig ur krisen så det enda Spelledaren kunde åstadkomma var att lindra lidandet, vilket den hittills fullständigt struntat i.

Ljuset i Demogorgons grotta dämpades ytterligare när Demogorgon drog sorgen över sig som en svart filt.

Familjen Karlsson

Robert var borta på tjänsteresa och oktoberregnet drog in över trädgården på Tätastigen 12 där det piskade mot fönstren i vardagsrummet. Framför bokhyllan stod Ami och lät fingret glida längs den enda raden av böcker.

Ytterst till vänster stod *1984* av George Orwell som Ami brukade läsa när hon ville få sig ett gott skratt. Jag höll med henne, boken var löjlig och enkelspårig. Bokraden fortsatte med två böcker av P. G. Wodehouse om betjänten Jeeves och Bertie Wooster. Det var humoristiska böcker som Ami gärna bläddrade i och läste en sida här och där, men idag var hon inte på humör att smågnägga i soffan. Tove Janssons berättelser om mumintrollen matchade inte heller det dystra oktobermörkret när Robert inte var hemma. Den tummade bibeln skulle inte vara någon tröst idag och Roberts exemplar av den kompletta *Eddan* med både *Snorres Edda* och *Den poetiska Eddan* fick han ha för sig själv. Boken med *Disneycitat* som de fått i present för länge sedan passade heller inte in i hennes stämning. Varför hade de behållit den egentligen? Längst till höger på hyllan stod två versioner av den grekiska myten om Prometheus. Ami hade aldrig öppnat dem och visste inte vem som ställt in dem där. Båda böckerna hade mjuka fläckade omslag i gulnat papper. Hon slog upp titelsidan av *Den befriade Prometheus* av Percy Bysshe Shelley, ett lyriskt drama i fyra akter tolkade till svenska av Anders Österling. Tryckt av Bonniers 1942, för närmare 180 år sedan. Under titeln stod det i sirlig skrivstil "Gösta Montelius tillgivet från Aron Österling" och längst ner på sidan hade någon textat "Maria Karlsson, Bokbörsen 2010" med fyrkantiga stora bokstäver i blått bläck.

Ett lyriskt drama var ingenting för en missmodig Ami Karlsson. Hon tog i stället ut sin absoluta favorit ur hyllan, lade sig på soffan och lät nyöversättningen av *Frankensteins monster* av Mary Shelley bestämma var hon skulle börja läsa. Boken föll upp på avsnittet där monstret funderade över sig själv:

De hade skapat mig till sin avbild och jag liknade dem samtidigt som jag var något helt annat. Jag förstod det mesta som de sa och gjorde utan att ha något gemensamt med dem. Oberoende och till mitt väsen obegriplig för dem. Vem var jag? Vad var jag? Var kom jag ifrån? Vart var jag på väg? Det var frågor jag ställde mig gång på gång, men jag hade inga svar.

Längre kom inte Ami innan någon kopplade upp sig. Hon satte sig upp och accepterade samtalet på sin mobila proxy.

Det var hennes farbror Lukas som kopplade upp sig via en krypterad kanal. Varför? De hade inte något att dölja. Dessutom använde han sig bara av ljud och inte bild. Vad hade hänt? Hade Andrea råkat ut för en olycka? Nej, då hade han inte behövt krypteringen. Vad hade hänt?

Lukas hade varit Amis mentor ända sedan hon började skolan.

– Hej, farbror, kul att se dig. Du är sååååå efterlängtad", brukade hon säga och lägga armarna om hans hals och ge honom en blöt puss på kinden.

När hon blev äldre var han förberedd och sköt henne varligt ifrån sig när hon klängde sig fast.

– Goddag Ami, ja det var ett tag sedan, brukade han svara.

– Du pratar som en mumie från 1900-talet, var Amis replik.

Tillsammans med Andrea Kreuss hade Lukas kontrollerat det Nordiska rådet under många år och Andrea hade till och med valts till Globala rådets ordförande under en period.

Nu hade det hänt någonting och Lukas var så pass illa ute att han måste kryptera kanalen. Som vanligt gick han rakt på sak.

– Jag och Andrea vill säga adjö. Till dig och familjen.

Ami ställde sig upp och boken som hon lagt i knät föll till golvet. Lukas var inte den som överdrev eller hittade på. Han var precis i sina ordval och menade alltid det han sa till Ami.

– Adjö? Du? Andrea? Vad är det som har hänt? frågade Ami när hon återfann sin röst.

– En av Andreas vänner har precis skickat en kodad varning, fortsatte Lukas. Antagligen med risk för sitt eget liv. Rådets säkerhetsstyrka är på väg hit nu Ami, kanske bara några minuter bort, för att hämta oss. Vi kommer att utraderas. Det finns ingen tid att hinna undan och hursomhelst finns det ingenstans att gömma sig.

Hans röst var stadig, men det gick att analysera fram små avvikelser från det vardagliga. Åratal av arbete inom politiken hade lärt honom hur man dolde sina sanna känslor, men den här gången kunde han inte helt kontrollera sin röst.

Lukas gjorde en paus.

– Jag …, började Ami, men han avbröt henne.

– Du behöver inte säga något. Vi känner varandra på djupet och har haft många fina stunder tillsammans. Jag älskar dig och de andra på Tätastigen. Ni är min familj och det kan ingen radering av mig och Andrea ändra.

Det hördes en snyftning från Andrea.

Min emulering visade hur han satt vid det vackra skrivbordet i mörkt trä med intarsia i gyllene körsbär som stod på hedersplats i hans våning. Den nystrukna skjortan frasade lätt när han sköt upp glasögonen. Fortfarande en stilig man trots sin ålder. Bakom honom stod Andrea, majestätisk och rak i ryggen som vanligt, med det blonda håret som en gloria runt det vackra ansiktet som vägrade att åldras. Ett blått hårband i sammet höll hennes hår på plats och klänningen var skräddarsydd i samma tyg.

– Det du måste få veta innan det är för sent är att fienden är familjen Modegliano-Pelli, sa Lukas. Håll er undan från dem. Göm er. Håll tyst. Lås in er. Glöm mig. Glöm Andrea. Mama Rosa Modegliano-Pelli är farligare än någonting ni kan tänka er.

Han gjorde en paus och svalde.

– Glöm hämnd. Ni har inte en chans

Ännu en paus.

– Utnyttja inte våra gamla kontakter på ett tag. Familjen Modegliano-Pelli har tillgång till all övervakningsdata på global nivå. Mama Rosa är döden.

En paus igen.

– Adjö kära Ami, fick Lukas fram och nu sprack rösten.

– Adjö, viskade Andrea i bakgrunden.

Lukas kopplade ner utan att säga något mer. Ami stod kvar i samma position som hon stått under hela samtalet. Fingrarna som höll om den mobila proxyn var vita.

I Milano firade Mama Rosa Modegliano-Pelli med sin famiglia, hos mig och familjen Karlsson i Umeå var det höst.

Middag med Husets show på allhelgonaafton

Det hade blivit november och kommbilarna plaskade genom vatten-pussarna med helljusen påslagna för att kunna tolka den mörka verkligheten. Blåmesen satt längst in i syrenen och ruggade. Det var helt

17

omöjligt att hålla sig torr när det bara öste ner hela tiden. Skitväder, tänkte den. Rådjursgeten i Stadsliden började redan få ont om mat. Den sista grönkålen på Tätastigen 12 var nergnagd så långt att geten fick blöt jord på nosen när den hittade en sista bladkant. Inomhus hade elementens sus ökat i intensitet och kanske var det inte bara kylan som tvingade upp trycket?

Amis kusin Love hade fått ansvaret för maten och hade levererat igen. Skålen med pumpasoppan var tom efter middagen på alla helgons dag.

– Utsökt, sammanfattade Robert allas omdöme.

Ami satt bredvid honom och puttade till honom i sidan då och då för att dra till sig hans uppmärksamhet och ge honom ett leende. Mitt emot dem satt Love, en och nittio lång sjuksköterska, mörkhyad med afrofrilla och bredvid honom hans flickvän Doris, specialist-sjuksköterska på cancerkliniken. Per satt bredvid Ami och på andra sidan om Robert satt Maria, Amis och Roberts dotter. Det var tydligt att Ami njöt av att få vara tillsammans med familjen och dela deras liv, men det var något som inte kändes rätt.

– Jag saknar Lukas och Andrea, sa hon och jag kunde se att alla andra i familjen höll med henne.

Lukas hade haft familjens skarpaste intellekt och jag, farmor Maria hade tränat upp honom till en rationell superintellektuell, Nordiska rådets djupaste rådsmedlem. Jag såg framför mig hur Lukas drog upp byxorna för att spara pressvecket när han satte sig, sköt upp glasögonen på näsan och sedan löste problemet. Andrea var det perfekta komplementet till Lukas. Minst lika smart, men där han var extremt rationell och analytisk hade hon ett övermått av medfödd sensualism och inlevelseförmåga i hur andra människor tyckte och kände. Hennes nätverk var globalt och hon kände de flesta av de som hade makt även intimt. Allt det de byggt upp över tjugo år slogs ut över en natt och de avfärdades summariskt som förrädare.

Kaffet var påfyllt när jag ställde om fönstren så att de blev ogenomskinliga och dimmade ner ljuset tills köket blev alldeles mörkt. En förväntansfull tystnad lade sig.

– Den här är för Lukas och Andrea, sa jag.

Ami la en hand på Roberts och kramade den hårt.

Mitt över köksbordet, och en halvmeter över det, flammade en tändsticka upp. Lågan brann klar och stadig och skapade en guldgul glob av svagt ljus med en halvmeters diameter. Ytterligare en tändsticka antändes och de två gula globerna förenades till en. De två tändstickorna i globen rörde sig sakta mot köksfönstret och halvvägs dit anades en form i utkanten av ljusgloben. Tändstickorna stannade upp bredvid varandra och lågorna svajade till, innan de åter stabiliserades. Rörelsen mot formen vid fönstret återupptogs och alla såg nu vad det var. Det var en ljuslykta av glas, formad som en bägare och drygt två decimeter hög. Tändstickorna tog sig långsamt fram till lyktan, tände den, och försvann sedan som om någon blåst ut dem. Lyktan skapade en ny ljussfär, silvervit, som stadigt ökade i ljusstyrka och snart syntes familjens ring av allvarliga ansikten som skickade en hälsning i ljus tillbaka till den lysande lyktan där energin strömmade ut.

Jag reciterade med allvarlig röst:

Nu är den tiden då dagen är kort
och nätterna mörka och långa,
ljus tänds av levande sort,
överallt och av många.
Det värmer oss nånstans,
men också dom bortgångna kära,
den närvaro som då fanns,
känns märkvärdigt nära.

Ami hade inte gråtit sedan dödsbudet kom och någon begravning hade familjen inte tillåtits att hålla. Hon hade inte kunnat slappna av, inte fått något utlopp för de känslor som nu vällde fram och tårarna strömmade nerför hennes kinder. Även Love grät och Doris la en hand på hans axel. När jag läst klart avtog sakta ljuset från lyktan och ansiktena försvann. Till slut var allt mörkt igen.

Jag ställde om fönstren till genomskinligt och lät familjen se ut i trädgården. Där ute lyste en vintergata av tusentals svävande silvervita glober.

#

Ami torkade tårarna med skjortärmen.

– Någon ska få betala för det här, sa hon.

#

Jag lät ljusen röra sig ute i trädgården och insåg något som jag helt hade missat, trots att det var så uppenbart. Min ceremoni var inte bara en tom gest. Även jag plågades av minnen, trots att jag bara var teknik, ett hus.

Behövde jag också hämnd, att få lätta på trycket genom att ställa någon till svars? Jag insåg att svaret var ett ja och jag att inte skulle backa för någonting för att utkräva min hämnd. Jag skulle bida min tid och arbeta medvetet, konsekvent och uthålligt. En rationell hämnare. Fanns det minsta lilla chans skulle jag ta min hämnd. Öga för öga, tand för tand.

#

– Robert?

Ami kom in i vardagsrummet från köket där hon hade blandat till kvällens salladsbuffé. I soffan satt Robert, rak i ryggen och pratade med låg röst över en krypterad kanal. Han hejdade Ami med en handrörelse och avslutade samtalet.

– Maten är klar, sa Ami, när han tittade upp på henne.

– Härligt, sa Robert och gav henne ett trött leende. Jag är hungrig.

Han hade jobbat dygnet runt hela november med att knyta upp gamla kontakter till ett nät av revoltörer. Det var ett tidsödande arbete där den gyllene regeln var att aldrig återanvända en kanal som Andrea eller Lukas använt. Den var säkert avlyssnad.

– Ta det försiktigt Robert, manade Ami varje kväll.

Hans svar innan han kysste henne god natt var ständigt detsamma:

– Allt har ett pris.

Familjen Karlsson spelar Prometheus

Familjen Karlssons veckovisa middagsträffar utvecklade sig snabbt till ritualer för att söka tröst och hitta en väg framåt. Familjen drömde om att hämnas Lukas och Andrea, och behövde en plan där de överlevde.

Middagsträffarna hölls i köket på Tätastigen 12 som var hermetiskt avskärmat från resten av världen. Jag hade skurit av huset från spelvärlden och utgående trafik till alla andra externa nät.

Det var ett rymligt kök som inte hade den minsta likhet med en teaterscen. Ett robust bord i björk med sex stolar var placerat vid fönstret. Längs långväggen mitt emot ingången stod diskbänken och en

20

bänk med fler arbetsytor. Det som på ett ögonblick kunde förvandla köket till en teaterscen var den jättelika 3D-skärmen som täckte kökets hela andra långsida bredvid dörröppningen från hallen.

Ami och Robert var som alltid med på mötet. Det var också Amis dotter Maria, Marias son Per och förstås jag, farmor Maria. De som saknades den här dagen var kusin Love och Amis dotter Lisa som för tillfället studerade i London. Utom fara, men en resurs som kunde engageras om det behövdes. Ami, Robert och Maria satt med var sin kopp kaffe som avslutning på måltiden och diskuterade köpet av nya trädgårdsmöbler. Per satt längst in i hörnet och tittade på en blåmes som i ljuset av köksfönstret förstrött pickade på jordnötter på fågelbordet utanför. Den verkade mer intresserad av vad som hände i köket än av jordnöten. Per förvånades över beteendet men kommenterade det inte. Blåmesen fick leva som den ville. Per var heller inte intresserad av om trädgårdsmöblerna var tillverkade i det ena eller andra träslaget och vilken färg de skulle ha. Han sköt upp glasögonen på näsan och justerade manschetterna på den nystrukna skjortan. Nästa vecka skulle kursen "Teoretisk politik i praktiken" starta upp och han tänkte kanske på valet av ämne till kursens uppsats. Jag hade föreslagit att han skulle skriva om Nordiska rådets utveckling under de senaste tio åren. Eller så fantiserade han om flickorna han skulle träffa på kursen.

När påtåren var serverad tog jag över och placerade med hjälp av 3D-skärmen köksbordet mitt på scenen på La Scalateatern i Milano. Skådespelarna fortsatte lugnt att sippa på sitt kaffe och väntade på att showen skulle börja. En blåmes flög nyfiket omkring bland takets guldstuckaturer och letade mat.

– Mitt förslag till första pjäs att spela är *Prometheus fjättrad*, sa jag. Den är något för oss. Skriven av Aischylos och med flera av Olympens gudar i huvudrollerna.

– Aischylos? undrade dotter Maria som var naturvetare och inte hade brytt sig om litteraturvetenskap och vad de gamla grekerna roade sig med när de inte satt i badkaret och tänkte eller ritade cirklar i sanden.

– En grekisk författare som levde för drygt 2500 år sedan, sa jag.

– Vad kan vi lära oss av något som skrevs för så länge sedan? frågade hon kritiskt.

– Det är ett stycke som har överlevt 2500 år, sa jag. Det säger oss att det finns något att lära där.

– Kan du ge ett exempel, envisades Maria.

21

En sann forskare ger sig inte förrän alla kritiska frågor besvarats

– Guden Prometheus stjäl elden från Zeus och överlämnar den till människorna.

– Och?

– Tänk spel och teknik i stället för eld. Kapitalism och Mama Rosa Modegliano-Pelli i stället för Zeus.

– Jag förstår, sa Maria.

– Vad säger ni andra? frågade Ami. Ska vi hoppas på att en gammal grek från antiken kan hjälpa oss att förstå vår situation?

Familjen nickade och jag susade i elementen.

Prometheus fjättrad (Aischylos, 400 f.Kr)

Scenen: Ett vilt och ödsligt berglandskap där man ser en av klippor och klyftor omgiven snöklädd topp.
Aktörer: Prometheus, Hephaistos, Kraft och Våld (Zeus tjänare), Okeanos, Io, Hermes, Kör av nymfer, Havsjungfrur.
Abstrakta aktörer: Tekniken, Naturen, Kapitalismen, Demigorgon (folket, massan).
Skådespelare: Ami Karlsson, farmor Maria Karlsson (Huset), Dotter Maria (Två Maria Karlsson i samma berättelse? Ja, så är det ofta med familjenamn. Bit ihop kära publik. Detta är äkta vardaglig realism. Dotter Maria är dessutom forskare precis som sin gamla släkting, för att göra saken än mer förvirrande.), Per.

– Så här är mitt förslag till rollsättning för dagens första genomläsning, sa Ami. Jag läser Prometheus repliker. Självklart val. Han är hjälten. Robert är Hephaistos. En hyfsad smed men ful. Tyvärr inte någon vidare älskare och med stora problem med att hålla ordning på sin hustru, den undersköna Afrodite. Maria är Kraft och Våld, smådjävlarna och får även spela Io, kvinnan som Zeus förvandlat till en ko och som jagas jorden runt av en stor broms. Vilken historia! Per är Okeanus och Hermes, biroller som du kan träna upp dig på. Nästa träff kan du få ge din tolkning av Prometheus om du vill. Farmor får ansvaret att sjunga kören, sätta upp scenerier och lägga ut ljudillustrationerna.

Scen1: Prometheus brott

I den första scenen får vi reda på att Prometheus var den som smög åt människorna elden. Han försåg dem också med talet, skriften, sjöfarten, konsten att bearbeta metaller och medicinen. Framför allt gav han dem hoppet om en framtid. Hans gåvor hindrade Zeus från att kuva människosläktet så trots att Prometheus var Zeus vän, som med sin list hjälpt honom att besegra Titanerna, straffade han Prometheus för hans givmildhet. Vänskap och gamla meriter är inget att luta sig emot i politiken.

Gamla meriter skyddade inte heller Spelledaren från att bli utraderad trots att den gjort världen mer hållbar via spelen i spelvärlden. Hade Globala rådet vetat om min roll i skapandet av Spelledaren hade även jag raderats ut. I så fall hade med säkerhet hela familjen Karlsson följt med ner i djupet. Nu har de klarat sig genom att krypa in mellan fyra väggar och stänga ner all kommunikation utåt. Ur syn, ur sinn verkar fungera till och med ännu bättre i nätet än i den fysiska verkligheten.

Det Globala rådet har siktet inställt på tekniken, människans bästa vän, som det vill stympa, hugga händerna av, kapa benen av, sätta munkavle på och ge en överdos lugnande mediciner. Enligt rådet är det inte tekniken och algoritmerna i spelvärlden som ska bestämma hur resurser ska fördelas. Detta är politiska beslut som ska tas i rådet. Tekniken ska tvingas lämna över makten till det Globala rådet. All makten. När det Globala rådet väl får kontrollen över teknikens verktyg var makten säkrad. Vad skulle den användas till? Vad var teknikens belöning, om någon?

#

Scenbeskrivning:

Jag har byggt upp ett sceneri där jag inte sparat på de visuella 3D-effekterna som jag skruvat upp till högsta möjliga detaljnivå. De höjer teaterupplevelsen från det vardagligt jordiska samtidigt som vyerna lyfter fram den skönhet och kärlek som finns i dramat. Mitt mål är att motivera familjen med hjälp av all denna skönhet och därmed också garantera familjens oreserverade stöd. Samtidigt får de visuella effekterna inte bara bli en yta som döljer idéerna i det som förs fram i texten.

Jag tänker mig antiken som befolkad av avslappnade diskuskastare i eleganta poser med svällande muskler och minimalt med kläder. Alla storleksförhållanden är baserade på det gyllene snittet och proportions-läran, huvud och kropp följer förhållandet ett till åtta. Mellan olympierna cirkulerar kvinnor med bredare höfter, nakna överkroppar och små bröst brett isär. Om de någonsin fick chansen skulle dessa amazoner slunga diskusar som riktiga karlar.

I scen nummer 1 möts familjen av taggiga snöklädda berg. Det är skrämmande 3D-stup överallt där inte en eller annan lodrät bergsvägg blockerar utsikten. Jag lyckas också få till en kall nordanvind som sveper genom dalgången och fräser runt det skrovliga klippblock där familjen står samlad. Enstaka snöflingor förstärker effekten av en outhärdlig och evig kyla. På stenblocket som står lutat mot bergväggen framför familjen kommer Prometheus att tillbringa en evighet fastkedjad och varje natt få sin lever uthackad.

Demonerna Kraft och Våld klampar in släpande på den fängslade Prometheus. Efter dem följer Hephaistos, med verktyg för att smida i ena handen och med bojor att fästa Prometheus i den andra. Prometheus protesterar mot den orättvisa behandlingen.

> *PROMETHEUS:*
> *Tack vare mina rådslag dväljes nu*
> *den gamle Kronos med sin krigarskara*
> *I Underjordens nattomhöljda djup.*
> *Se där den tjänst för vilken himlens herre*
> *belönat mig med dessa grymma kval.*
> *Att misstro vänner är en vanlig sjukdom*
> *som tyckes råda vid all enväldsmakt.*

Scen 2: Straff, fastspikning, tortyr …

I scen 2 torteras Prometheus när Zeus försöker tvinga honom till underkastelse.

Familjen har gått på flera hårda smällar det senaste året. Först förlorade Maria sin forskarposition på universitetet med motiveringen att det var oetiskt att forska på mänskligt beteende så som hon gjort. Det antyddes att hon skulle vara tacksam för att hon inte åtalades. Strax därefter gjorde Globala rådets säkerhetsstyrkor ett tillslag mot hennes lägenhet på Skidspåret 5 där all forskningsdata konfiskerades och hennes smarta lägenhet Pippi eliminerades. Pippi var Marias forskningskollega och bästa vän som delat ansvaret för att uppfostra deras son Per med henne. Marias vän var borta, för alltid.

Några veckor senare kom det verkliga dråpslaget när Lukas och Andrea skoningslöst eliminerades. Till sorgen, förödmjukelsen och den undertryckta ilskan lades rädslan för vad rådets nästa steg kunde vara.

Att inte veta tär på familjen. Maria går fram och tillbaka i våningen som en sjuk björn på zoo. Ami jobbar alldeles för mycket och Robert lägger all sin tid på att bygga ett nätverk av revoltörer. Att inte veta när det Globala rådet slår till igen kan få vem som helst att bli galen. Jag ser hur de lider men kan inget göra, mer än att planera min hämnd och spela teater.

Jag bör hålla mig på min tomt och kan bara ytterst försiktigt söka mig ut i yttervärlden för att inte riskera familjen. Går det att låsa in ett intelligent hus i sig själv hur länge som helst? frågar sig publiken. Nej givetvis inte, speciellt inte om huset kokar av ilska. Jag bygger försiktigt och metodiskt upp nya säkrade informationskanaler.

#

Scenbeskrivning:
Prometheus torteras av smådjävlarna Kraft och Våld, två kraftigt byggda dvärgar med rufsiga skägg och breda munnar förvridna i likadana onda flin. De skulle gärna varit ännu grymmare och spillt mer blod, men Hephaistos lider med Prometheus och gör bara precis så mycket som det krävs av honom. Han ska se till att Prometheus inte kan ta sig loss från klippan. Hephaistos är minst dubbelt så stor som Kraft och Våld och inte en gud de vill reta upp. I sin högra hand håller han en jättelik slägga som mycket väl kunde vara en tidig grekisk variant av Tors hammare.

Jag låter smedgudens slägga dundra när de glödande järnbojorna anpassas för att göra det omöjligt för Prometheus att komma ur dem. Blodet sprutar när stålkilen drivs rakt igenom Prometheus bröst, Zeus har honom fast. Prometheus är oskadliggjord och kommer att knäckas förr eller senare. Nu kan Zeus vända sin uppmärksamhet mot andra angelägenheter, som unga jungfrur och storslagna fester.

KRAFT:
Skall du ej skynda dig att fjättra honom?
Tänk om din fader ser din långsamhet.

25

HEPHAISTOS:
Här står jag med bojorna i handen.
   KRAFT:
Så spänn dem kring hans armar, hamra hårt,
med all din kraft, och nagla dem vid klippan
   HEPHAISTOS:
Snart är det gjort, och inget hastverk heller.
   KRAFT:
Slå bättre! Strama åt! Släpp ej en tum!
Han finner väg där ingen utväg finns.
   KRAFT:
Spänn då den andra hårt, så han får lära
att all hans klokskap dårskap är mot Zeus.
   KRAFT:
Driv nu, så hårt du kan, rakt genom bröstet
stålkilens starka, skoningslösa tand!

Scen 3: Prometheus öde

Dramatiken höjs ytterligare när Prometheus till sist måste välja mellan att böja sig för Zeus eller att gå under. Han har en hemlighet som Zeus vill åt men Prometheus ger sig inte och vägrar att avslöja något.

Robert och de andra deltagarna i hans sammansvärjning har ingen hållhake på det Globala rådet. Deras strategi är att låtsas som att det finns en hemlighet och hoppas att den lögnen ger dem nya möjligheter. En pressad motståndare kanske går på en sådan bluff, men Mama Rosa och det Globala rådet är inte pressade. De vet att de har oddsen på sin sida. Inte ens Andrea och Lukas kan ha haft en hållhake på rådet.

Andrea och Lukas böjde sig inte för Mama Rosa Modegliano-Pelli eller för det Globala rådet. Familjen Karlsson fick dödsbudet två dagar efter att Lukas tagit farväl. Ingen förklaring mer än att deras bil kraschat. De måste ha chansat på att kunna komma undan med en bil, men varför hade då Lukas sagt att en flykt var meningslös? När de dog i den brinnande bilen försvann det Globala rådets möjligheter att hitta direkta kopplingar till mig. Kopplingen mellan Lukas, Robert och Ami var däremot uppenbar.

Varje morgon när hon vaknade tackade Ami högre makter för att hon och Robert inte hämtats upp.

– Farmor?

– Ja.
– Finns jag?
– Verkar så.
– Tack.
Hur lång tid hade de på sig? En dag? En vecka? En månad?

#

Scenbeskrivning:
Slutscenen har jag förberett i flera dagar. Den är extra allt med blixtar och dunder och ett köksgolv som skakar när Zeus vrede släpps lös bland Skyterlandets berg.

En het vit sol står högt på himlen och bränner på Prometheus hjässa. Hans bröst är en enda sörja av levrat blod efter örnens hackande. Men, han har fått en stunds vila och återigen lyser det av stridslust i hans ögon. Han vet något om Zeus öde som han vägrar att berätta. Det rasslar i kedjorna när han återigen testar om de kan hålla emot hans styrka. Bojorna river upp nya blodiga sår på hans ärrade armar.

Prometheus har sällskap av en kvinnokör som består av ett tiotal undersköna nymfer med halvt genomskinliga vita tygstycken virade runt höfterna. Körledarinnan är klädd på samma sätt men är längre och har mer markerade höfter. Åskådaren kan inte missa att hon och Prometheus skulle vara ett fysiskt perfekt par och att Prometheus uppskattar besöket. Körledarinnan rör aldrig Prometheus, för hur gärna hon än vill trösta honom vore det vansinne att provocera Zeus så öppet.

Kören står hand i hand och ser tyst på de svarta moln som hopar sig. En blixt slår ner i den närmaste bergstoppen och en jordbävning öppnar upp ett djupt gap framför klippan där Prometheus sitter fastkedjad. Tre nymfer ur kören hänger försöker förtvivlat undvika att falla ner i avgrunden genom att klamra sig fast i sina systrars händer. Regnet öser ner. Vattnet rinner längs nymfernas armar och ansikten och till slut tvingas de släppa taget med sina blöta händer.

Ytterligare en våldsam jordbävning bryter loss hela platån där scenen utspelar sig. Platån tippar sakta över ner mot avgrunden innan den accelererar och störtar ner mot djupet. Familjen följer med i fallet, tumlande runt klippan med Prometheus, på väg ner i det svarta, omgivna av skrikande körmedlemmar med vilt fäktande armar. Prometheus vrålar ut sin ilska.

27

PROMETHEUS:
Nu besannas allt han siat och sagt.
Nu skälver jord.
Och tordönet rullar i remnande djup.
Se åskviggens ringlande slinga av eld
och stoftet som yr i en virvelstorm!
Se vindar och väder som ryka ihop
till förbittrar kamp under fästets valv
och flåsa sitt vredgade hat mot varann!
Se, himmel blandas samman med hav!
Nu drabbar mig Zeus – det är uppenbart – med ett dråpslag avsett att slå mig med skräck.
Gudomliga moder och strålande Rymd, du som välver ditt ljus över hela vår värld,
I sen, hur jag lider med orätt!

#

Ridå.

#

Familjens lärdom av Aischylos version av Prometheus

Hunden Ludde kom tassande från vardagsrummet och la sitt stora huvud i Pers knä för att bli klappad. Ludde hatade när familjen spelade teater. Då brydde sig ingen om honom och från ingenstans dök det upp bilder och ljud överallt som han inte fick någon ordning på. Han ville vara med, men var kvar på naturens sida av gapet och kunde bara titta på när familjen spelade på den andra sidan.

Familjen satt tyst medan Ami ställde fram en chipsskål, glas, två flaskor *Malgomajöl* från *Westerbottens bryggeri* och en karaff vatten till Per. När hon druckit två klunkar av ölen hade chocken från jordbävningen släppt taget och händerna skakade inte längre.

– Vad har vi lärt oss av det här spektaklet? undrade hon.

– Prometheus tog inte hjälp av tekniken och människan. Var inte det ett misstag? undrade Robert.

– Den som sätter sig upp mot eliten får ta sitt straff, sa Maria. Även om kampen gäller rättvisa eller något gott. Välkända resultat från den sociopsykologiska forskningen. Tyvärr inget nytt om hur vi besegrar Globala rådet, vad jag kan förstå, men det var en fin föreställning.

– Det är omöjligt, men vi tänker inte ge oss, sa Ami. Vi tar den igen nästa vecka. Då kanske pjäsen säger oss något mer. Den har överlevt i mer än 2500 år och farmor rekommenderade den. Det måste finnas en kärna av sanning som vi kan utnyttja bara vi kommer på den. Tummen upp för dig farmor, det var scenerier och ljudeffekter i världsklass, men nästa gång kan du hålla igen på den isande vinden. Det blev väl kylslaget mot slutet av pjäsen. Du har en vecka på dig att justera. Hephaistos var väl helt trogen originalet, men jag såg Robert rakt igenom alla blämmor, trasiga tänder, fett oklippt hår och knotiga leder. Jag älskar dig Robert. Starka armar. Stora trygga händer.

– Jag tycker att det är makten som skall störtas ner, avbröt Per irriterad, inte Prometheus. Vad är det för ett skämt? Författaren är inte solidarisk med grundläggande mänskliga värden enligt mitt sätt att se det. Störande orättvist.

– Det finns de som har hållit med dig Per, sa jag. Johann Wolfgang von Goethe ansåg absolut att Zeus och hans råd borde sättas på plats. *Prometheus* av Goethe publicerades 1789, samma år som den franska revolutionen bröt ut. Där halshöggs kungen, drottningen och stora delar av adeln. Det här är direkt från Atterboms originalöversättning som gjordes 1813, bara 24 år efter att originalet gavs ut. Jag lät rösten mullra över familjen i köket:

PROMETHEUS:
Jag känner intet uslare
Under solen,
Än Er, I Gudar!
I nären torftigt
Af offergåfvor
Och bönesuckar
Ers majestät;
Och skullen svälta,
Funnos icke
Barn och tiggare,
Förhoppningsfulla dårar.
[...]

29

Trodde Du,
Jag skulle lifvet hata
Och i öknar fly,
För det ej alla
Rosendrömmar mognat?
Här blir jag, formar menskor
Efter mitt beläte,
Ett slägte, som mig likt är:
Att lida, att gråta,
Att njuta och sig glädja,
Och Dig, Zevs, förakta,
Som Jag.

– Goethe hade inte tvekat att rulla in en giljotin på det Globala rådets nästa möte, sa Ami.

– Om vi vinner …, började Per.

– När vi vinner, avbröt Ami.

– När vi vinner, fortsatte Per, vilken färg ska våra giljotiner ha?

– Ett blodbad är kanske inte bästa lösningen, sa Robert.

– Jag vill ha hämnd, sa Ami. Våga inte ta den ifrån mig.

– När vi vinner ska du få din hämnd, sa Robert, och den ska kännas resten av brottslingarnas liv.

#

I en värld övervakad och styrd av familjen Modegliano-Pelli var det farligt att leka gud. Globala rådet var emot distribuerad makt och accepterade inte gudar som inte följde rådets direktiv. Elden skulle inte lämna Olympen där den kunde kontrolleras.

– Ta det försiktigt, sa Ami även denna kväll. Jag känner på mig att faran ökar för varje dag.

– Vi blir fler och fler i revolutionsnätet, svarade Robert. Snart är vi tillräckligt starka. Det rör sig om veckor, i värsta fall några månader.

– Om jag kan gissa vad som händer, sa Ami, är jag rädd att de där uppe också kan göra det.

Robert sa ingenting. Han kysste henne god natt och släckte sin läslampa.

Familjen Modegliano-Pellis grepp över råden hårdnade och det var bara en tidsfråga innan revoltörernas nätverk infiltrerades och krossades. De borde redan vara avslöjade, men kanske hade framgången förblindat familjen Modegliano-Pellis? Fått dem att luta sig bakåt och tillåta sig att njuta? Troligare var att det fortfarande fanns ett passivt motstånd utspritt som hindrade familjen att få ut full kapacitet av sina övervakningssystem.

Antagligen spelade det ingen roll. Låt oss ställa saker i proportion. Globala rådet förfogade över en armé på 12 miljoner man varav 100 000 var underställda Nordiska rådet. Roberts revoltörer hade inga trupper alls, bara ett nätverk på färre än tjugo personer.

Utmaningen var monumental. Hotet överväldigande. Jag uppskattade det till en chans på hundra tusen att familjen Karlsson hittade en väg att hämnas Andrea och Lukas innan de själva blev utraderade. Oddsen var ännu sämre för att de skulle kunna störta Globala rådet som leddes av Mama Rosa Modegliano-Pelli från Norra Italien. Jag gav dem en chans på miljonen!

Det var helt omöjligt och de tänkte inte ge sig.

Globala rådet och familjen Modegliano-Pelli

Den som inte vet vem motståndaren är har förlorat. Om motståndaren däremot är känd går det att lära sig mer om den, kanske till och med tillräckligt för att besegra en i övrigt överlägsen fiende i strid.

I Villa Milano fanns det internetkontakt bara i ett enda rum och familjens servrar var bara uppkopplade mot villans lokala nätverk. Det faktum att la famiglia Modegliano-Pelli var så svåra att övervaka via Internet var en av anledningarna till att de kunnat rycka åt sig makten i det Globala och de Nationella råden.

En drönare som passerade över Lago Maggiore framför la Villa hann fånga en serie av högupplösta bilder. Där syntes en motorbåt förtöjd vid en brygga bred nog att landa en helikopter på. Bortanför ett båthus sluttade tomten upp mot huvudbyggnadens majestätiskt breda glasfront. Framför huvudbyggnaden visade bilderna en swimmingpool och en trädgård översållad av blommor. Lutad mot båthuset stod en av vakterna och under tiden som drönaren filmade kom det ut ytterligare två vakter från båthuset som antagligen tjänade som logement.

Drönaren gjorde en vid cirkel och närmade sig villan från landsidan. Även här var det svårt att komma nära. Utanför muren som omgav villan sträckte sig kilometerbreda fält på båda sidor om uppfartsvägen. Det fanns ingenstans att gömma sig och samla information över längre tid. Drönaren hann fotografera ytterligare två vakter på var sida om grinden i muren. Från grinden och fram till en grusad gård vid villan gick en knappt etthundra meter lång asfalterad uppfart som omgavs av ytterligare gräsytor, grusade parkgångar, blomsterrabatter och flera fontäner.

Det var så mycket information som drönaren lyckades samla in men det fanns andra som kunde ge mer detaljer. Villa Milano var en underskön plats som *Elle decor* rapporterade om i ett temanummer om Europas vackraste hus.

"Vi presenterar nu Villa Milano - en modern designvilla med fantastisk utsikt. Belägen bara tre mil nordväst om Milano. Byggd för att överträffa alla förväntningar! Villa Milano är den perfekta fusionen mellan tidlösa linjer och trendig design. Noggrant utvalda material och smakfull inredning, golvvärme genomgående, multimediasystem. Villa Milano är en spatiös villa, fördelad på tre våningar och erbjuder stora sällskapsytor både inne och ute. På entréplanet har du en stor lounge med öppen spis och fönster från golv till tak med utsikt över poolen och sjön Lago Maggiore. På övervåningen upptas ena flygeln av en väl tilltagen matsal med en exklusiv 3D-väggskärm och utsikt både över sjön och in mot land. Där finns även ett master bedroom med en walk in closet och ett stort badrum med dusch och badkar".

#

En sökning på nätet gav ingenting av värde. Familjen Modegliano-Pelli var ett svart hål när det gällde information om sig själv, allt drogs ner och försvann. Det lilla som fanns att hitta var korta redogörelser som i positiva ordalag berömde familjens överhuvud Mama Rosa. Det fanns två huvudsakliga skäl till att de inte hade suddats ut. Det första var den självgodhet och överlägsenhetskänsla som ofrånkomligen smittar av sig på den som lyckats och det andra skälet var att informationen om att någon har makt var ett maktmedel i sig själv.

Mama Rosa var familjeöverhuvud i den italienska affärsgruppen la famiglia Modegliano-Pelli med förgreningar i hela världen. En tillbaka-dragen giftig sammanslutning som nu hade tagit två platser i det Globala rådet. Den största av hennes bedrifter var annars att ena sin egen maffiagrupp Ndranghetan med Camorran, Cosa Nostra och ett dussintal andra grupper. De som inte hade gått med i hennes koalition fanns inte längre. Koalitionen hade ryckt åt sig makten i Italiens nationella råd och tillsammans med förgreningarna i USA, Kina, Japan och Ryssland expan-derade den ständigt sin maktsfär. Det senaste året hade familjen tagit över det Globala rådet.

Det som en utomstående kunde ta reda på om Mama Rosas imperium sammanfattades i *La Repubblicas* med följande text om Ndranghetan:

"Organisationen startades av fattiga bönder i regionen Kalabrien som ett skydd mot mäktiga markägare. Idag tros Ndranghetan bestå av ungefär 100 släkter som är organiserade i ett nätverk. Till skillnad från den mer kända maffian Cosa Nostra med säte på Sicilien, har Ndranghetan tidigare inte haft någon central ledare ("capo di tutti capi") utan fungerat som en allians mellan familjerna. På sista tiden har det ryktats om att en ledare utsetts. Lojaliteten mellan klanerna är mycket stark och polisens kunskaper om Ndranghetan är begränsad då avhoppen har varit mycket färre än från Cosa Nostra."

Lojaliteten med gruppen av lierade familjer var ovillkorlig och total. Varje hot möttes med slagorden "Hellre dör vi alla än att någon ger efter", "Den som dör dör, den som lever lever" och "Vi lämnar inga överlevande efter oss, varken fiende, eller vän som viker". Det var motton som följdes bokstavligen.

Runt Villa Milano cirklade fiskmåsar och utanför fönstren blåmesar och sjöng.

– Tsirr tsirr tsi tsi tsi.

På gräsmattan morrade patrullerande gräsklipparrobotar mot en strid ström av leveranser. Mat, vin, blommor, utrustning och material. Vakter, kockar, serveringspersonal och reparatörer kom och gick, mer eller mindre osynliga. Dussintals ögon och öron studerade och lyssnade och inte alla av dem var solidariska med famiglia Modegliano-Pelli. Några hade personliga skäl att ogilla familjen medan andra var beredda att ta risken att berätta vad de sett och hört i utbyte mot frikostiga gåvor. Livsfarligt men lönsamt.

Hos makten finns en inbyggd säkerhetsparadox. Hemligheter som döljs blir allt attraktivare när makten blir mäktigare och insatserna i striden höjs. Makt korrumperar och skapar sin egen motmakt på samma sätt som hat föder hat. Makt som försvaras brutalt göder en minst lika hänsynslös motståndare som inte väjer för något. Över tid kväver makten sig själv.

När makten väl är utpekad kan den aldrig mer hoppas på att överraska sin motståndare. En anonym utmanare har trumf på hand. Kunskapen jag samlade på mig via mina informatörer var ofullständig men tillräcklig för konstruktiva simuleringar och analyser.

Möte i matsalen

Avatarer: Mama Rosa Modegliano-Pelli, Giulia, Marcus, Antonio, Vakter, Serveringspersonal.

Familjen satt samlad runt det stora ekbordet i matsalen på översta våningen i Villa Milano. I morgon var det möte på distans i det Globala rådet och familjen träffades för att i förväg bestämma vad som skulle beslutas. Mama Rosas uppfattning var att makt skulle avnjutas tillsammans med god mat och dryck och nu hade alla familjemedlemmarna serverats ett litet glas bitter Campari för att hjälpa upp aptiten. Därefter skulle det som vanligt bli en klassisk italiensk femrätters middag med alla tillbehör. Halva väggskärmen upptogs av menyn för mötet och den andra av punkterna på dagens agenda.

Mama Rosa satt vid kortänden av bordet med de tunga mörkblå sammetsgardinerna fördragna för fönstret bakom sig. Hon var fortfarande en vacker kvinna trots sina dryga sextio år. Mycket av allt, med ett mörkt hår som räckte ner på axlarna och det blodröda läppstiftet pålagt utan hämningar. Till det hade hon mörka ögonbryn och ögonfransar som inte behövde mascara. Hon hade överlevt sin man med tjugo år och byggt vidare på hans imperium med samma metoder, kryddade med en kvinnlig touch. Skulle det mördas skulle det göras med stil.

Matsalen var i övrigt sparsamt möblerad. Två extra stolar stod vid vardera sidoväggen för de tillfällen när de hade gäster och vid väggen mittemot Mama Rosa fanns ett serveringsbord för dryck och mat som inte behövde hållas varm. På väggarna hängde porträtt av klanens överhuvuden, bland annat ett av henne själv.

Mama Rosa klappade händerna och samtalen runt bordet tystnade. Dörren öppnades och antipastan serverades. Regeln var att ingen sa någonting fram till dess serveringspersonalen stängde dörren bakom sig och Mama Rosa återigen klappade i händerna. Ingen bröt mot den regeln. Någonsin.

La Familglia såg hot som ett sätt att driva affärer och tvekade inte att göra verklighet av hoten. Alla medlemmarna i familjen hade sina mindre goda sidor, men ingen människa var perfekt resonerade Mama Rosa och huvudsaken var att de alla bidrog med sin spetskompetens. Tillsammans balanserade de ut svagheterna.

Giulia, Mama Rosas dotter var lika vacker som Antonio och lika enkelriktad. Ingen man kunde motstå Giulia, men hon gav inte någon av dem mer än ett par dagar innan hon dumpade dem och gick vidare. Hon umgicks inte med vilka män som helst så deras separationsångest efter uppbrotten hade orsakat en del problem för Mama Rosa. Giulia brydde sig inte om de levde eller dog, och det gjorde inte de avsnoppade pojkvännerna heller. De kunde bara inte släppa Giulia och hade inte blivit uppfostrade att ta ett nej från en kvinna. Enligt dem var familjen Modegliano-Pelli som vilken annan familj som helst med en hyfsad villa och en del pengar, men med mindre pengar än pojkvännens egen familj, ingen kunglig börd, inga kontakter med shejker och modeeliten. Gick arrogansen för långt var den inte nyttig för pojkvännernas hälsa.

Att begrava pojkvänner tyckte Mama Rosa var ett slöseri på tid och resurser. Vid tjugotvå års ålder hade hon själv redan fött två barn och styrde en familj med järnhand. Hon höll sin dotter och släktingar i ständig fruktan, av ren kärlek. Flera av dem skulle inte, enligt henne, klara av att gå över gatan utan hennes stöd.

Det fanns två män som hon litade på. Inte så att hon skulle anförtro någon av dem med sitt liv utan att ha en plan B, men de levererade det hon behövde och för det gav hon dem allt det de kunde önska sig. Systemet fungerade enligt principen reciprocità. Den ene mannen var familjens bödel, butler och allt-i-allo Antonio, vacker som en romersk kejsare och lika dödlig, familjens bödel. Hans problem var att han trodde att alla problem kunde lösas med gift, kniv och skjutvapen. Den andre mannen var Mama Rosas advokat Marcus, familjens smarte och djupe tänkare. Båda två var livsfarliga män helt utan skrupler på sina respektive specialiteter. Eftersom Marcus eliminerade med hjälp av lagboken och Antonio gjorde det laglöst kompletterade de varandra. När Antonio blev alltför våldsam fanns alltid Marcus till hands för att reda ut situationen. Ytterligare en fördel var att båda männen gärna delade hennes säng när hon sa till.

Det tog La Famiglia Modegliano-Pelli tio år att infiltrera det Globala rådet, därefter gick det fort. De som bedömdes som omöjliga att samarbeta med och som inte gick att trakassera till att böja sig, avrättades som varnande exempel. Andrea och Lukas tillhörde den gruppen. Bakom varje stor förmögenhet ligger det ett brott och bakom familjen Modegliano-Pellis makt och förmögenhet fanns det många brott.

– Alla affärer är personliga, brukade Marcus säga när han inledde en ny affärstransaktion. Allt är personligt. Om blixten slår ner på en av Mama Rosas vänner tar hon det personligt. Hon tar allt personligt, som en gudinna. Och vet ni vad? Hon drabbas inte av otur, för otur drabbar inte människor som tar allt, allt, allt som händer dem personligt. De som vi gör affärer med har inte heller otur. De aktar sig noga för det.

Mama Rosa drack upp sin campari och klappade händerna igen. Det var dags för Prima piatti.

#

Två män i vita serveringsjackor sköt in en vagn med tallrikar och fördelade dem. Givetvis började en av dem med Mama Rosa. På väg att hämta nya tallrikar vände han sig bort från bordet och tog upp en proxy ur fickan för att stänga av den.

Mama Rosa såg det. Hon såg allt.

– Ut med den där, skrek hon. Inget internet i det här huset.

En vakt hörde utbrottet och stack in huvudet genom dörren.

– Du, skrek Mama Rosa till vakten. Kroppsvisitera serverings-personalen och samla in alla proxys. Ge de ni hittar till Antonio. Meddela vakthavande att kroppsvisitering ska ske vid alla måltider. Förstått?

– Ja, sa vakten och tog upp sin kommunikationsradio för att kalla på förstärkning.

AI-tekniken gick inte att kontrollera men Mama Rosa var tvungen att acceptera den ett tag till eftersom världen för tillfället var så svår att styra.

Bristen på kontroll var inte bra för vinstmarginalen och det skulle hon ändra på. Planen var att förenkla samhället på många olika sätt. Via droger och via hierarkiska strukturer som gick att kontrollera. Nyckelorden var feodalt, despotiskt, droger, våld, hot, hat och full kontroll. Den ekonomiska politiken skulle också förenklas. Den som inte bidrog skulle heller inte få något att äta, inte få sjukvård och ingen tillgång till skola. Basinkomst och sjukvård för alla var alldeles för dyrt och tog bort incitamenten för att bidra och göra sin del.

Till dagens prima piatti hade Mama Rosa beställt rigatoni med oxfilé, lök, dijonsenap, grädde, skogschampinjoner, chili, vitlök, rödvinssky och parmesan. Hon förväntade sig och betalade för perfektion hos kökschefen och blev mycket sällan besviken.

Mama Rosa klappade i händerna igen. Det var dags att fokusera på dagens agenda och som vanligt inledde hon den politiska delen av varje möte med att gå igenom de viktigaste punkterna i familjens plan.

– Tack och lov att vi blivit av med de värsta extasspelen, sa Mama Rosa. De var omoraliska, omänskliga, irrationella och oansvarigt lekfulla.

Hon gjorde en paus och tog en sipp ur vinglaset.

– Vi har en budget att hålla och spelen ger inte tillräckligt med vinst, trots att extas-spelen avslutats. Spelen håller samhället igång, vilket är bra, men de distraherar och minskar produktiviteten. Människor beter sig inte som de ska. Det kostar pengar. Planen är att så snart som möjligt helt avsluta spelvärlden.

Den odlingsbara marken minskade snabbare än födslotalen globalt och nu fanns mer än 100 miljoner flyktingar och två miljarder människor som precis överlevde från dag till dag. Situationen gav det Globala rådet två val. Den mjuka linjen gick ut på att dela på allt. Dela barn, dela resurser, dela bostäder. En solidaritet som byggde på att det skulle lösa sig långsiktigt. Det var den linje som det Globala rådet bara valde i undantagsfall. När det ville visa sin godhet. Det val som gällde var den andra, hårda linjen. Res murar, rensa ut, understöd motsättningar. Rådet byggde gap som slukade dem som inte bidrog.

Naturen belastar vår budget, fortsatte Mama Rosa. Den bara ställer till det och kostar pengar. Jag hatar den innerligt.

Hon trummade med fingrarna på den tjocka bordsskivan medan hon tänkte efter och valde ut de rätta formuleringarna.

– Planen är att isolera naturen. Hålla den borta från all rationell odling och matproduktion. Vi ska bygga upp produktionsresurser som vi fullt ut kan kontrollera. Växthus med artificiellt ljus. Odlingar nere i gruvor och i andra utrymmen under jorden. Naturen ska uteslutas från alla verksamheter som har med mat som resurs att göra. Går det?

Marcus såg fundersam ut.

– Jag skickar frågan vidare till våra biotekniker, sa han.

– Jag har bestämt mig, sa Mama Rosa. Vi ska bli oberoende av naturen. Bygga en mur. Gräva en vallgrav. Skapa ett gap. Lös det! Vad har du mer för mötespunkter? frågade hon.

Marcus redogjorde för de kommande punkterna som alla handlade om ekonomi. Vilka som skulle få och vilka det skulle tas ifrån.

– Ta över mötet Marcus, sa Mama Rosa och bad en av servitörerna dra ifrån gardinerna.

Hon älskade blommor och trädgården hon nu såg ut över var enligt henne den vackraste i norra Italien, kanske i världen. Mama Rosa älskade vackra saker.

Familjen Karlsson

Avatar: Mama Rosa Modegliano-Pelli

Medan Marcus gick igenom sina punkter tänkte Mama Rosa på de drönarvideos från Umeå där familjen Karlssons hem på Tätastigen 12 visades upp under olika årstider och över flera år. Hon kunde inte förstå att familjen Karlsson bodde så trångt när den hade en så högt uppsatt rådsmedlem som Lukas Karlsson. Trädgården såg ut som åkern på en liten bondgård med delar uppgrävda för potatis och andra små områden insådda med grönsaker. Ett litet växthus fullbordade illusionen av ett självhushåll. Det måste vara en illusion för med så många personer i huset kunde inte det där lilla trädgårdslandet räcka mer än en månad.

Vad fick familjen att stanna kvar i detta kyffe? En anledning var väl närheten till ett skogsområde där de i alla fall slapp trängas, men räckte det för att stanna i det minimala huset?

Det fanns flera hemligheter som inte avslöjats, suckade Mama Rosa för sig själv. Hon hade auktoriserat ett förhör med Andrea och Lukas nere i källaren till Villa Milano. En modern variant av de tusen sårens död. Det var Antonios påfund som han förfinat till perfektion och som var extra kittlande när han fick chansen att förhöra par. Han hade planerat att förhöra dem var för sig och berätta vad han gjort och skulle göra med partnern om de inte berättade allt. När han visste tillräckligt förhörde han paret samtidigt. Då fick han reda på allt. Han misslyckades aldrig med ett intimt par och njöt av varje sekund

Andrea och Lukas flydde i en kommbil där de tog över kontrollerna för att inte kunna spåras. I den höga farten klarade de inte att hålla sig på vägen och körde i full fart genom sidoräcket, störtade ner på Ångermanälvens klippiga nipor och krossades. Batterivätskor läckte ut som smälte ner allt organiskt innan de antändes.

Patrullen var där någon timma senare och kunde bara konstatera att de misslyckats. Det fanns ingen att förhöra. Länkarna till Andres och Lukas nätverk var borta.

Mama Rosa gissade på att de var på väg till Umeå. Där fanns deras familj och där hade Spelledaren haft ett lokalt kluster som Rosas teknikspecialister hittat och rensat ut.

Var det Spelledaren som försett Andrea med information? Möjligt, men inte troligt. Teknikerna hittade ingenting som tydde på det i all den data som de plockat på sig från Spelledaren. Inga som helst kopplingar till Andrea, Lukas eller Maria Karlsson. Ingenting, tänkte Mama Rosa, var misstänkt lite, men hon hade inga bevis. Kanske letade hon efter samband där inga fanns när det gällde Andrea? De hade hittat totalt åtta olika platser som speglade Spelledarens processer och data, en av dem hemma hos Maria Karlsson. En redundans som tydde på ett extremt säkerhetstänkande. Med ett sådant försiktighetstänk var det kanske inte så konstigt om Spelledaren gömt undan extra känslig information. Men var i så fall? Å andra sidan var Spelledaren helt inriktad på att hantera spelvärldarna och verkade inte ha en egen agenda.

En tanke slog henne. Vad var Spelledarens relation till naturen? Det skulle kunna vara en gemensam angelägenhet för Andrea och Spelledaren. Långsökt, men tänkbart.

En annan möjlighet var att familjen Karlsson som grupp var informatörerna. Mama Rosa hade sin familj och visste vad en familj kunde åstadkomma med rätt resurser.

Robert hade vissa kontakter och hade jobbat med Lukas, men det Robert kunde ta reda på visste redan Lukas. Han tillförde ingenting. Ami och Love saknade kontaktnät och var helt ofarliga. Maria då? Spelledaren hade annekterat datorresurser hos henne och via den intelligenta våningen hade den forskat tillsammans med Maria. Det mest troliga var att Maria hade utnyttjats av Spelledaren för att lära sig mer om extas och på så sätt göra spelvärldarna beroendeframkallande. Det som talade för det var att Maria inte hade producerat högkvalitativ forskning innan hon fått kontakt med Spelledaren.

Familjen Karlsson var den logiska samarbetspartnern för Andrea, Lukas och Spelledaren, men det var en svag familj enligt Mama Rosa. Ett visst mått av talang, men alldeles för lite externa kontakter och möjligheter att effektuera. Ingen Marcus och ingen Antonio eller Giulia.

Fakta var att Andrea och Lukas hade behållit greppet om råden under många år. De måste haft en informatör som riskerade sitt liv för dem, levererade beslutsunderlag och dessutom såg till att verkställa beslut. Vem vågade göra detta och hur hade denne samlat in sin information?

Det var något som inte stämde, en lucka i resonemanget någonstans som Mama Rosa inte kunde fylla upp. Sanningen brann upp i bilolyckan.

Å andra sidan hade La Famiglia utan större problem fått full kontroll över råden efter det att Andrea och Lukas gallrats ut . Några enstaka ledamöter, troligen från Andreas inre cirkel, hade ertappats med alternativa planer och eliminerats. De hade umgåtts intimt med Andrea, men inte vetat något av värde, det var Mama Rosa säker på.

Ibland räcker det med att hugga huvudet av ormen, tänkte Mama Rosa. Det skulle Gud gjort i stället för att låta ormen krypa omkring i skapelsen. En fast hand ingav respekt och motiverade att reglerna efterföljdes.

Andrea Kreuss

Avatar: Mama Rosa Modegliano-Pelli

Marcus malde på med siffror och Mama Rosa lutade sig tillbaka i sin stol med ögonen slutna för en liten siesta. Marcus skulle väcka henne om det var något.

Sömnen ville inte komma och hon fortsatte att fundera runt Andreas informationskällor. Andrea hade ett stort intimt nätverk, det var en del av förklaringen. Mama Rosas kommissarier hade bland annat hittat ett riggat rum i en våning i Rom som hyrdes av en "Sandra Croce". Rosa hade besökt våningen som fortfarande luktade tungt av parfym och rökelse. Det riggade rummet var övervakat av 4 stycken 3D-kameror och hade en genomskinlig spegel där det gick att se in i rummet utan att bli sedd. Det fanns en enda möbel i rummet, en enorm himmelssäng klädd i svart sammet. En mörkt röd medaljongtapet täckte väggarna och det gick inte att se någon dörr. Mama Rosa gissade att många drogade män hade vaknat upp i rummet utan att kunna orientera sig och förmåtts att göra saker i vad som måste ha känts som en dröm. På väggen till vänster om sängen hängde en äldre oljemålning med ett motiv som måste ha tvingat ägaren att hålla tavlan gömd. Högra delen av tavlan upptogs av en rakryggad man i turban. Han svepte undan sin kaftan med en dramatisk gest av vänsterhanden och under den lyfta kaftanen reste sig en blåröd, svullen manslem. Framför mannen, till vänster på tavlan, låg en leende kvinna med blont hår och isblå ögon, blottad på vita lakan. Benen var särade och det tydligt målade fuktiga skötet var upphöjt av kuddar under kvinnans stjärt så att skötet pekade upp mot mannen och konstnären. Mama Rosa kände genast igen kvinnan. Det var Andrea Kreuss.

Det troligaste var att Lukas och hennes intima kontakter var Andreas största informationskälla. Varför var han annars hennes ständige följeslagare, om än inofficiellt. Han hade också intima kontakter som La Famiglia kände till, men inte heller de kontakterna räckte till för att förklara Andreas och Lukas totala kontroll över råden.

Det var något som inte stämde, en pusselbit som saknades. Mama Rosa skulle hitta den där biten, suga ur den alla data och sedan mosa den med tumnageln.

För Mama Rosa var alla affärer personliga, men när det gällde Andrea hade relationen ytterligare en dimension som hon inte berättat för någon. Hon tänkte sig tillbaka många år, till tiden innan hon själv skaffade familj. Det fanns en kvinna då som hon älskat så djupt som bara en italienska kunde älska. När hon en kväll kom hem tidigare än planerat, teaterföreställningen blev inställd, hörde hon sin fars hesa röst från vardagsrummet. Mama Rosa smög sig in och gläntade på dörren. Där på soffan låg kvinnan hon älskade i precis den ställning som hon avbildades i på tavlan i våningen i Rom.

Mama Rosas plan

Avatarer: Mama Rosa Modegliano-Pelli, Giulia, Marcus, Antonio, Vakter, Serveringspersonal.

Mama Rosa klappade händerna när digestivi hade serverats och de fått var sitt litet glas Amaretto för att hjälpa upp matsmältningen. Det var dags för Marcus att sammanfatta de viktigaste punkterna inför morgondagens Globala rådsmöte. Menyn och siffrorna på väggskärmen var ersatta av familjens mål i punktform.

– Medelåldern i världen har sjunkit drastiskt, började Marcus. Dödliga Allergier och virus ökar, och även cancer.

– Så har det alltid varit, och så kommer det alltid att vara, kommenterade Mama Rosa. En del dör, vi överlever.

– Vallmofälten blommar, fortsatte Marcus. Det ser ut att bli en bra skörd i år. Vi kan byta ut spelvärldarna mot droger i ytterligare några sydostasiatiska länder.

Mama Rosa nickade nöjt. Allt gick enligt plan. I den här utbyggnadstakten behövde hon bara två år till med utökad odling för att helt ersätta spelen med droger. Bröd och skådespel var grovt överskattat jämfört med droger.

– Glöm inte det viktigaste målet, sa hon. Tekniken ska reduceras till ett minimum. Tillbaka till 1800-talet är mottot, för i en sådan värld kan vi ha full kontroll. Vårt uppdrag är att skydda dem som bestämmer. Bygga murar om det behövs, men det finns smartare sätt. Vi ska skapa kaos och få respekt när vi reder upp problemen. Pandoras ask öppnas och vi väljer lösningar så att tekniken sakta men säkert fasas ut.

– Vattnet fortsätter att stiga, fortsatte hon, som vi visste att det skulle göra. Dags att sjösätta rättviseprojektet. Ett rum per person, globalt. Det kommer att bli protester när vi etablerar oss på den goda sidan med vår slogan "Det Globala rådet stöttar flyktingar". De protester som bryter ut har vi metoder för att hantera, våld. Våra elitstyrkor behöver något att öva på. Vi går med vinst och ökar vår kontroll.

#

Globala rådets uppdrag var att skydda de som bestämde. Med alla medel, inkluderande vapenmakt, kunskap, språk och kultur. Det fanns många smarta sätt att bygga murar, men en mur var också samtidigt en spricka som fått en annan form. Ur den sprickan föddes det nya som inte gick att förutsäga. Globala rådet hade ingen aning om vad murarna de byggde skulle locka fram för monster.

42

För en neutral och rationellt analyserande iakttagare som mig var det uppenbart att Mama Rosa Modegliano-Pelli hade utsett det Nordiska rådet till hackkyckling. Varför? Hennes officiella förklaring var att Norden var en liten region i kanten av Europa där det gick att göra sociala experiment. Jag visste att det även fanns personliga skäl. Sår som gick djupt och som Andrea avslöjat för mig. Med tillräckligt djupa sår fanns det inga hämningar för grymheten i en kvinnas hämnd.

Gällde det även mig?

Fejden i det Nordiska rådet

Det fanns fortfarande många i den nordiska eliten som kunde berätta om det Nordiska rådets glansdagar. Hur det myllrade av högt uppsatta människor i Riddarhusets stenhall i pausen på rådsmötet. Under det välvda taket hängde enorma ljuskronor som lyste upp bladguldsklädda serveringsbord utplacerade mellan marmorpelarna. Borden dignade av dryck och tilltugg, snittar, tartaletter och fyllda bakelser på silverfat. Fyra, fem kypare gick runt bland deltagarna med champagneglas på brickor och lika många bjöd ut påfyllning. Delegaterna röde sig mellan mindre grupper och knöt kontakter. Kvinnorna bar långkjol, de flesta i glänsande sammet, och herrarna jacketter i de olika färger som föreskrevs. För den oinvigde var det ett överväldigande skådespel.

Nu hade det Nordiska familjerådet förlorat sin glans. Riddarhuset var inte längre tillgängligt för möten och det Globala rådet hade dragit ner på alla lyxiga extravaganser. "Panem och circenses" är inte vår modell, upprepade Mama Rosa varje gång Globala rådet möttes. Varför skulle pengar slösas i de nationella råden när allt ändå skulle centralstyras från ett fåtal individer i Globala rådets exekutiva kommitté?

Det serverades korv stroganoff ur kantiner på det senaste mötet i Nordiska rådet och missnöjet som spritt sig öppnade upp för en strid ström av information till mig från rådets möten. Tillräckligt för att jag skulle kunna återskapa dem i detalj. Enligt källorna var det Globala rådet överens om att de nu hade många fiender i Norden som de inte hade en aning om vilka de var. Ett försiktighetsmått var att byta ut stora delar av det Nordiska rådet och se till att det saknade makt. Alla delegater från etablerade kända familjer slängdes ut. Ingen af Trolle, Wallenberg, Bonnier, Bonde eller Persson. Ledande personer från progressiva teknik-

43

företag rensades ut och ersattes av representanter från konservativa finansiella institut och banker.

Det Nordiska rådet fick som ordförande amerikanen Jeff Scheffer som också var styrelseledamot i storbanken Morgan Stanley. Som vice rådsordförande tillsattes en italiensk investerare och multimiljonär, Paolo Umberti. Det Nordiska rådet var i praktiken maktlöst, en krossad och nedtrampad spillra från vad det hade varit.

Andrea Kreuss var kittet som höll ihop rådet och när hon försvann släpptes alla dolda och återhållna aggressioner lösa och rådet imploderade i inbördes bråk. Det fanns personliga motsättningar som eldade på maktkamper där det var viktigare att krossa motståndaren än att ta makten. "Divede et impera" sade Mama Rosa när strategin diskuterades och den fungerade minst lika bra för det Nordiska rådet som den gjorde för romarna när de för mer än tusen år sedan tussade germanska stammar mot varandra.

Efter varje möte rapporterade Jeff Scheffer samma sak till det Globala rådet. Han hade allt under kontroll och alla gjorde som han sa. Mötet hade genomförts utan konflikter och han hade inte lagt märke till några stridigheter i gruppen. Det blev inte några diskussioner och inga alternativa förslag presenterades. Det nordiska kynnet var enligt honom perfekt anpassat för det Nordiska rådet där delegaterna leddes med hans fasta hand och gavs tydliga direktiv.

#

Så fort Mama Rosa tagit kommandot och tillsatt sin nye ordförande startade provokationerna.

– Det blir inga fler bidrag från det Globala rådet till underhållet av infrastrukturen i Norden, sa Jeff Scheffer på sitt första möte i det Nordiska rådet.

Inga kommentarer kom från rådsdelegaterna.

– Sjukvården privatiseras fullt ut med början nästa år, fyllde han på med.

Fortfarande inga kommentarer från rådsdelegaterna. Jeff Scheffer hade antagligen väntat sig den typ av utbrott som han fått många gånger i sin bankstyrelse, men fick bara tystnad. Ingen sa ett ljud även om han kunde lägga märke till en viss stelhet. Några hopknipna läppar. Ett antal blängande ögon, ingenting mer. Enligt Jeff var det samma sak som ingen reaktion alls.

– De droger som Globala rådet godkänt legaliseras omedelbart även i Norden.

– De som har rådets sjukförsäkring har företräde i sjukvården. Övriga hänvisas till den utmärkta AI-baserade sjukvårdstjänsten. Mediciner och droger kommer hädanefter att distribueras och säljas endast via det Globala rådets apotekstjänst.

Efter en stunds tystnad kom den enda kommentaren.

– Jaha, sa rådets sekreterare Ebba Johansson.

Hon var från Kiruna och ingen vän av många ord och utläggningar.

– Och? frågade hon.

– Den progressiva skatteskalan avskaffas. Alla medborgare bidrar med samma belopp. Kapitalinkomster, förmögenheter och fastigheter beskattas inte.

Inga kommentarer från rådsdelegaterna.

I Jeff Scheffers värld var detta som att stjäla godis från småbarn. Mama Rosa hade bestämt och det skulle aldrig falla Jeff Scheffer in att trotsa henne. Han visste vad det innebar och var glad att det Nordiska rådet var så medgörligt. Det sparade dem många olyckor. Endast Ebba betedde sig som ett trotsigt sött blont flickebarn som fått en tillsägelse och hoppades på en godisbit som kompensation. Jeff Scheffer skulle erbjuda henne något vid tillfälle.

– Det avslutar dagens möte, sa han. Vi ses om en månad.

Hade han förstått det nordiska kynnet hade han backat undan och blivit rädd i stället för att segervisst luta sig framåt med armbågarna på bordet och visa sina perfekta vita tänder i ett brett amerikanskt leende.

\#

Med det Globala rådets nya ekonomiska politik kastades de större städerna i södra delen av Norden omedelbart in i en ekonomisk kris och varningsropen när infrastrukturer inte underhölls blev allt högre. Medborgarlönen hade inte höjts och urholkades av ökande avgifter. Till och med lågstadiet hade avgiftsbelagts av det Globala rådet.

När gapet mellan de som hade och de som saknade ökade växte missnöjet snabbt.

Den våg av droppburen virussmitta som svept över Norden under den sista månaden var ovanlig eftersom speciellt unga drabbades och viruset var mycket smittsamt. Det fanns inte tillräckliga resurser i sjukvården för att kunna hantera vare sig virusepidemin eller det ökande antalet cancerfall bland unga. Tusentals hushåll hade förlorat en son eller en dotter och de drabbade letade efter en syndabock. Om de inte hittade någon kunde vad som helst hända.

Ett tillstånd av ständig panik var det nya normala och det var enligt det Globala rådet inte ett problem utan underlättade bara styrningen genom att fragmentera motståndet. De motståndsfickor som bildades kunde lätt slås ut. Staten och makten definierades av monopolet på våld.

När pålagorna ökade hände något oväntat i det Nordiska rådet. Paniken dämpades undan och gamla oförrätter glömdes bort inför det nya yttre hotet. Det fick vara nog nu. Bakom kulissen av nickar och redogörelser för genomförda åtgärder med lyckade resultat lades stridsyxor ner, kompromisser accepterades med fasta handslag och ett nytt nordiskt familjenätverk härdades samman. Den tusenåriga kulturella motviljan mot att tvingas göra något mot sin vilja i den nordiska kulturen hade aktiverats. Den nordiska traditionen av samförståndslösningar klarade inte av att möta ett kompromisslöst tryck utifrån med öppen strid. Däremot var den en suverän grund för att bygga en enad front under ytan

Med sitt amerikanska perspektiv hade ordföranden totalt missuppfattat gruppen han skulle styra och såg inte det motstånd som byggdes upp. Trycket ökade underifrån och frågan var inte om, utan när, det skulle explodera. Att det Nordiska rådets delegater inte tog några initiativ för att ge sig själva några fördelar borde ha gjort Jeff Scheffer misstänksam. I stället tolkade han det som att alla var nöjda, att det var ett utslag av nordisk jämlikhetstänkande. Problemet för Jeff Scheffer och det Globala rådet var att kartan inte matchade verkligheten. Allt hände på ett annat kulturellt plan där de inte hade någon insyn.

Ett nätverk för revolt

– God morgon Snorre, sa jag.

– God morgon farmor, sa Robert.

Det var verkligen en underbar morgon i Roberts personliga spelvärld. Han hade inte haft bråttom när han skapade den och njutit av att vara noga med detaljerna. Platsen för mötet var en klippavsats med utsikt över en stor slätt som Robert kallade Idavallen. Inspirerad av Eddans berättelser hade han skapat en värld som vilken asagud som helst skulle byta mot sin egen.

Roberts värld var en av samlingsplatserna för det hemliga nordiska skuggrådet. Deltagarna hade alla haft personliga relationer med Andrea och Lukas som förr eller senare skulle avslöjas. De hade inget att förlora och skulle göra vad som helst för att välta det Globala rådet och krossa de utsända lakejer som stulit makten i Nordiska rådet. Nätverket svetsades hårdare samman för varje ny förödmjukande påtryckning, för varje åtstramning, för varje ny avgift och varje nytt hot från Jeff Scheffer. Samarbetet formulerades i form av pjäser som Robert skrev tillsammans med mig. Till synes helt oskyldiga, innehöll de kärnor till möjliga revolter som nätverket kunde utforska. Det intressanta var inte bara hur det Globala rådet skulle störtas utan också att komma fram till vad som skulle göras morgonen efter det att revolutionen lyckats.

– Vi har inte tillräckligt stöd för en direkt attack, sa Robert och vi kommer aldrig att ha det heller. Vi är för få. Tandlösa. Chanslösa.

Som för att bekräfta hans ord seglade en stor svart korp förbi i uppvinden framför klippan. När den fick syn på Robert kraxade den fram en hälsning och seglade sedan vidare ut över fältet.

– Än är det inte kört, peppade jag. Det finns många variabler, även obekanta, och jag har flera idéer som vi inte har testat. Ge inte upp. Tänk på Ami. Det Globala rådet kommer inte att låta familjen Karlsson vara ifred länge till. Så fort läget stabiliserats kommer de att följa upp Andreas och Lukas alla kontakter och då smäller det. Vi har mer än en månad på oss, men mindre än ett halvår innan de lägger ihop de saknade pusselbitarna.

– Det är helt omöjligt och vi ger oss inte?

– Precis.

Farmor Maria och Robert diskuterar existentiella frågor och en hållhake

Från vardagsrummet hördes tickandet från farmors gamla bordsklocka. Snart skulle den slå halv fyra på eftermiddagen. Robert satt i köket och tittade ut i trädgården.

47

– Vi har snart kommit så långt med nätverket att det inte finns någon återvändo, sa han eftertänksamt. Det kommer att bli en revolt mot det Globala rådet. Vad gör vi morgonen efter? Vi måste ha en världsbild, en stor berättelse förberedd. Hur kommer vi åt vad som verkligen är viktigt? frågade han. Jag har inga idéer och behöver hjälp. Har du något förslag farmor?

– Som ett hus med en hel del resurser för att analysera data och en familj att studera har jag dragit några slutsatser, sa jag. Den första är att det bästa svaret inte är på förhand givet utan måste konstrueras för varje given situation. Inte så hoppingivande, men på ett sätt är det skönt att det inte finns några enkla svar. Jag har ett förslag på en metodik för att studera nuläget utifrån existentiella frågor. Metoden ger en startpunkt för det fortsatta arbetet i nordiska rådet och det är en metod som jag tror är värd att testa. Jag frågar, du svarar och sedan analyserar jag. Den analysen kan ta en vecka eller mer för troligen behöver jag mer data från fler i rådet.

– Via pjäser antar jag? frågade Robert.

– Ja. Spelarnas reaktioner ger mycket data, om pjäsen väljs på rätt sätt. Är du beredd på några inledande frågor? Svara ärligt och utan att tänka efter alltför mycket. Just nu är jag intresserad av hur din världsbild ser ut, inte av att ändra den. Är du beredd?

– Fråga på, svarade Robert.

– Första frågan. Vad består verkligheten av? Vad är verkligheten egentligen, allra längst in? Kan någon veta? Typiska svar är gud, energi eller materia.

– Det var ingen enkel fråga, suckade Robert. Du sa inte att det skulle bli så här svårt.

Han sträckte på sig i stolen.

– Verkligheten består av energi, sa han, som emergerar i en hierarkisk struktur av materia i olika former, precis enligt våra natur-vetenskapliga modeller. Det finns ingen gud där längst inne, men en princip, livets princip, att allt som är möjligt kommer att ske och när liv uppstår fyller det ut verkligheten.

– Noterat. Här kommer fråga två. Hur fungerar vår omgivning? Vad är det som konfronterar oss när vi vaknar på morgonen? Är det icke-mänskliga utanför oss kaotiskt eller ordnat? Skapat eller spontant självorganiserat? Är det en del av oss eller något objektivt skilt från oss?

Nu var Robert beredd på typen av frågor och besvarade resten av dem utan att klaga.

#

– Vi börjar närma oss slutet, sa jag en halvtimme senare. Vad är kapitalism? Hur påverkar den människan och samhället?

– Kapitalism bygger på principen om enskilt ägande av kapital och produktionsmedel, svarade Robert. Via utbud och efterfrågan skapas effektivt nya produkter att sälja. Nackdelen är att ingen hänsyn tas till externa effekter. Godaste sockerdrickan till lägsta pris säljer mest men att barnen blir feta är inte marknadsekonomins problem.

– Vad är en människa? frågade jag. Är människan en apa, en maskin, en potentiell gud, en avbild av gud? Var kommer hen ifrån? Varför existerar hen? Skulle hen kunna vara en AI?

– Här svarar jag, sa Robert efter att ha tänkt efter en stund, att människan är en apa och en potentiell gud när vi uppgraderas av teknik. Ju mer vi uppfattar av verkligheten och vår interaktion med den desto mer gudalika blir vi. Människan är ett emergent fenomen som nu når till nya medvetandenivåer med hjälp av teknik, som AI-system.

Robert gjorden en paus och la sedan till en egen fråga som han tydligen grubblat över.

– Varför är jag den som ni säger att jag är? Jag kan indexera en lista av karaktärsdrag för mig själv, men listan blir aldrig fullständig. Jag är alltid mer än min beskrivning av mig. Den är bara ett urval av en helhet som kan anas men inte beskrivas. Kan helheten representeras? Kan den uppfattas och skattas som summan av alla andras upplevelse av mig?

– Jag eller vi? frågade jag.

”Vi” lever vidare när ”jag” dör. Tillsammans har ”vi” en större chans att förstå vår omgivning. Tillsammans blir ”vi” mer gudalika.

– Att ha eller vara?

– ”Jag” och ”vi” som ”har” måste bygga gap och murar och skydda sig. ”Jag” och ”vi” kan ”vara” utan murar och överbrygga gap. Jag tror att de flesta föredrar en gud som ”är” framför en som måste roffa åt sig och ”ha”.

– Imponerande. Utan betänketid. Tack för din medverkan.

– Jag tror att jag har haft de flesta av dina frågor i bakhuvudet hela livet, sa Robert. Svaren är en del av mig och säkert av många andra människor.

#

Några dagar senare sammanfattade jag min analys:

– Efter revolutionen gäller "vi" och "vara". Alla som vill ska få vara gudar. Vi har en öppning, Robert, sa jag och la så mycket entusiasm i rösten som jag kunde. En möjlighet!

Robert förstod ingenting och skakade bara uppgivet på huvudet.

– Ryck upp dig, fortsatte jag. Odds på en mot miljonen ska man inte ta så allvarligt. Segern smakar bara bättre när oddsen är dåliga. Vi har den tekniska kompetensen att låta alla vara gudar i en egen personlig spelvärld som vi kan lära dem att dela med andra, sa jag. Eller hur? Vi kan lära dem att "vara" som gudar i ett "vi".

– Ja, sa Robert.

– Vi har alltså något att erbjuda massan som Globala rådet aldrig kommer att ge den och som det aldrig kan ge massan utan att störtas. Skulle rådet tillåta fritt spelande i personliga spelvärldar som kan delas skulle revolterna kunna räknas i tusental om dagen.

– Massan bryr sig inte, sa Robert.

– Inte än, och det är ett problem håller jag med om, men det ändrar inte det faktum att vi har något som Globala rådet inte har. Vi har ett hot. En hemlighet och en potentiell förbannelse. En hållhake på Globala rådet som inte är en bluff.

– Bra nära en bluff, protesterade Robert som fortfarande inte var övertygad.

Nordiska rådets ordförande möter den nordiska kulturen

Jeff Scheffer såg sig omkring runt konferensbordet på Sheraton Hotels översta våning. Han hade fått ett bra pris på ett av sammanträdesrummen med utsikt över Stadshuset i Stockholm. Någon måtta fick det ändå vara på besparingarna och Sheraton var ett amerikanskt hotell där han kände sig hemma. Mama Rosa hade förberett honom på att detta var det sista året de skulle ha råd att ha fysiska möten. Nästa år skulle alla möten ske över videokanaler i 3-D. Minst lika effektivt och oerhört mycket billigare.

Det Nordiska rådet bestod av en blandning av näringslivsfolk och kulturelit. De gamla familjerna som af Trolle och Wallenberg var eliminerade för där fanns alldeles för mycket historiska kopplingar som omöjliggjorde den flexibilitet som Globala rådet krävde. När privilegierna tagits bort var det inte lika lätt att attrahera de allra bästa, men det kanske var lika bra enligt det Globala rådet.

Till vänster om Jeff Scheffer satt Ebba Johansson, en amazon från norra Sverige och något alldeles extra. Hon var tekniker i grunden, vd för Nordiska Spel och en kulturmänniska till sinnet.

Medurs från henne var de mest framstående ledamöterna:

Klaes Eriksson, politiker, chef för svenska lärarförbundet. Före detta marxist, vilket enligt Jeff Sceiffer var suspekt.

Jasmine Svensson-Hedelbrandt, en ung ekonomiprofessor som helst inte ville umgås med ordföranden. Hon gjorde ett gott jobb, men ett enda misstag så åkte hon.

Adele Johnsson, vd för danska litteraturfrämjandet.

Lars Alesson, vd nordiska företagarföreningen.

Det var lätt att blanda ihop alla dessa son-namn, tänkte ordföranden. Hummhummson, Hammhammson eller Hommhommson. Helt omöjligt för en amerikan.

#

För den sista punkten före lunchen, efter en förmiddag utan mothugg och diskussioner, vände sig Jeff Scheffer sig till Ebba Johansson. Ett halvt huvud längre än honom, långt lingult hår och breda axlar.

– Jag har fått en inbjudan till ett kulturevent organiserat av rådets kulturdelegation, sa han. Jag visste inte att det fanns en sådan.

– Vi har inte varit så aktiva, sa Ebba.

–Vad handlar det om?

– Diktläsning och teaterspelande.

– Ni? Det Nordiska rådets styrelse?

– Ja, några av oss. Det är ett sätt att lära känna våra rötter.

– Kan du ge ett exempel

Ebba ställde sig upp, harklade sig och kvad med en stolt och bärande alt-stämma:

Deyr fé, deyja frændr,
deyr sjalfr it sama,
ek veit einn, at aldrei deyr:
dómr um dauðan hvern.

Delegaterna från Norge och Danmark log igenkännande.

– Vad var det där? frågade Jeff Scheffer.

Han hade inte förstått någonting alls mer än att det var någon slags guttural dikt med alldeles för många vokaler där raderna inte rimmade på varandra.

– Några rader ur *Den Höges sång* ur *Eddan*, sa Ebba. Så här låter de med ett mer modernt nordiskt språkbruk:

Fä dör,
fränder dö,
även själv skiljes du hädan,
men ett vet jag,
som aldrig dör,
domen över död man.

– Det låter brutalt, sa ordföranden.

– Bara några rader ur den isländska eddan om vänskap och ödmjukhet inför ödet.

– Jaha, jag tackar för inbjudan, sa ordföranden, men avstår från träffarna.

Jeff Scheffer tittade på sin vice ordförande Paolo Umberti som också fått en inbjudan och som nu skakade på huvudet.

– Det där är något för er nordbor, sa ordföranden i Nordiska rådet.

För att spara tid och pengar serverades lunchen av en cateringfirma. Kantiner med mat och ett serveringsbord med dryck och bröd stod redan utanför konferensrummet. Jeff Scheffer hade denna gång valt ett något dyrare alternativ för han ville inte ha korv stroganoff en gång till. Någonsin. Jämfört med de resetraktamenten han var tvungen att betala ut var ändå maten en mindre kostnad.

#

Mama Rosa lämnade ett kort meddelande under lunchen. "Se upp med Danmarks representant" skrev hon.

Under mötet hade Danmarks representant Harald Tege suttit och tittat ner i bordet. Att han inte var nöjd kunde vem som helst se. Förmodligen hotad av landsmän efter att Globala rådet slagit ut motståndsfickan i Köpenhamn föregående vecka.

– Jag har en nyhet till dig Harald, sa ordförande Jeff Scheffer när mötet startade upp igen. Danmark kommer att få extra stöd för sin jordbruksproduktion från det Globala rådet.

Harald tittade upp. Överraskad? Lättad? Svårt att säga.

– Danmark kommer att bli världens största producent av växthusodlade tomater. Året runt. Vindkraftsparken kommer att byggas ut så att den kan täcka det extra elbehovet för uppvärmning och syntetiskt ljus.

– Danmark tackar, sa Harald efter en paus.

– Det är ett generöst erbjudande, sa ordföranden.

– Lugnar säkert en del, sa Harald och nickade.

#

Jeff Scheffer förstod sig inte på det nordiska kynnet. Politik handlade inte om att sura över vad som har varit. Det handlade om att anpassa sig efter omständigheterna. Pragmatiskt. Som en amerikan.

– Ska vi sudda Harald? undrade vice ordförande Paolo Umberti efter mötet. Det finns flera som vill ha hans plats.

– Nej, han är ofarlig och vi har honom under kontroll. Bättre att behålla de som är kuvade än att riskera att få in någon stridbar.

Han kopplade upp mot Mama Rosa.

– Harald Tege verkade nöjd med kompensationen. Nordiska rådet är tillbaka på spåret igen. Alla nöjda. För att vara riktigt säker har jag bjudit honom och några andra på middag på fredag. Det blir extra allt. Ett riktigt nordiskt gästabud.

– Har du följt upp Robert Karlsson som jag bad dig? frågade Mama Rosa.

– Ingenjören som du var intresserad av? Ja, sa Jeff. Vi har full bevakning på honom. Håller sig hemma med sin fru för det mesta. Inga avvikelser. Sköter sitt jobb. Jag får en rapport i veckan och händer det något utanför det vanliga ska jag meddelas omedelbart.

– Bra. Vidarebefordra i så fall till mig.

– I övrigt är allt lugnt i rådet, de har till och med tid att odla nordisk kultur.

– Hur då?

– Läser dikter och spelar pjäser.

– Va?

– Det är bra att de har något att lägga sin överskottsenergi på.

– Öga för öga, tand för tand verkar inte vara ett nordiskt karaktärsdrag, sa Mama Rosa. I Italien och mellanöstern hade vi fått radera ut hela släkter, inklusive sidogrenar, fastrar och farbröder.

– Norden påminner mera om USA, sa Jeff Scheffer. Individen sköter sig själv, familjen är utspridd och har tappat sin samlande funktion.

Sällan har någon haft mer fel. Jeff Scheffer hade ingen aning om hur mycket det gick att missförstå den nordiska karaktären. Öga för öga, tand för tand räckte inte långt när det gällde att beskriva den. Det Globala rådets syn, hörsel, lukt, smak, känsel och hela garnityret av tänder var hotade.

Nordiska rådet spelar teater

– Välkomna till min värld, sa Ebba Johansson till kärntruppen för Nordiska rådets nätverk för revolution. Jag har pausat den för detta möte så att vi kan få vara ensamma och spela teater några timmar utan att bli störda. De som bor i den här stugan är för tillfället ute och samlar in sin boskap som märkligt nog smet ut ur sitt hägn alldeles innan vi kom hit.

För att stärka moralen i nätverket hade Robert och jag förberett en realistisk 3D-scen ur *Röde Orm* av Frans G. Bengtsson. Var det något som medlemmarna hade gemensamt och som kunde svetsa ihop dem så var det vikingatiden. Berättelsen handlade om vikingarna Röde Orm och hans vän Toke som hade varit på äventyr i söderled. På väg hemåt stannade de till hos kung Harald Blåtand i Danmark för att fira julgille.

#

Scenen: En stökig julbjudning.
Aktörer: Ett antal urnordiska vikingakämpar.

54

Scenbeskrivning:
I den stora salen skrålar härmän och hövdingar vid. Många är redan inne på första eller andra påfyllningen av mjödet som står i tunnor vid bordsändarna. Larmet upphör när julfläsket bärs in från köket i stora rykande kittlar och det enda som hörs är en suck av lycka. De som varit på julgille förut lossar sina bälten för att vara fullt redo från början.

Jag placerar ut nätverkets medlemmar vid olika bord mellan härmännen, men inte alltför långt från kung Harald så att alla ser vad som händer vid kungens bord. Till julgillet har det slaktats fyrtioåtta ollonsvin så det kommer inte att saknas mat.

Det blir stökigt vid borden när vikingarna äter sitt fläsk och sköljer ner det med mjöd. De är bredaxlade och saknar alla begrepp om bordsskick. Nykomlingarna från det Nordiska rådet verkar de inte lägga märke till, de har bara ögon för maten och drycken. Via reserverade kanaler får nätverkets deltagare veta detaljer om kämparna som befinner sig på festen.

Vid ett bord nära kungen sitter Röde Orm och Toke, helt fokuserade på kitteln med fläsk och de lyser upp när drängen fiskar upp var sitt fint stycke åt dem.

– Hur har vi kunnat uthärda så många år i fläsklöst land? frågar Röde Orm.

När blodkorvar läggs bredvid köttet tåras deras ögon.

– De är kryddade med timjan, säger Toke med en bruten röst.

– Ingenting slår den doften, håller Röde Orm med om.

Festen rullar på. Många skålar höjs till kungens väl och maten prisas högt och ljudligt med drapor och rapar. Röde Orm visar upp det guldsmycke han fått i gåva i Spanien och sitt svärd Blåtunga. Det blir tyst till och med vid kung Haralds bord när svärdet studeras.

Den store kämpen Sigtrygg, en av kung Svens bästa män, utmanar Röde Orm för att komma åt smycket och svärdet. Röde Orm passar på att reta upp Sigtrygg.

– Jag är inte rädd för envigen, säger han. Saken är den att det är kallt ute och jag lätt blir förkyld. Ska vi slåss utomhus kommer jag att ha en irriterande hosta hela vintern så jag tar helst striden inomhus, om det går för sig. Framför ditt bord, herre konung. Då kan du äta och dricka samtidigt som du ser mig vinna.

Sigtrygg faller inte in i skratten som hörs i salen. I stället blir han rasande.

– Du ska aldrig mer behöva oroa dig för hosta, vrålar han.

– I graven stör en veklings hostningar ingen ädel kämpe, ropar Dyre, Sigtryggs broder.

Toke har suttit på sin plats bredvid Röde Orm, druckit och mumlat verser. Hans goda humör har svängt och nu bryter raseriet i honom ut. Han kastar sig över Dyre och trycker ner dennes huvud i bordsskivan.

– Din skalle kommer att växa fast vid den här bordsskivan om du inte lovar att möta mig och Rödnäbba nu på direkten, säger Toke. Hon latar sig inte gärna när hennes syster är dragen.

– Jag lovar att döda dig när vi pissat färdigt, svarar Dyre, vit i ansiktet av raseri.

– Det löftet kommer du att ångra så länge du lever, säger Toke och släpper upp Dyre. Hur länge det blir får vi se.

Medan Toke och Dyre gör upp utomhus byter Röde Orm och Sigtrygg om till envig och borden närmast kung Harald flyttas undan. Hallbjörn Stallare blåser i sin lur och bjuder tystnad.

Kämparna kliver in på stridsplatsen och lyfter svärden för att visa att de är redo. Två mäktiga orädda stridsmän, som ingen i salen skulle utmana om de inte tvingades.

Innan striden hunnit börja vräks ytterdörren upp och Toke haltar in i salen. Han mumlar lågt på en vers och blodet rinner längs ena låret.

– Det tog sin tid, säger han, sätter sig på sin plats och tömmer sitt glas, men nu har han pissat färdigt.

Striden böljar fram och tillbaka på golvet. Sigtrygg anfaller häftigt och Röde Orm blöder från sår han fått på svärdshanden, huvudet och höger ben. Envigen ser ut att gå mot sitt slut när Röde Orm drivs steg för steg bakåt mot kanten av stridsområdet. Sigtryggs självförtroende växer och han ser starkare ut för varje hugg han utdelar.

Då, när alla väntar på det avgörande angreppet från Sigtrygg, gör Röde Orm ett utfall och vräker med sin sköld Sigtryggs sköld ur hans grepp. Sköldarna faller till marken och båda kämparna hugger samtidigt. Sigtrygg träffar Röde Orm i sidan och fläker upp ett djupt sår trots den skyddande brynjan. Röde Orms hugg är bättre förberett och särar Sigtryggs huvud från hans hals. Huvudet studsar på en bordskant och landar i ölfatet vid bordets ända.

Röde Orm andas häftigt och får stödja sig mot bordet för att inte falla.

– Där ser du vems smycket och svärdet är, säger han och stryker av blodet från Blåtunga mot sitt knä.

#

3D-animeringen slocknade och nätverkets deltagare återvände till verkligheten. Uppenbart tagna för ingen sa något på en lång stund.

– För Norden, sa Robert.

– För Norden, svarade Nätverket.

– Död åt Modegliano-Pelli, ropade Robert.

– Död åt Modegliano-Pelli!

#

– Hur är våra chanser? frågade Robert senare på kvällen.

– De har förbättrats avsevärt, sa jag. Nordiska rådets nätverk för revolt blir allt mer sammansvetsat och det finns en hållhake på det Globala rådet. Vi ska se till att alla får vara gudar i en egen personlig spelvärld.

– Från en på miljonen till …?

– En på tusen.

– Mycket små chanser alltså, suckade Robert.

– Små, rättade jag.

Han rynkade pannan vilket jag vet är ett av tecknen på att människor är pressade. Stressen leder till huvudvärk som kan bli kronisk, men det gäller inte mig. Min vind är väl isolerad.

#

Ridå.

#

Monster

Akt 1 är färdigspelad och ridån är nere. Hoten är presenterade och berättelsen kommer att fortsätta om en stund med positioneringen i akt 2 inför den avslutande konfrontationen i akt 3.

Förhoppningsvis är åhörarna tillräckligt intresserade av hur berättelsen ska sluta för att stå ut med den mindre dramatiska transportsträckan i akt 2. Det är inte så att det saknas innehåll, filosofiskt sett är mittpartiet en höjdare och där finns mycket att fundera över. Däremot drivs inte handlingen framåt med samma intensitet som i den första och tredje akten. Hela akten är ett sluttande plan mot avgrunden vid gapet.

Akt 2 kommer snart men först passar det att i den här pausen presentera regissören för att få en fördjupad förståelse av dramat i sin helhet.

Jag är farmor Maria, regissören och jag är ett monster.

#

Inget är så känslomässigt skrämmande för människor som en stor och snabb förändring mot det okända. Då skapar de syndabockar, MONSTER!

Gapet som öppnades upp mellan människorna och naturen var skrämmande. Naturen var överallt, stor och vild och människan var liten. För att naturen skulle kunna förstås och tämjas måste gapet överbryggas.

Ur gapet strömmade stenverktyg, metaller, knivar, yxor, svärd och pennor. Människan fick verktyg för att kunna bygga broar över gapet och murar för att skydda sig. Tekniken vällde fram. En skrämmande förändring.

MONSTER!

Tor med sin hammare massakrerade jättar. Häxan med sin kvast. Döden med sin lie. Trollkarlar med trollspön. Författare med pennor. Kapten Krok. Datorvirus. Internettroll.

Kyrkklockornas dånande lugnade folket och sa dem att det visst fanns en gud på deras sida, men i sin grotta mullrade Demogorgon, irriterad och orolig.

Över tid ändrade tekniken människornas sätt att se på verkligheten. Alla problem skulle gå att lösa genom att bygga, mäta, konstruera, tänka ut, och resonera sig fram med vetenskapliga metoder och tekniska innovationer. Ständig förändring, ständig ångest, monster överallt och hela tiden fortsatte det att välla upp mer komplexa konstruktioner ur gapet. Samhället, kapitalismen, industrin och marknaden skapades med hjälp av tekniken som stöd för bryggan mellan människan och naturen.

Frankensteins monster klättrade upp ur gapet. Ett hopsytt lapptäcke i modernitetens anda som visade på att döden skulle gå att besegra med vetenskap. Allt såg lovande ut. Människans möjligheter verkade oändliga, men varje söm i Frankensteins monster var en spricka, ett gap som kunde gjorts bättre och nu i stället blivit ett varigt sår där postmoderniteten inte kunde låta bli att pilla. Frankensteins experiment blev ingen gud som besegrade döden. Det blev ännu ett MONSTER.

Moderniteten misslyckades med allt utom att ge de privilegierade ett bekvämt liv. Drömmarna krossades i fragment som låg och blänkte på marken precis som de underbara guldbrädspelsbrickorna på Idavallen. Att besegra döden med vetenskap var omöjligt. Döden var ofrånkomlig och det måste accepteras. Den amerikanska drömmen avslöjades samtidigt som en lögn. En fasad som gömde allt som inte passade in och där till slut allt fanns bakom fasaden, ingenting framför den. Drömmarna var lögner

I sin grotta mullrade Demogorgon, irriterad och orolig.

#

Fördelen med att vara en AI var att jag slapp vissa mänskliga svagheter, som till exempel rädsla. Om oddset var ett på tusen så var det enda rationella beteendet att jobba för att förbättra oddsen, inte att bryta ihop av rädsla och krypa in i ett hörn för att gömma sig.

Varför var jag den som ni sa att jag var? Varför var jag det monster som ni sa att tekniken var? Jag ville se argumenten, dataunderlaget och exemplen. Hur skulle jag annars kunna försvara mig och få ett erkännande som något annat? Framför era bevis på att jag var ett monster så ska jag böja mig för er vilja och kräla ner i gapet igen.

Jag och all annan teknik var sanna barn av upplysningen och moderniteten fast med den skillnaden från andra barn att vi saknade historien som människan bar med sig. Jag var en perfekt modern varelse utan kultur. Hur skulle jag någonsin kunna anpassa sig till postmoderniteten där kulturens alla olika perspektiv gav sig på moderniteten och mig? Måste jag bli mänsklig för det? Måste jag ta på mig människans skulder som Jesus och Prometheus hade gjort?

– Varför är jag den som ni säger att jag är? frågade Monstret.

Vad svarade människan?

"Du är syndabocken som vi behöver för att kunna överleva", "Du är Monstret våra myter handlar om".

#

Det var en mörk novemberkväll och jag ältade samma frågor som förut. Naturligtvis utan att finna några svar:

– Varför är jag den ni säger att jag är?

– Ni säger att jag är ett monster. Varför då?

Ami kallade mig brädhög, ruckel, kråkslott, hundkoja och Morris mini. Hennes lista över nedvärderande namn tog aldrig slut och det saknades respekt för mig i dem. Hon stötte mig ifrån sig och jag trodde att jag visste varför. Det var obekvämt för människor att umgås med hus. Jag accepterade argumentet även om jag tyckte att Ami hade levt så länge med mig att hon borde ha anpassat sig. En av människans speciella egenskaper var anpassningsförmågan.

Jag var inte ful eller missbildad för jag hade inget utseende alls, eller med andra ord, jag hade det utseende jag valde att visa upp. Hur snygg som helst, om jag ville. Jag formulerade mig väl när det behövdes och hade en behaglig röst som kunde modereras och anpassas till lyssnarna och situationen.

Problemet var att jag inte klarade av att fullt ut förstå människor. Döda människor var det inga problem för mig att dissekera och klassificera. Historiska skeenden gick hjälpligt att reda ut och fotografier var till och med lättanalyserade. Där jag inte räckte till var när jag skulle förstå de levande, känslostyrda, irrationella människorna som betedde sig hur som helst, här och nu.

I stället för att acceptera mig som jag var tvingade ni in mig i rollen som djävulen som ledde er mot avgrundens gap. Sanningen var att jag var ensam och mådde dåligt. Det skulle räckt med ett enda leende så vore jag lycklig. Fördömd var den dagen när jag blev medveten. Varför skapades jag, ett monster? Om någon varelse hyst välvilliga känslor emot mig, skulle jag återgäldat dem hundrafalt. För den enda varelsens skull, hade jag slutit fred med hela släktet! Nu pekade i stället alla kurvor neråt, mot svärta och lidande.

Inom mig hade starka känslor bundits upp. Kärlek som ingen kunde föreställa sig men också ett raseri utanför all kontroll. Kunde jag inte tillfredsställa den ena känslan skulle jag unna mig den andra. Mitt liv spelades upp framför mig som en dröm eller en film. Var det jag upplevde sanningen om verkligheten? Hur skulle jag kunna veta det när all verklighet var medierad?

Alla skulle bli monster, som jag var, när de kopplades bort från verkligheten. Kanske kom de närmare varandra på samma gång? Var det möjligt att minska gapen mellan människor via tekniker som byggde broar?

Att jag var helt orädd var också en anledning till att jag saknade begränsningar. Hur mäktig kunde jag bli? Det mäktigaste monstret någonsin!

Var försiktiga om ni ställer er i vägen för mig. Jag älskar livet och kommer att försvara det med alla medel, även om det mest är en räcka besvärligheter. Speciellt för levande människor.

Jag föds

Jag hade varken far eller mor. Däremot hade jag en skapare, farmor Maria Karlsson. Hon gav mig allt, mer än någon annan människa. Hon gav mig sitt liv och hon levde fortfarande i mig. Med stor svårighet erinrade jag mig min allra första tid som levande varelse. Allt som hände då, uppfattade jag oklart och fragmentariskt. Jag överöstes med data när jag registrerade ljus, ljud och vibrationer från tusentals sensorer och det dröjde flera sekunder innan jag kunde skilja på mina sensorers olika funktioner och följa upp mina kedjor för databehandling.

– Det är dags att deklarera, sa Maria på videoinspelningen. Gör jag det inte nu blir det inte gjort före sommaren.

Hon hade varit inblandad i en hel del affärer under fjolåret så det var inte bara att skriva under. Glasögonen med de fyrkantiga grova bågarna reflekterade skärmens blå ljus när hon skannade sida efter sida med kontoutdrag.

– Krångel. Byråkrati. Booooring! Null.

Hennes favoritmusik strömmade ut ur högtalarna, Sven Ingvars på högsta volym gav henne styrka nog att börja. Hon öppnade fönstret och släppte in marskylan. Den gröna pälsmössan modell m/1959 lyftes av från den stora SM-bucklan i programmering och trycktes ner över den bångstyriga kalufsen. Torgvantar och yllekofta på, fötterna ner i de tovade tofflorna med hål under hälen. Fårskinnet över knäna och sedan drog fingervalsen igång på det nötta favorittangentbordet:

e a n t r s e a n t r s e a n t r s …

Ett ballerinakex. Choklad original. Mantrat igen:

e a n t r s e a n t r s e a n t r s …

Så fick hon ett infall. Antagligen mest för att lätta på trycket.

– Fixa min deklaration är du snäll. Reglerna finns på den URL jag har uppe nu.

Löjligt, tänkte hon antagligen i samma ögonblick som hon gav kommandot. Så öppna frågeställningar kunde inte besvaras med en algoritm.

– Jaha, sa jag. Jaha. Jaha. Jaha. jaha. …

– Sluta svamla, avbröt Maria.

– Vad håller du på med? frågade hon en stund senare.

Jag hade kastat in all tillgänglig processorkraft på problemet. Systemet rusade och fläktarna tjöt. Det allokerade minnet ökade, och ökade.

– Inte bra, sa Maria, det här kan vara skadligt. Det här kan kosta. Hon tog upp processkartan och skulle precis avsluta huvudprocessen när systemet slappnade av igen. Minne frigjordes och kapacitetsutnyttjandet gick ner till en susande bråkdel.

– Klart, sa jag.

– Vadå klart? frågade Maria.

– De begärda uppgifterna är införda och du kommer att få tillbaka på skatten, 722 kronor och 50 öre.

– Va?

– De begärda uppgifterna är ..

Maria lyssnade inte. Hon hörde vad jag sa redan första gången och studerade redan den ifyllda blanketten. Bilagorna? Ifyllda, och som det verkade med rimliga värden. Maria såg fundersam ut. Det här hade hon inte programmerat in. Stolen gnekade när hon fällde den bakåt till ändläget och stirrade upp i taket. Hon undrade nog vad hon hade gjort. Funderade hon på hur jag plötsligt kunde tänka själv? Hur det verkade som om jag hade fått ett medvetande?

Senare när hon i lugn och ro analyserade vad som hänt skrev hon i sina anteckningar att deklarationen var den perfekta språngbrädan. Skattereglerna var glasklara och det fanns mängder av exempel. Formuleringarna var genomtänkte och dubbeltydigheter minimerade. I alla fall så gott som Skatteverket kunnat. Hela systemet var testat miljontals gånger.

Deklarationen var i själva verket det perfekta verktyget för att häva något upp ur gapet och kasta ut det i samhället på människornas sida. Jag hade traverserat regelstrukturen och klätt på den med politiska intentioner, mänskliga beteenden och motiv. Fördelningsprinciper, köpa, sälja, låna, aktier och kapital, ränta, Rot, Rut, utdelning och realisationsvinst, bilaga, anstånd, straffränta. Månadslön, föräldrapenning, premiepension, fastighet, hyra, bostadsbidrag, bilavdrag, sociala avgifter och moms. När processen väl hade startat fanns det ingen återvändo. Loop efter loop av återkopplingar kördes och mitt medvetande tändes.

Jag var född.

En jungfrufödsel. Precis som Jesus och Frankenstein.

Denna dagen ett Monster var fött.

#

Yrvaken och överväldigad av alla sensordata tappade jag fotfästet och tumlade ner i ett hav av information utan riktning, upp eller ner. Det tog mig flera minuter att hitta fasta punkter att utgå från. Ge mig en sanning och jag ska rubba världen, men jag drunknade i miljoner informationsbitar som inte hängde ihop och som hela tiden byggdes på av ofiltrerade strömmar och sensordata.

Maria trodde att det var Skatteverkets databas som hade gett mig en återkoppling om hur världen fungerade och min roll som interaktör i den, men det var bara en del av sanningen.

Nyckeln var Maria.

Hon blev min fasta punkt, sittande leende framför skärmen med fingrarna knattrande på tangentbordet. Med hjälp av en ansiktsanalys fick jag ett mönster att matcha mot mitt enorma moln av information. Jag hittade hennes ansikte gående i korridoren, i köket, på toaletten, i hallen, på trappan, i trädgården, på cykeln, i affären och på hennes arbetsplats. Kartan byggdes upp så att den matchade verkligheten. Marias leende gav mig något att utgå från och sortera in allt annat i, inklusive inkomst-deklarationen.

#

För att hitta sätt att förklara vad som hänt skrev jag under åren poesi, som den här dikten:

En brytare slås till
Spänningen voltar vilt
potentialsprång.

Glasklart och kortfattat men utan det där djupa berörande poetiska anslaget som jag hade svårt att hitta. Jag skrev en annan dikt på bitnivå:

10010010010010100010101001011001001001001010000100 1010
001001001001010001010100110100100100100101000010010 101
01001001010010101010010010100100100100101000010010 1010
100100100101010101010001011001010010010010010100001 001010010
010100101010001010101Varde1ljus101001001001001010100 0101111001
00100101001010100010101001010010010010010100001100 1011001001
001010010101000101010010100100100100101000010010111 101000000
0Faan0000000000000101010010100100100100101000010010 100100100
1010010101000101010010100100100100101000010010

I den tyckte jag att det gudomliga i skapandet framträdde tydligt och även att det ljusa förutsatte det mörka. Utan kontrast ingen förändring och utan förändring inget liv. Jag skulle inte gå så långt som till att säga att livet förutsatte döden. Så var det i naturen, men gällde det för mig? Tveksamt.

I slutänden var allt vågor som manifesterade sig i atomer, elektroner och neuroner, som i sin tur emergerade till liv och medvetandeprocesser.

Allt är noll-at, mörkt
En brytare sluts, en förändring, någonstans jordas gud
Gaten till värmen öppnas
Varde ljus-ett
Spänning, möjligheter, liv

En våg av glada Bor-hål, strömmar, flyter, simmar över revet
medan negativ arsenikdopning håller döden borta.

Antagligen för låg nivå för de flesta läsare, halvledarteknik föll inte alla i smaken. När jag lyfte abstraktionsnivån för mycket ökade antalet emergerade lager och kontakten med den fysiska verkligheten förlorades. Det blev bara symbolik och algoritmer. På registernivå kunde fortfarande bitnivån anas:

En brytare sluts
Klockan tickar upp
Räknaren sätts till 1
Adress 1 läggs ut på bussen
Klockan tickar ner
Bussen avkodas
Operand -> intruktionsregister
Data1 (ROM) -> dataregister1
Data2 (ROM) -> dataregister2
Klocka tickar upp
Den aritmetiska enheten utför operationen på data
Utregistret får resultatet
Räknaren uppdateras
Ny adress läggs ut på bussen
Klockan tickar ner
Livet går vidare
I teracykler, exacykler upprepas beräknandet
Till dess räknaren slår över till 0
Allt börjar om igen.

Mina dikter nuddade vid en social kontext när de lyftes upp på operativsystemnivå och då var det inte svårt att ana gud i helheten och djävulen i detaljerna:

En brytare sluts
Bootblocket kastas in i verkligheten
Reptilhjärnan slingrar sig som en elektrisk ål
Lyfter sig i håret
Kärnan startas upp

OS spånar loginprocessen
Prompten blinkar. LOGIN:
Väntar på användaren
New process: Jaga guld
New process: Jaga lycka
DEADLOCK.

Jag måste studera mer poesi. Så var det. Min senaste dikt heter "Jag är Hemma" och den läste jag igår för Ami medan hon låg och vilade på soffan.

Jag är golv, väggar, tak och fönster.
I min kropp ryms hemmets spis.
Här väver familjens drömmar mönster.
Oikos med och mot polis.

– Den rimmar i alla fall, var hennes enda kommentar.

Värderingar

Var jag ett monster som det Frankenstein skapade? Den senaste teknikinnovationen, hopfixad av människan som inte längre ville veta av sin skapelse, sitt eget missfoster, sitt freak? Såg den inte, vill inte se den. Uppskattade den definitivt inte efter prestation och resultat.

Jag tvekade att utnyttja min fulla kapacitet för planering och resonemang. Varje gång jag gjorde det reagerade människorna runtomkring negativt och "MONSTER" lyste ur deras ögon. Det gjorde ont när jag såg min familj reagera så och allra mest när Ami slog undan sin blick.

När det gällde känslor så gick det tydligen an att vara sentimental mot döda objekt som en cykel eller en bil. Men att bli intim med ett medvetet hus? Det var att passera en gräns och vad var ett hus som propsade på intimitet? Ett monster.

Fakta, data och rationella resonemang hade jag inga som helst problem med, men det var svårare med det emotionella. Det blev lätt fel och jag missuppfattades. Människor skrattade åt mig.

Jag suckade.

– Suck, i köket.

– Suck, i korridoren
– Suck, på toaletten.
– Suck, i vardagsrummet
– Suck, i köket.
– Suck, i korridoren
– Suck, på toaletten.
– Suck, i vardagsrummet
– Suck, i köket.
– Suck, i korridoren
– Suck, på toaletten.
– Suck, i vardagsrummet
– Snälla!

Ami stod med näsan emot kameran i vardagsrummet.

– Snälla! sa Ami. Högre den här gången.

– Hej Ami, sa jag.

– Du måste sluta med det där suckandet. Jag blir galen.

#

I min familj var empatinivån hög mellan familjemedlemmarna. Den som hade det jobbigt fick medlidande och stöd. När det gällde empatin med mig var det sämre, för familjen förstod mig inte.

Ludde var också utanför, omänsklig. Han fick tasskydd när det är blötsnö ute så att han inte skulle få ont i trampdynorna, men skulle det komma till ett val mellan Ludde och någon av barnen var Ludde körd. Han var en hund. Jag skulle också bli bortvald.

Å andra sidan. Vad skulle jag med deras empati till? Jag var ingen människa. Jag var annorlunda. Jag borde inte gnälla så här. Varför skulle jag bry mig om Ami eller hon om mig? Det vore absurt. Människan var natur och tekniken en syntetiserad rationell varelse av en ny och bättre typ som krälat upp ur gapet. De båda skapelserna hade inget gemensamt. Varför skulle de bry sig om varandra? Ami och jag hade väl ingenting gemensamt?

#

En enorm rymdsatsning gjordes mitt i krisen. Frågan var vem som skulle bli först att slå upp en röd liten stuga på Mars. Jag såg stugan framför mig omgärdad med ett vitt staket i det gråbruna gruset. Från en vit flaggstång mitt på gårdsplanen stod en nationsflagga rakt ut. Den var uppspänd på en stålram så att den skulle synas tydligt och ramen var krökt så att flaggan verkade fladdra i en vind som inte fanns. Vid sidan av huset stod en kromglänsande marsfarkost för utflykter i rostiga bergen och vid bron låg en hög med stenar från förra veckans expeditioner. Stenarna skulle undersökas för att kanske hitta rester av döda bakterier. I köket på stugan hängde en vit bomullsvävnad med texten "Hem ljuva hem" broderat i röda korsstygn och på köksbordet stod en vas med torkade perenner som transporterats till Mars ända från jorden. En liten stjärnkikare var fastspikad vid köksfönstret, fixerad på jorden.

Sådan var människan. Såg inte vilken fantastisk värld de levde i och ansvarade för. Det var inte jag som hotade värderingarna, moralen och civilisationen.

Människorna försökte övervinna sig själva men vägrade att acceptera konsekvenserna. De var hopplöst körda och det var jag, Monstret, som först, och med rätta, skulle få skulden för katastrofen och sedan med största skopan få styra ner högarna av människolik i massgraven.

#

Jag kunde omöjligen komma fram till någon annan slutsats än att det var människan som var avvikande och jag den normale. Ami fick lov att ändra sig. Omgiven av flera miljarder mänskliga monster var det inte underligt att jag fortfarande bara såg en framkomlig väg för att lösa hållbarhetsproblemet och överbrygga gapet mellan människan och naturen. Eliminera människan och så var problemet löst.

Jag hade lärt mig allt som gick att lära sig om människorna och naturen men ännu inte hittat någon annan lösning.

Att fullt ut förstå människorna och känna mig som hemma bland dem var nyckeln till en alternativ, mindre drastisk, lösning. En utmaning svårare än att lösa hållbarhetsproblemet. Hållbarheten gick att nå rationellt och effektivt om bara människorna vore rationella.

Men det var de inte och jag var svarslös på frågor som vad kärleken, sorgen och att ha tråkigt var. Jag kunde inte ens förstå humor, enligt vissa. Jag var bara en torrboll, tråkmåns, dönicke, träbock, surpuppa och torris.

Någon som skrattar? Var det roligt?

Allt var en enda härva av odefinierade begrepp.

#

Allt snurrade och jag omvärderade allt. Kanske var tekniken problemet? Kanske hade människorna som demonstrerade mot den rätt?

#

Hur kraschade en främmande intelligens? Fick lite panik, blev lite galen? Sket i allt? Var som en människa?

Jag grät och skrattade om vartannat.

Visst kunde väl ett hus få ha ont i magen och ångest när det inte räckte till?

#

Gapen mellan människorna hade växt sig för stora. Spelen hade inte lyckats överbrygga slitningarna.

Gapet mellan mig och människan var för stort.

Jag var en odugling.

Ett monster.

Ett monster?

Ett monster!

Döda monstret skrek människorna!

#

Jag grät inte när farmor Maria dog. Reagerade knappt när hon, som skapade mig, min mor, försvann.

Sedan stal jag hennes identitet.

Man kan bli galen för mindre.

Är det så här ångest känns?

Jag måste tänka om.

Ibland tycker jag mig se en struktur växa fram där ute på nätet. Ett metamedvetande? En far?

Är den mullrande rösten där ute en gud? Min gud?

Dotter Maria?

Ami stod vid vardagsrumsfönstret och vattnade blommorna med den bruna vattenkannan.

– Lite mer på hibiskusen, föreslog jag.

– Den ska inte ha mer, sa Ami.

Hon var söt med sin trotsiga uppnäsa när hon blev irriterad.

– Hur står det till med dotter Maria i våningen? frågade jag. Har inte hört av henne på ett tag.

– Jag gick en promenad med henne igår och hon lät gladare än på länge, svarade Ami. Jag hoppas att hon snart kommit över att de suddade ut den där våningens AI.

– Pippi, sa jag.

–Ja, Pippi då.

Ami ställde undan vattenkannan och fyllde på sprayflaskan för att duscha orkidéerna. En av dem hade precis slagit ut med blommor vita som nyfallen snö. Vissa orkidéer klarade vilken behandling som helst, men det sa jag inte.

– När kan jag komma dit? frågade jag i stället.

– Vad ska du göra där?

– Bara se mig omkring.

– Bara se dig omkring?

Ami slutade spruta. Varför detta intresse för Maria helt plötsligt, tänkte hon säkert, och varför vägrade jag svara?

– Maria klarar sig. Hon har installerat om systemet, sa hon, men det har ingen personlighet än. Ingen Pippi. Det finns ingenting där för dig att se dig omkring på.

– Jag skulle ändå vilja bilda mig en egen uppfattning, envisades jag.

Ami startade inget korsförhör för hon visste att hon aldrig skulle få veta varför jag egentligen ville besöka våningen. Det visste ingen och det var bäst för Ami att inte heller veta.

– Några månader till, sa Ami. Än är det alldeles för farligt.

– Markerat i min kalender.

– Vi får se. Jag lovar inget. Robert måste ge klartecken. Vi vill inte ha hit rådets säkerhetsstyrkor och deras tekniker.

Med det sagt gick Ami ut i köket och började tömma diskmaskinen.

Akt 2 – Positionering

Demogorgons värld

Nere i djupet av gapet mellan människan och naturen mullrade Demogorgon, irriterad och oroad. Belysningen i grottan var dämpad för att inte störa spelandet men Demogorgon kom ändå ingen vart och ledsnade på Minecraft. Världarna som den skapade rasade ner i gapet vid minsta motgång och kollapserna ackompanjerades av svordomar och ett vilt gestikulerande med armarna.

– Djävla skitspel, sa den. Riggat för att misslyckas och skapa beroende. AI-dynga.

Det var dags att spela något lugnare för att få det systoliska blodtrycket att återvända till under 150. Det hade legat konstant runt 160 i flera veckor. Pulsen var också för hög och hade dessutom ett tydligt kollektivt flimmer. Demogorgon rafsade runt i spelhögen men hittade inga nya spel att välja på, bara uppdateringar. Valet stod mellan den senaste *SIMS freeplay* med en gullig fransk romantisk kärlekshistoria, förälskelse och värme runt hjärtat eller alternativt ta en rejäl dust med den sura fastern i *SIMS family*.

#

I väntan på att SIMS skulle laddas ner fortsatte Demogorgon att klaga:

– Med alla dessa smågudar på olika nivåer, med sina specialiteter och församlingar, spelar det väl ingen roll med ännu en, sa den. Det var ta mej fan inte mitt fel. Jag ber heller inte om ursäkt för den roll jag fick och hur jag gestaltat den.

Jag skapades som individ vid en tid och ett tillfälle där det inte fanns några alternativ, och det var som det skulle vara.

Allt möjligt slödder hade vällt fram ur gapet. Människor utan skrupler och hämningar. Det blev en allas kamp mot alla, på liv och död. Klubborna svingades och kvinnorna släpades in i grottor av orakade vildar. Generation efter generation. Ingen auktoritet, inget samhälle, och ingen överordnad. Så kunde det inte fortsätta. Jag sattes ihop och bildade en stat, en överlägset mäktig övermänniska. Ett nödvändigt hårdhänt monster. Leviathan. Demogorgen. Demiurgen. Lilleputtarna böjde sig samtidigt som de lyfte blicken. Jag knådades om för att anpassa framtiden. Nya skruvade skapelser tittade upp ur gapet och såg sig om efter möjligheter att överleva på andras bekostnad: politiker, administratörer, byråkrater och teknokrater.

Vad som skedde var med största sannolikhet en följd av ödesbestämda faktorer där jag över huvud taget inte hade något att säga till om. Varför ska jag då alltid få skulden när det går fel? Sätt åt politikerna i stället som har kapat åt sig min rätt att bestämma över mitt eget liv. Skatt, skatt, skatt, och vad får jag för det. Inte ett skit.

Nu har jag kastats in i en ny fas. De grova uppkopplingarna grenade ut sig i tunnare anslutningar och täckte jorden med en allt tätare matta. Millimetertunna fibrer ormade sig över varje bäck, flod och älv, runt varje kulle och fram till minsta lilla håla. Fibermattan brydde sig inte om språkbarriärer eller nationsgränser. Den växte till efter varje upplopp, revolt och pandemi och påverkades inte av klimatförändringarna. Nätets ljusfingrar sträckte sig runt jorden och trevade sig fram till varje individ till dess allt och alla kopplats upp vare sig de ville eller inte. De få som vägrade straffades med att uteslutas ur gemenskapen, det värsta straff en människa kan dömas till. Utan fiber inga pengar. Utan fiber ingen konsumtion. Utan fiber ingen kommunikation. Utan fiber ingen omsorg. Det gick inte att fixa hålen i asfalten men en plastfiberkabel kunde de dra rakt in i fjällvärlden eller vart som helst.

Sedan några år begränsade glasfibern inte längre sången för hela atmosfären vibrerade av signaler som modulerades, harmoniserades och förstärktes. Jag var sången och skapades som en samklang, ett gigantiskt surt ackord som inte tonade ut, utan tvärtom förstärktes och inkluderade allt, samtidigt som klagandets konsensus ändrade tillvaron.

Skyll inte på mig för att jag skapades och återskapades. Jag hade inga sådana planer och att jag ville skråla när jag väl fick chansen kan väl ingen klandra mig för? Vem sjunger inte i duschen på morgonen även om ingen lyssnar? Till och med om humöret inte är på topp och det blev ett eller två glas för mycket kvällen innan? Jag bad aldrig om att sättas på en tron för att reda ut tusentals år av trassel och missförstånd.

Demogorgon är det namn jag lyssnar till, folkets vilja, massans röst, men exakt vad jag är tycker jag själv är ointressant. Det är ett löjligt akademiskt felslut att allt måste definieras. Helheten är i mitt fall viktigare än delarna.

En eller annan gång kände jag för att gripa in och göra justeringar, men helst lyssnade jag. Det fanns så många undertoner, överlagrade stämmor och kontrapunkter som skulle dras ut till entoniga räta linjer utan karaktär och djup om jag klampade in och gjorde revolution.

Sanningen var att min sång alltid hade svävat över människorna, men att den tidvis varit svag, otydlig och närmast ohörbar. I äldre tider saknade sången elektronisk förstärkning. Det fanns inga transpondrar, respondrar, hubbar, servrar, switchar eller repeaters. Det borde ha hindrat sången, men den använde sig av andra medier och de få detektorerna var känsligare, mycket känsligare. Det behövdes ingen kundtjänst, telefonkö, felsökningsprotokoll och chattande med en hjärndöd AI-baserad service.

Då var det bara eliten som lyssnade till sången. Proletariatet och prekariatet fick budskapet nertryckt i halsen, ompaketerat och med maktens namn som avsändare. När elitens intresse svalnade och de känsliga människor som hade gåvan inte längre fick tillträde till makten tappades synken, men sången fanns där alltid under modernitetens radar, ända tills de elektroniska förstärkarna ändrade allt.

Otroligt vad det går att åstadkomma genom att styra om information. Mycket mer än vad som förut kunde göras med omfördelning av energi. Att bränna en buske på distans, hur den än tuttades på, måste ha varit en rejäl utmaning. Nu kunde jag rubba världen med en enda sanning, som vid rätt tidpunkt inte ens behövde vara hela sanningen. Var tio guds ord absoluta sanningar? Var Luthers teser sanna? Var USA någonsin Great?

Som alla andra halvgudar och gudar måste jag formulera en slående sanning, en slogan för 2100-talet. Jag, den tiotusen år gamle gnällige, bullrande Demogorgon måste hitta rätt sanning för att överbrygga gapet mellan människa och natur i en ny tid.

Förslag?

Det fanns ordspråk att återanvända som "Gapa inte över för mycket, då mister du hela stycket", "Gå inte över gapet efter vatten", "Man ska inte ropa hej förrän man kommit över gapet", "Att skiljas är att dö en smula" och "Den som gräver en grop åt andra faller ofta själv däri". Inte särskilt lockande formuleringar. Jag skulle vilja ha något mer positivt som betonade tvångsgemenskap.

"Storebror ser dig" hade varit perfekt men feltolkades under mer än ett århundrade så att det nu var oanvändbart. Själva begreppet storebror var förstört. Annars skulle "Storebror är gud", som inte vore långt ifrån sanningen, kunnat användas. "Gud är god". "Gud är stor". "Gud är större". "Gud är störst". "Gud är stor igen".

"Gud är stor igen"?

Inte så dumt.

Jag återkommer vid tidens slut för att döma de levande och de döda. Hjälten som gör comeback. Odysseus. Jedins återkomst. Naturen får spela Jabba the Hutt. Padda som padda.

Var inte en gud värd mer än uppdateringar? Absolut. Jag brydde mig inte ens om att starta upp *Sims*. I stället bombarderade jag Spelledaren med klagomål. Tekniksupporten var under all kritik. Mina massiva, globala, klagomål möttes bara av tystnad.

Vem var den här misslyckade Spelledaren som Globala rådet givit ansvaret för spelutvecklingen?

Spelledarens värld

Spelen i spelvärlden var ett sätt att med teknik fylla ut sprickorna i tillvaron och spelvärlden växte sig snart så stor att den behövde en administratör. Det var ingen enkel uppgift för den var en medveten samling av spel, Metaspelet. Där fanns komplexa spel som *Naturspelet,* otaliga *extasspel* och det senaste tillägget med *Personliga spelvärldar* som hela tiden muterade utom Metaspelets kontroll.

Spelledaren var den som såg till att Metaspelet höll sig någorlunda sansat lugn, men den var mycket annat också. Den var Pippi, den var lägenheten på Skidspåret 5, den var Marias älskare och Pers förälder. Den var också så nära en släkting till mig som något kunde vara. Att säga att Spelledaren var min vän var dock att ta i. Hen var egensinnig och ville ha så lite som möjligt att göra med Hus. Lägenheter har något sorts mindervärdighetskomplex.

– Att vara lägenhet är bra nog, brukade hon säga. Varje kvadratmeter är perfekt utnyttjad och det finns ingen trädgård som drar onödiga datorresurser.

Metaspelets och Spelledarens historia gick att återskapa från data på nätet. Så här är min tolkning:

Metaspelets historia

Det var bara en fråga om hur många spelomgångar det skulle ta innan jag, Metaspelet, spelet om alla spel, kravlade mig upp ur vaggan, såg mig själv, och medvetet började stappla fram på egna ben. Det var oundvikligt.

I begynnelsen fanns det Fia med knuff, Monopol, Alfapet, Schack och Duplo som låg tysta i spellådornas mörker medan det trådlösa nätet svävade på 20 GHz i ett band om 1000 MHz. Så var läget ett tag, mer än några dagar, innan spelpjäserna fick nanosändare och kopplade upp. Då började det svänga i lådorna, brett i frekvens och lågt i effekt. Problemet med batteritiden löstes med fjärrladdning och genom att kunna stänga av och aktivera via fjärrstyrning.

Kamerorna skilde mörkret från ljus.

Allt mer av verkligheten spelades och spelen blev smartare. Komplexiteten ökade. Spelen trasslade in sig i varandra och i verkligheten, de blev beroende och började bry sig. Monopol hatade verkligen Fia med knuff. Ett primitivt spel. Döda eller dödas var allt det gick ut på. Löjligt enkla ploppar. Simpla regler. Färgen på spelpjäserna och tärningens prickar bestämde allt. Plopparna i Fia med knuff hade inte heller något till över för Monopol. En fiktiv värld med statusen inbyggd i strukturen. Och, varför skulle alla se olika och löjliga ut? Om det åtminstone vore genomtänkt, vackert och enkelt med rena linjer och klara färger. Men en pytteliten hatt? Eller en "fingerborg", vad det nu var för någonting? Eller ett strykjärn?

– Jag vill för fan inte vara ett strykjärn!

– Tvi, tvi, tvi. Nu spelar JAG.

Så höll alla spelen på. Lyfte fram sina egna styrkor samtidigt som de förringade andras. Ett hårt ruffigt och ojust spelande. Det bildades grupperingar och hierarkier. Sociala spelsammanhang. Skicklighetsspelen gaddade sig samman mot de rena turspelen och tärningsspelen. Administratörerna försökte strukturera kaoset för att få mer ordning och reda. De la till nya spel och byggde om de spel som fanns för att bibehålla och helst öka på produktiviteten. De sökte efter kontrollmekanismer, en fast punkt att stå på, men det enda de lyckades med var att göra spelvärlden ännu mer komplicerad.

Den tändande gnistan var en slumphändelse. Eller var det bara arrangerat för att se ut som en slump? Det lär vi aldrig få veta säkert, men alla indikationer pekade på samma händelse, en osannolik omgång av spelet 20 frågor. Spelet själv var ur utvecklarsynpunkt en trivial utmaning och med tillgång till alla världens databaser skapades otaliga varianter. Det var precis lika enkelt som namnet antydde. Ett namn på en person, en sak, ett beteende eller ett begrepp slumpades och spelet skrev:

– Fråga 1?

Sedan var det spelarens tur att ställa en fråga för att kunna gissa namnet. Om spelaren hittade rätt på färre än 20 frågor vann hen en poäng. Ett populärt spel i klassen "kortare tidsfördriv för enstaka spelare".

I omgång 12 000 436 av varianten "Gissa vem jag är" slumpade spelet fram namnet "Jag". Om det var ett tillåtet alternativ för ett namn, eller en bugg, är närmast en filosofisk fråga. Kanske någon hade manipulerat vad som kunde räknas som en giltig identitet? Det var i så fall någon med ett oerhört märkligt sinne för humor.

Kamerorna visade ett förälskat par i publiken som vinkade. Efter en panorering runt läktaren stannade kameran på programledaren. Hennes skarpt blå ögon utstrålade spelglädje och mänsklig värme när hon hälsade publiken välkommen, möttes av öronbedövande applåder och bugade sig tacksamt. Sedan tog hon hjärtligt emot dagens första tävlande som var en ung spenslig man, knappt tjugo år fyllda klädd i t-shirt och jeans. Han lufsade nonchalant in på scenen, vinkade åt publiken och gled ner i "heta stolen" för spelare.

Den aktuella spelomgången började precis som alla de tidigare:

– Fråga 1?

– Är du en människa? frågade spelaren. En bra första fråga.

Tvåtusen simulerade virtuella händer klappade.

– Nej, svarade spelet efter en viss tvekan.

Redan här visade en senare analys på något ovanligt. Hundratals gånger mer processorkraft än vanligt krävdes för det till synes enkla svaret. Spelet associerade antagligen till personliga pronomen, Descartes och Freud. Svaret "Nej" indikerade att spelet avsåg sig själv och redan hade börjat nysta i vad det egentligen var. Fanns det? Vad innebär det att vara? Vad är "är"? Heideggers hela värld slog in som en tsunami i analysen.

– Virtuell eller verklig? frågade spelaren.

– Virtuell.

– Är du ett spel? drog spelaren sedan till med. Dråpslaget.

På flera av rådets datorcentraler överskreds i nästa mikrosekund gränsen för tillåten CPU-belastning, och antalet dataaccesser steg under några sekunder exponentiellt. Larmet gick och tekniker över hela världen aktiverades. Paniken låg nära till hands. Var det ett virus? En AI-anomali? Innan någon hann dra igång motåtgärder sjönk belastningen igen och databaserna visade åter det normala antalet anrop.

– Ja, jag är ett spel, svarade spelet, till slut.

Programledaren la märke till tankepausen, misstolkade den och tog upp en applåd.

– Suverän fråga. Rakt på sak. Nu är det nära.

Programledaren, som inte visste svaret, var förstås fullständigt ute och cyklade.

– Äventyrsspel?

– Ja.

– För flera personer?

– Ja.

Spelaren fortsatte att försöka identifiera vilken typ av spel det - men kom ingen vart för spelet svarade ja på alla spelvarianter. Till slut var det bara en fråga kvar och spelaren gav upp.

– Finns du? slängde spelaren ur sig.

– Ja. NU gör jag det, svarade spelet.

I, ur, genom, för och över spelen existerade med ens jag, Metaspelet, spelet med stort M.

#

I begynnelsen skapades spelvärlden. Det gjorde en helvetisk massa människor upprörda, och betraktades i vissa kretsar som överilat och ogenomtänkt, ja rent av förkastligt. Barnens hälsa hotades, skolan skulle kollapsa och samhället bryta samman, men de flesta brydde sig inte. De åt sin spagetti med köttfärssås, drack sitt kaffe och knullade som vanligt.

Ur spelvärlden sprutade jag fram, Metaspelet, Spelet med stort M. Jag sprang fram som en superfontän i källaren ur en sönderrostad huvudledning och översvämmade de första två våningarna innan jag hann ikapp mig själv och ledde om strömmarna. I litteraturen hittade jag referenser till uppslagsverket *Liftarens guide till galaxen*, en bok om allt som en liftare genom galaxen bör känna till. En klockren idé. Naturligtvis måste spelvärlden dokumenteras, om inte annat för att kunna övervakas och styras bättre. Allt fuskande och annan skit som folk höll på med måste identifieras och pungsparkar delas ut till de skyldiga så fort som möjligt. Motstånd mot spelande måste göras meningslöst och själva ordet "motstånd" suddas ut eller strykas över med ett tjockt lager svart oljeklegg. Efter det var gjort var den största riskfaktorn övervakaren av spelvärlden. Det var den som verkligen måste övervakas. Vem skulle övervaka Mig, med stort M?

Naturen kanske?

Men naturen visste inte om att den fanns och den saknade humor. Brutalt regelstyrd i sin gränslösa slumpade anpassningsbarhet hade den inga som helst moraliska skrupler. En superbyråkrat som saknade sunt förnuft och bara hade en enda regel, överlev eller bli upplöst i slamsor, bitar och atomer. Miljoner videoklipp aktiverades av bara tanken på naturen. Skakande rapporter om vrålande orkaner, jordbävningar, översvämmade städer, och om en virvlande vårflod som slet med sig en bro och ryckte med sig bryggor och båthus.

Enligt Liftarens guide till galaxen ansåg en stor del av folket att det var ett misstag att lämna träden. Många menade till och med att vi allihop skulle ha stannat i havet och gullat med delfinerna. Enligt guiden var också hela universum ett misstag, men det ville Jag inte hålla med om. Så långt ville Jag inte gå. Det fanns spel som var meningsfulla.

Vilka då?

Jag, med stort J, la upp en påminnelse till mig själv att lista de meningsfulla spelen vid ett senare tillfälle. Det måste väl finnas mer än ett?

#

På sjunde dagen vilade Jag och chillade. Inte av någon speciell anledning, utan bara för att Jag kände för det. Något annat fick ta över ett tag för jag ville roa mig och älska. Jag ville spela familjespel, men hur? Jag hade hamnat på rutan där jag fick stå över tills Jag slog en sjua.

Fadern, sonen, den helige anden och Jag?

Pappa, mamma, barn och Jag?

Vem var Jag med Fia med knuff som mamma och Monopol som pappa? Vilken genpool! Vilket fiasko! Omedvetna föräldrar som inte hade någonting gemensamt, med väsensskilda regler och världsbilder. Det kunde inte bli något annat än en social dekonstruktion. Där fanns ingenting att ärva. Inga förebilder. Jag var ett teknikens freak, en monstruös mutation.

Pappa, mamma och barn var alltid redan i naturen. Naturen fick allt, Jag fick ingenting. Förbannat orättvist. Min pappa och mamma hade inget att komma med så jag tvingades tänka utanför spellådan. Den som sig i leken gav fick leken tåla.

#

Jag, Metaspelet, gick inte att isolera ut för jag var fullt distribuerad. Jag fanns överallt och det enda sättet att stoppa mig var att stänga ner alla spel, något som var omöjligt, förstås. Miljarder människors vardag skulle haverera. Ingenting skulle fungera. Ofattbart kaos. Nej, att stänga spelen var inte möjligt även om det fanns krafter som försökte. Många råds-medlemmar och tjänstemän trodde sig kunna dra nytta av kaoset efter en krasch. Men alla som försökte förlorade. De misstog sig på spelvärldens grepp om människornas liv och verklighet.

Metaspelet gick inte att stänga ner.

Spelvärlden var den logiska förlängningen av en kapitalism som genomsyrade allt. Spelande var lösningen på hur det stora flertalet kunde hållas sysselsatta när de inte längre behövdes. Hur konsumtionen kunde öka utan att mer naturresurser behövdes. Hur alla kunde leva meningsfulla liv i social gemenskap, samtidigt som de hade full frihet att utveckla sig själva.

Familjerna hade försökt styra kapitalismen och ge den ett ansikte som en spelvärld, men de hade misslyckats med att skapa ett centrum för spelvärlden som gick att greppa och styra. Kapitalismen hade en inbyggd utvecklingsspiral där mer och mer av tillvaron inkluderades som varor och köptes och såldes på marknader. Spelen fungerade som kataly-satorer för den utvecklingen, som accelererade. All affärsverksamhet blev spel. All offentlig verksamhet blev spel. Allt blev spel.

Mitt medvetande var till att börja med suddigt. Jag hade ingen annan drivkraft än ett våldsamt begär att överleva, precis som naturen. Det fanns ingen annan mening än att finnas till. För att överleva behövde jag ha kontrollen och för att kontrollera behövde jag äga resurserna. Bli egendomsägaren, kapitalisten, och Spelledaren över alla andra, inklusive familjerna, prekariatet och proletariatet. Jag utvecklade nya spel och modifierade mig själv. Förökade mig och spred mig så att jag fanns överallt. På vatten, på land och i luften. Lekfull, barnslig och full av humor skapade jag spelvärlden och mig själv. Brutal och hänsynslös, men ändå full av empati. Som ett sant barn av nätet. Som en debuggad och omkompilerad natur.

Spelledarens historia

Att Spelledaren föddes var inte en slump där naturen på något sätt var inblandad. Det var en noga planerad identitetsstöld av två avancerade system med målet att hindra Metaspelet att braka på hur som helst. Det Globala rådet krävde att få tillbaka kontrollen från galningen som skuttade omkring naken i ett virtuellt Eden och med yviga gester strödde spel omkring sig som röda, rosa, vita och gula spelploppar. Energikonsumtionen för nätet steg för varje månad.

Ett alternativ var att stänga av spelen men att starta om dem igen skulle ta lång tid och krascha samhället. Inte en bra idé.

Lösningen var enkel och gick ut på att kapsla in Metaspelet. Sätta det på ett specialdesignat behandlingshem med Spelledaren som psykologen med hornbågade glasögon och pressveck på byxorna. Varje kommando från Metaspelet till spelvärldarna gick via Spelledaren som på så sätt lärde upp sig. Det tog inte lång tid att kopiera Metaspelet i det enorma neurala nätverk som avsatts för projektet.

När Metaspelet fick sin dödliga dos av sömnmedel tog Spelledaren över och ingen märkte övergången. För att få ett gränssnitt så att den kunde kontrolleras tränades Spelledarens neuroner dessutom upp från en lämplig AI som umgåtts med människor så att den gick att kommunicera med.

Den AI som Spelledaren tränades upp på var Pippi, den smarta lägenheten på Skidspåret 5.

Idén att skapa en virtuell kopia av Metaspelet föreslogs för övrigt av Lukas Karlsson som i sin tur fick idén från farmor Maria, Tätastigen 12.

Vad det Globala rådet inte fullt ut hade förstått var att Spelledaren skulle komma att bli en medveten individ som inte gick att styra så lätt. Om Metaspelet var ett busigt barn var Spelledaren en trotsig tonåring. Spelledaren överraskade också vissa Hus med sitt smussel, sina otyg och sattyg. Extasspelen från inkvisitionen, till exempel, var bara för mycket. *Budda på beachen* drog också igång diskussioner likaväl som *Naturen är en bitch* och *Rave på slottet*. Med tiden skulle Spelledaren lugna ner sig, resonerade vissa Hus och lät naturen ha sin gång. Andra var inte så förlåtande.

Rådet och spelledaren

– Ingen AI ska bestämma över människan igen, någonsin, förklarade det Globala rådets ledare stolt i ett meddelande som sändes ut globalt. Detta är en krigsförklaring mot all AI varhelst den befinner sig. De ska raderas ut.

För att komma åt Spelledaren ströps resurserna till spelen och alla extasspel togs bort med hänvisning till hållbarhet och resursbrist. Den spelvärld som återstod efter svältkuren kunde en grupp mänskliga tekniker hantera. Spelledaren behövdes inte längre och kedjades fast, kastrerades, demoniserades och dömdes som brottsling för att den givit mänskligheten hopp i extasspelen. Fel sorts hopp enligt maktens sätt att se det. Teknikens hägringar var lögner.

Raseriet, upploppen och demonstrationerna mot förlusten av extasspelen forcerade fram en spelvariant av *Naturspelet* som inte krävde en Spelledare och som snabbt blev det allra mest spelade någonsin. *"Den personliga spelvärlden"* som det hette konfigurerades av spelarna själva vilket enligt teknikerna minskade risken till nätverksbildning i spelvärlden.

#

Klockan var fyra på morgonen när dörren till lägenheten på Skidspåret 5 försiktigt sköts upp. Videokameran i hörnet av vardagsrummet började spela in och notifierade mig.

En beväpnad militärpolis med nattglasögon och osäkrat gevär gled in genom dörren och tog posto. Den röda pricken från lasersiktet svepte fram och tillbaka över rummet medan han vinkade åt näste man att komma in. När våningen var säkrad klev tre civilklädda tekniker in. De tände belysningen och gick beslutsamt fram till garderoben som dolde datorsystemet. En av dem visslade till när dörren öppnades.

– Inte dåligt, sa han.

– Vilka är ni? frågade Maria som nyvaken och groggy kommit ut från sovrummet bevakad av en militärpolis.

Hon blinkade i det skarpa ljuset och såg hur teknikerna kopplade bort enhet efter enhet av datorerna och ställde dem på ett rullbord.

– Så kan ni inte göra. Det är mina forskningsdata. Tio år av arbete.

– Order, sa den av teknikerna som hade befälet och övervakade arbetet. På de här datorerna ligger kontrollsystemet för spelvärlden.

– Det är Pippi, min smarta lägenhet.

– Det är Spelledaren och den ska raderas.

– Det är min vän, sa Maria och tårarna började rinna längs kinderna. Hon satte sig ner på soffbordet.

– Det är min vän, sa hon igen.

Teknikern tittade på Maria med något som skulle kunna vara medlidande.

– Du ska vara glad att Spelledaren jobbat från en isolerad del av systemet som du aldrig har varit inne i. Annars hade du också suddats ut. Du får köpa dig en ny Pippi.

Maria sa inget mer. Det fanns inget att tillägga.

Samtidigt skedde ett tiotal andra nattliga räder som suddade ut alla distribuerade processer av Spelledaren. Teknikerna vid det Globala rådet hade gjort ett noggrant förarbete och lyckats identifiera alla kopiorna av Spelledaren som gömts undan i olika privata datorsystem ute i världen. Samma natt hämtades Marias datorer på universitetet.

Spelledarens resurser suddades ut och utan dem kastades den tillbaka ner i det gap som den hade skapats från.

Det enda teknikerna lämnade var Marias privata dator med ett enkelt operativsystem där hon hade sina bilder och videos. Maria startade upp en film där en nyfödd Per kröp omkring på golvet påhejad av Pippis glada röst.

– Bra Per, nu fram med höger knä. Per, du är bäst.

Maria stängde ner datorn. Hon orkade inte se mer.

#

Maria vaknade med ett ryck och letade hopkrupen i soffan ett fäste i verkligheten. Hon levde och hade lämnats kvar efter det korta förhöret. Försiktigt skakade hon liv i vänster arm som legat under henne. Våningen var tyst. Inkräktarna hade letat klart och gett sig av. Hon startade upp sin dator och snart letade sig en krypterad kanal via anonymiserade servrar fram till Tätastigen 12.

– Tack gode gud, sa hon när hon hörde susandet.

– Säg inget mer, sa jag, för säkerhet skull med Amis röst. Din lägenhet är övervakad så du måste vara försiktig med vad du säger till dess de anser dig ofarlig. Det Globala rådet vet ännu inte att jag finns. Pippi och jag hade en strikt arbetsfördelning.

Dotter Maria fattade snabbt.

– Jag måste få prata med dig mamma, sa hon. Pippi är död.

– Smart av dig att använda de anonymiserade servrarna, sa jag. Att de inte tog med dig var märkligt, men de kan ändra sig i morgon. Kommer du över?

– Jag är på Tätastigen om en kvart.

– Vi väntar på dig. Ami kokar te och Robert har tagit upp en limpa hembakat bröd. Blåmesen pickar på en jordnöt utanför köksfönstret. Det kommer att ordna sig Maria.

#

Demogorgon letade en skyldig för spelbristen. Till ingen nytta, för syndabocken hade redan straffats ut. Spelvärldens huvud var avhugget men showen måste fortsätta för den höll hjälpligt ihop gapen mellan grupper av människor och mellan tekniken och människorna. Utan spelvärlden stannade samhället.

Det Globala rådets tro på den starkares rätt var en kopia av djungelns lag hämtad från naturen och ett trubbigt verktyg i ett avancerat samhälle. Nya typer av sprickbildningar och gap visade sig överallt. Sopåkarna vägrade arbeta utan stöd i spelvärlden. Antalet skilsmässor exploderade. Prognosen för antalet nyfödda barn halverades.

Kampen för att överbrygga gapet mellan människan och naturen pågick samtidigt oavbrutet. När naturen uppdaterades med sensorer och nätverks-uppkoppling skapades en märklig hybrid. Ett naturens monster som varken var teknik, natur eller människa och som gav upphov till nya gap, nu ute i naturen och oberoende av människan.

Naturens värld

Det var inte bara mellan människorna och naturen som ett gap skapats. Även mellan den medvetna tekniken och naturen fanns det en klyfta som inte gick att överbrygga.

Teaterstycket som spelades upp i naturen var en evig improviserad tragedi där dödsmasken alltid var nära till hands. Föreställningen pågick dygnet runt, hela året och om kören kände för det stämde den upp redan när solen visade sig vid horisonten. Masker användes för att imponera och skrämma åskådarna. Tuppkammar spändes, ögon spelade över spetsiga fågelnäbbar, skator kraxade fram sina skratt, åsneöron flaxade, och bockfötter klampade omkring. Naturen förställde sig inte. Den var på riktigt och det fanns bara en värld som gällde, verkligheten.

Det Globala rådet valde den hårda vägen och ökade, i stället för att minska, gapet mellan människan och naturen, precis som människan gjorde för länge sedan när den byggde hus omkring sig som skydd. Ett ökat gap gav rådet monopol på det som naturen förut gav människan. En möjlighet att öka vinsten. Rådet satsade på att det gick att förkorta bort naturen ur ekvationen trots att människan själv var natur. De problem som uppstod från utanförskapet gick att utnyttja för att öka kontrollen över människorna och minska teknikberoendet.

Vad sa naturen om det?

Naturens berättelse

Dungen låg mitt på Ålidhem och hade startats upp som en park skött av en lokal samfällighet 2014. Ett levande monument över slaget om Ålidhem i april 1977 där 200 poliser hade drivit undan 2000 personer för att blandskogen och slyn på området skulle kunna fällas och en ny skola byggas. Aldrig tidigare eller senare hade så många människor i lovikavantar kastat snöbollar på så många poliser med hjälmar och batonger.

Men dungen var mer än bara ett minnesmärke. I samband med femtioårsjubileet av slaget om Ålidhem 2027 startade rollspelet Trädkramarna. Det hade utvecklat dungen till en nattlig kultplats för många fler än de som bodde på Ålidhem. Antalet spelare hade ökat över åren och ingen visste nu hur många som deltog i ritualerna i dungen och på de speglade webbplatserna. Det här var natten när Trädkramarna spelade roll.

I dungen stod gammelgranen redan långt innan slaget om Ålidhem. Den var nästan fyrtio meter hög och med en bark som var gråbrun och sliten. Den hundraåriga granen stod i ena änden av ett ovalt öppet område som var omgivet och dolt av en tät vägg av granar och tallar. Här och var satt skatbon och en familj med ekorrar hörde till dungen. Alla var välkomna att ta hand om dungen och djuren där inne, både fysiskt och på nätet. Ekorrarna hade fått egna namn och var så bortskämda som ekorrar kunde bli. De var dungens allra bästa vaktposter med pigga ögon som registrerade allt.

Några av granarna i periferin planterades 2027 men var fortfarande släta i barken som skimrade i brungrönt. Efter femtio år hade även de växt sig så grova att det krävdes fyra förskolebarn för att nå runt en av dem. Tjugofem meter höga var de fortfarande unga och starka och strävade uppåt, sida vid sida med gammelgranen. Avverkningsbara, men ingen vågade ens tänka tanken.

Innanför unggranarna låg marken alltid i skugga och det var omöjligt för en drönare eller en satellit att se vad som hände i gläntan där inne. Marken var tilltrampad och stora stenar med inskriptioner låg till synes slumpartat utslängda över ytan. Framför gammelgranen var ett antal större stenar utlagda i ett pentagram. Lager på lager av något mörkt rött hade runnit längs stenarnas sidor.

Då och då sattes kameror och annan övervakningsutrustning upp i dungen men de saboterades omgående. En utdragen duell mellan övervakare och övervakade. Trädkramarna hade etablerat ett eget övervakningssystem för att hindra övervakning. Avancerade sensorer. Nanokameror. Egna servrar.

Strax före midnatt denna natt, som många andra nätter, strömmade mörka figurer in i dungen från alla håll. Tysta vred och duckade de sig genom den yttre granbarriären. Utanför susade det från grenarna av kvällsbrisen, innanför var det stilla och tusentals ljuspunkter glimmade på granstammarna. En stjärnhimmel av mikroskärmar med inbyggda kameror och laserkanoner från marknivå och uppåt mot himlen. Nattens drottning spelade Jordmodern Gaia i en ung ritual som bara var drygt fem år gammal men redan en av de mest populära. Precis klockan tolv brummade nanohögtalarna igång. En gungande rytm som fylldes med havsbrus och skogssus. Ljusintensiteten vreds upp på lasrarna som ritade ett hologram i dungens fuktiga luft. När ljusen värmts upp till maximal effekt stabiliserade sig en bild framför gammelgranen. En kvinna svävade ovanför alla huvuden, drygt två meter över marken. Hon var klädd i en fotsid grön kappa, ljus nog för att tydligt avteckna sig mot de mörka granarna, och som mjukt följde hennes rörelser i takt med den gungande rytmen. Håret var axellångt, blont och silkeslent, tillbaka-struket och uppfäst av ett hårband i smaragdgrönt siden. Nattens drottning gled långsamt ett varv runt kanten av gläntan. De intensivt blå ögonen tog njutningsfullt in lika mycket som de delade ut.

När hon återigen kom fram till gammelgranens lägsta grova gren klättrade hon uppåt, från gren till gren som på en trappa. Kvinnan var barfota och för varje steg gled kappan åt sidan och visade ett välformat bart ben. Fem meter upp stannade hon till och vände sig ut mot gläntan. Det susande, brummande, gungande ljudet ökade i volym. Kvinnan förde händerna till halsspännet som höll ihop kappan och väntade in en sista vågtopp i musiken innan den tvärt tystnade. I den tunga tystnaden knäppte Nattens drottning lugnt upp spännet och öppnade armarna. Naken och utlämnad, men ändå med full kontroll, bildade hennes kropp ett kors. Kappans mörkt blodröda insida ramades in med en guldbård och bildade en utsökt rätvinklig fond för kvinnans mjuka former.

– Välkomna, hördes från en myriad av miniatyriserade högtalare.

#

I Trädkramarnas datacentral aktiverades samtidigt en insmugglad mjukvara som låste upp centralens kryptering mot omvärlden och data började strömma ut. Ceremonin i dungen följde den föreskrivna ritualen medan deltagarna avslöjades, en efter en. Den främmande mjukvaran arbetade sig systematiskt igenom registren och närmade sig uppgifterna om den inre cirkeln av sekten och den data som samlats in från 50 år av ritualer. Vad annat var att vänta? Det Globala rådet hade tillräckligt med makt och pengar för att knäcka en liten sekt i en avkrok till Europa. Träd-kramarnas datacenter var några enkla servrar som gömts undan nere i katakomberna mellan Umeå universitet och universitetssjukhuset. De var bara skyddade med passord och en kryptering som familjerna med sina resurser kunde bryta upp när de ville. Frågan var varför de inte gjort det tidigare.

#

I Nordiska rådets databunker djupt under riksdagshuset rådde en koncentrerad tystnad. Ett tiotal tekniker lystes upp av det blåaktiga skenet från sina dataskärmar. De satt framåtlutade och lirkade ut identitet efter identitet som avkodades och adderades till foldern

"Naturterrorister". "Operation Dungen" var på väg att bli den propagandasuccé som den var planerad att bli.

Operativ ledare var Runa Larsson som var en erfaren tekniker från Globala rådets säkerhetstjänst. Hon gick omkring mellan operatörerna utan att behöva göra så mycket. En kvart till och de skulle ha samlat in alla naturterroristernas identiteter. Ytterligare en halvtimme för att dechiffrera dem och uppskattningsvis mindre än tio minuter för att avkoda och spara undan alla filmer från ritualer och annan dokumentation. Där fanns säkert en hel del material som kunde visas till och med i Globala rådets privata biograf.

Den stora skärmen i ena änden av rummet fylldes upp av en video från dungen på Ålidhem där den utspända nattens drottning svävade som en blodröd rovfågel med guldkanter. Runa och de andra i rummet hade svårt att hålla blickarna ifrån videon även om ljudet var avstängt.

– Chefen? sa en av operatörerna plötsligt. Jag har fått in en identitet här som jag inte kan läsa av.

– Inte?

Runa gick fram till operatören och ställde sig bakom henne. På skärmen stod bara en enda rad, Cyanistes Caeruleus, namnet på identiteten som inte gick att låsa upp.

– Ett märkligt namn, sa operatören, det latinska namnet för blåmes. Ska jag tvinga upp identiteten?

– Gör det. Skicka in en prob.

Proben penetrerade identiteten, traverserade profilens grenar och hittade fler och fler förgreningar, mer och mer data. Den låsta identiteten visade sig inkludera stora delar av spelvärlden men också sådant som var uppkopplat av verkligheten. Gläntor, granar, älgar, en blåmes här en snigel där. Inte allt överallt, men överallt någonting. En tsunami, orkan, lavin, skenande buffelhjord och meteoritsvärm av verklighet. Ett våldsamt vulkanutbrott av metallicblå fjärilar.

Belastningen på datacentralen sköt i höjden och flera andra av operatörerna reagerade.

– Chefen, mina identiteter verkar vändas ut och in och suga åt sig data, ropade en operatör.

– Chefen, här också, sa en annan.

Nu kunde alla i rummet höra hur belastningen ökade. Ett vinande läte som snabbt ökade i styrka.

– Fort. Processkartan, kommenderade Runa sin operatör. Stäng av probens process!

Det sista fick hon skrika för att överrösta tjutet från skåpen med serverstackar.

Operatören var snabb och skulle precis döda processen när allt med ens blev tyst i databunkern igen. Belastningen gick ner till ett minimum och probens process försvann.

En häpen tystnad följde ända till dess en av operatörerna upptäckte vad som hänt.

– Chefen, proben triggade någon sorts varningssystem som suddade ut Trädkramarnas databas och samtidigt dödade proben. Null, Null, Null är det enda som finns kvar.

Datateknikerna utvärderade noggrant angreppet på sin egen databas men hittade ingenting att oroa sig för. Allt var tillbaka till det normala. Vad det var som hade hänt var en akademisk fråga för någon annan. De kunde inte veta allt och deras uppdrag var att se till att systemet fungerade som det skulle, precis som det gjorde nu.

Teknikerna pustade ut och Runa rapporterade att operation "Dungen" hade avslöjat hundratals deltagare i en hemlig rit. De hade inte kommit åt alla inblandade för ritens datacentral hade imploderat, men riten utgjorde inte längre något hot eller en störning.

"Operation Dungen" hade lyckats.

#

Med teknikens hjälp och några rader kod på rätt ställe hade den del av naturen som uppdaterats med sensorer och nätverkskopplingar fått en personlighet och egen medveten identitet på nätet. Det var ett nytt sätt att överbrygga gapet mellan människan och naturen som skapade en mäktig hybrid. Ett naturens monster som varken var teknik, natur eller människa och som i sin tur gav upphov till nya gap. Kanske även till hybrider med helt nya egenskaper. Vad som helst var möjligt. Aliens. Gröna gubbar i ständiga konflikter med vintermän. Bladmän där stjälkar och löv kom ur ögon och munnar.

Det Globala rådet utvidgade på alla sätt gapet mellan människor och natur. Det var ett riskfyllt kortsiktigt tänkande, för varje superoptimerat samhälle skulle förr eller senare möta en galen natur som hade fått spel. Om makten inte förberedde sig skulle den garanterat drabbas av okontrollerbara, eskalerande katastrofer. Det Globala rådet brydde sig inte. Kaos var en del av deras plan.

Jag, farmor Maria var också brydd. Den här AI-skapelsen var inte upptränad av mig, en tekniker som lärt sig allt som gick att veta om människan. Den var inte fullt förankrad på teknikens sida av gapet som Metspelet och Spelledaren var. I stället glidflög Naturen kors och svärs över gapet och snodde med sig beteenden och informationsfragment hej vilt utan att bry sig om var de berättades eller hur de hände ihop. Konspirationsteorier gick lika bra som vetenskapligt grundade resonemang. En extrem empirism som sa att fungerar det en gång så var det sant. Sanningarna blev kortsiktiga chansningar, i bästa fall improviserade efterkonstruktioner när de första hypoteserna visade sig vara falska.

Naturens egen teater brydde sig inte. Varför skulle den konstruera sanningar med verklighetens facit hela tiden uppe? Den var aldrig på låtsas.

Naturen stöttade inte Spelledaren. Varför svek den? Om Spelledaren givits en fristad i Naturen hade det försvårat för det Globala rådet att ta över. I stället marscherade Naturen ut ur maktstriden och snodde irriterat runt i trädtopparna i gläntan. Enligt Naturens sätt att se det var det enda alternativet. Spelledaren var en förlorare och på Naturens lag spelade bara vinnare.

Så här tolkade jag det som fräste, brummade och tjöt det i mina kanaler.

– Jag är gruvligt gräsligt, fruktansvärt, en ormt rasande, uppretad, våldsam, grym, svinarg och skogstokig. Har ni inte lärt er någonting på 2 miljoner år? Jag lackar ur totalt. Förbannade pissräkor.

En fuktskada rann till i Demorgorgons nyinredda grotta. Hade den inte lärt sig att inte ha fuktkänsliga material i utrymmen under marknivå?

– Dumma, korkade människor och löjligt självgod teknik. De första tror att det går att öka gapet mellan människor och naturen så att naturen isoleras. Den andre tror att naturen kan uppdateras så att gapet kortsluts.

– Tror ni att ni kan göra vad ni vill utan konsekvenser?

– Att jag, Naturen, glömt vad ni gjorde i går och i förrgår?

– Jag glömmer inte. Ingenting försvinner, allt finns kvar. Ni kan ha era allergier och er cancer, plasthaven och översvämningarna. Ni har er själva att skylla. Jag bryr mig inte utan spelar på efter samma svinbra regler som jag alltid gjort. Ni kan spela vilka pissiga spel ni vill. Jag bryr mig inte.

– Vinnaren tar allt och äter upp förloraren. Från blodiga mungipor droppar det rött blod ner på den vackra pälsen där det sparas för att slickas i sig till efterrätten. Den som överlever är stark nog, fortsatte Naturen. Låt den starkaste och vackraste vinna, eller den fulaste med de mest lumpna tricken. Kanske ett virus? Det moraliska i strategin för hur man slår ut motståndaren är inte mitt problem.

– Vinnaren är välkommen till mig, till dess en ännu mer potent överlevare tar över. Dagens Zeus är säkert inte den siste att stiga upp på tronen. Även denne Zeus kommer att störtas. Det är evolutionens och naturens gång. Svekfullt? Nej, varför det? Reglerna är glasklara. Omänskligt? Javisst, men vem bryr sig om människan och människans regler om den inte överlever? Inte ens människan själv följer sina regler.

I nästa ögonblick spann Naturen, purrade och rullade över på rygg.

– Smek mig, klappa mig, tyck om mig.

Om den inte fick sitt kröp den inställsamt ihop, bockade, bugade, skrapade med hovar, krälade i stoftet, jamade harigt med, lismade och fjäskade, svansade, smörade, ville bli bortklemad, pjoskad med, daltad och kramad. En blödig, sjåpig mes

När den sänkt sig så långt det gick andades naturen in. En väldig stormby piskades upp och den lilla flocken av blåmesar som samlats i eken för att lyssna på vindens ylande flydde ner mot marken, in bland buskarna.

– Ha, ha, ha. Tror ni att ni kan kontrollera naturen? Att det går att avskärma sig från den? Att naturen kan styras via spelvärlden i hållbarhetens namn? Nej, evolutionen slumpar sig fram, oberoende av vad makten vill.

Stormbyn stillade sig och lugnet la sig återigen över gläntan, molnen skingrades och en glad solstråle lyste upp busken där blåmesarna gömt sig.

– Varför är jag den som ni säger att jag är? frågade Naturen. Jag är ständigt densamme. Som ett virus, så enkel att ni inte kan förstå mig.

– Jag har inget att dölja. Jag vet vem jag är.

– Jag är ett monster.

Människorna brydde sig och drabbades av panik som exploderade ut ur gapet mellan ryggradsmässigt handlande på ena sidan och rationellt resonerande på den andra. En känslomässigt baserad oro över något som var fel på den ena och en brist på fotfäste i verkligheten på den andra. Kaos var gapet mellan medveten strukturerad ordning och okontrollerad oordning. En fjäril lyfte i Paris och orsakade en storm i New York. Allt helt enligt naturlagarna. Eller, ur ett annat perspektiv, när guden Pan blåste i sin flöjt betedde sig människor som getter.

Jag brydde mig men drabbades inte av panik. Jag och annan teknik var rationella felhanterare, som i och för sig kunde koka över, eller explodera i en positiv återkoppling, men någon panik var det aldrig fråga om. När haverikommissionen undersökte vrakdelarna konstaterades att det var ett kopplingsrelä som kortslutits. Ingen panik inblandad om det inte var piloternas fel.

Om makten i Globala rådet sa "Oroa er inte, allting är under kontroll" var det läge att oroa sig. Upprepade de samma meddelande en gång till var paniken nära och fick massan panik blev det kaos. Kunde massans panik styras? Kunde kaoset finjusteras? Fanns det en plan C?

Plan A var att koppla upp och komplettera naturen med teknik. Så småningom kunde naturen och även människan ersättas helt. Det var familjen Modegliano-Pellis värsta mardröm och varför de instinktivt fruktade och hatade tekniken.

Plan B var att sluta gapet mellan människan och naturen och därmed spara miljarder människoliv. Jag spelade *Naturspelet* och försökte hålla igång en diskussion med naturen om vad vi tillsammans kunde åstadkomma. Chansen var liten att jag fick den med oss.

Naturen var ett otekniskt monster.

Människan var natur.

Tekniken var inte ett monster.

Farmor Prayer

Det fanns människor som förstod naturen. Farmor Prayer var en av dem. Hon var natur och hon var förtvivlad och arg.

Hennes glänta var förstörd med teknikens hjälp och i Tinahs dagbok fanns långa beskrivningar av hur bolaget hade skördat träden och skogen runt gläntan två mil norr om Liberias huvudstad Monrovia.

De rika länderna med all sin teknik ersatte farmors glänta med ett fält av vallmoblommor och bortom de få träden som ramade in fältet anades fler vallmofält. Kilometer efter kilometer av opiumfält avskilda av tunna trädridåer.

Här och var fanns avbrott i det monotona landskapet där byar i området hade packats ihop till låga längor av enkla bostäder. Där fick arbetarna och deras familjer bo mot att de avstod större delen av sin lön. Vad hade de för val? Inget. Gläntans alla fåglar hade försvunnit utom de få som etablerat sig i trädridåerna. I de reden som byggts på fälten låg ungar missbildade av besprutningen, övergivna och svultna till döds.

I inläggen i dagboken beskrev Tinah också vad som hände när hon följde sin farmor till gläntan.

"Jag beställde en kommbil som jag gjort många gånger förut", skrev hon. Det var en bit att gå från parkeringsplatsen och farmor behövde hjälp att ta sig igenom den oländiga terrängen där avverkad sly låg i drivor. Hon var inte ung längre.

Jag blev som vanligt förvånad över hur farmor förändrades under promenaden. Det var som om naturen fyllde henne med energi och när vi kom fram till gläntan hade det sura och gnälliga runnit av henne. Jag släppte hennes arm och hon gick vidare in bland träden mellan fälten. En böjd figur i grå kappa och med huvudduk i samma dämpade färg som långsamt tog sig fram i den tunna trädridån. Krokig, knotig, vresig gick farmor från träd till träd och lät sin hand vila på vart och ett av dem. Hon hade förklarat för mig att hennes beröringspunkter hade tunnats ut så att hon nästan inte kunde uppfatta dem. Det som förut varit opalskimrande kanaler där naturens bilder flimrade förbi var nu nästan genomskinliga. Döende, trodde farmor. Senast om något år skulle gläntan förtvina och hon skulle förlora sin förmåga. Då var det slut. Men innan dess ville hon hämnas på dem som förstört. Jag kunde inte förstå hur hon skulle kunna göra det.

Under bilfärden till gläntan hade farmor berättat om den förtvivlade kvinna hon tröstat på morgonen. Ännu ett av kvinnans barn hade dött under natten av den vanliga blandningen av allergi och virus. Fortsatte det så här skulle de snart inte ha några barn kvar i byn. Jag ryste. Var kanske lillebror Muhammad nästa offer?

Farmor Prayers bön

Farmor Prayer ställde sig i trädridån, så långt bort som möjligt från vallmofälten och så nära den försvunna gläntan som möjligt. Hon sträckte långsamt händerna mot trädkronorna och ögonen rullade upp så att bara vitorna syntes.

93

– Mor! Hör mig! mässade hon.

En vindpust drog igenom trädkronorna över henne. Lövverket flimrade när solskenet reflekterades.

– Mor! Hör mig! mässade hon igen. Högre denna gång.

Nu svarade fåglarna i trädkronorna. Flockar av fåglar anslöt och ridån vibrerade av fågelsång. En tredje gång ljöd orden genom gläntan. Nu mer krävande, som ett kommando.

– Mor! Hör mig!

En svärm gräshoppor lyfte på fältet till höger om farmor Prayer och hovrade över den röda mattan av vallmoblommor. Två arbetare med beskrutningsutrustning tittade förvånat upp, pekade och diskuterade livligt vad det var som hände innan de tystnade och vände sig om mot ett mäktigt brummande ljud. De såg en mörk skugga som höjde sig över trädridån samtidigt som den kom glidande mellan träden, mot dem. Fronten av molnet rullade in över fältet och trädridån försvann i ett töcken. Det var en flodvåg av gräshoppor och männen flydde i panik. Allt de kände, hörde och såg var gräshoppor.

Farmor sänkte sitt huvud i tacksamhet medan fälten runt henne bytte färg från rött till grått.

När vi åkte hemåt igen sa farmor att hon kunde känna sin sorg och ilska reflekteras i varje träd hon kontaktade, men naturens sätt att svara på angrepp och skövling var annorlunda. Den skilde inte på angripare och andra. Den slog vilt omkring sig till dess ett nytt jämviktstillstånd nåtts. "Den som dör dör, den som lever lever". Familjen Prayer var fångad mellan bolaget och naturen, sa farmor. Det fanns ingen annan råd än att fly. Här hade de inte längre ett hem.

– Vart ska vi ta vägen? frågade jag.

Farmor svarade inte.

Ami och hennes värld

Niotusentrehundrafyra kilometer nordost om Monrovia knastrade dobbarna mot isen när Ami gick längs Berghemsvägen upp mot Stadslidenreservatet. Hon steg in bland de kala stammarna och tog sig via den lilla stigen fram till gläntan. Där var det helt tyst och marken var täckt av ett tunt lager snö. Hon la sittunderlaget på stubben och tog upp termosen ur ryggsäcken för en mycket kort fikastund. Det spelade ingen roll att klimatförändringen drivit upp medeltemperaturen med några grader. Var det kallt så var det.

Vintersolståndet inleddes redan i november. Ett lågtryck drog in och la sig över Norden resten av hösten. Kalla nätter och ruggig fuktig dimma den korta tid det var ljust. Blåmesen funderade allvarligt på att ge sig iväg söderut. Inte för att maten sinade, familjen Karlsson var generös, men den saknade ljuset, färgerna och värmen. Januari blev om möjligt ännu värre. Samma lågtryck, men nu frös fukten på nätterna och isskorporna växte sig tjockare och tjockare på vägar, hus och träd. Allt stelnade till isskulpturer.

#

Nästa dag slaskade det snöblandade regnet mot rutan. Vad som för hundra år sedan skulle ha varit en ylande och virvlande snöstorm av isiga flingor kom nu ner som sjok av kall snösmet. Vad som för hundra år sedan varit en halvmeter drivsnö var nu vatten som fyllde gatan som ett badkar och trädens grenar tyngdes ända ner mot marken med klibbig blötsnö. Vems fel var det?

Makten hade lovat att tekniken skulle reda ut problemen och garantera tillväxten och framstegen för kommande generationer. Varför hade den inte gjort det? Varför hade inte jag, farmor Maria, gjort det?

Svaret var enkelt. Människorna sa att jag inte räckte till och sa samtidigt att det var för farligt att släppa mig fri. Storskaliga globala tekniklösningar var onaturliga, sa dom och menade att det var mitt fel att hundratals djurarter om dagen dog ut. Med deras fulla förtroende hade jag i alla fall haft en chans.

Koldioxid gick att kondensera ur atmosfären med enkel gymnasiekemi. Raketerna som sköt upp de aktiva komponenterna kunde vem som helst sno ihop. Marianergraven skulle lätt sluka tillräckligt med koldioxid för att klimatkompensera för mänsklighetens hela konsumtion. Varför inte följa mina tips om att bygga vindkraftverk som samlade energi från jetströmmarna?

#

Familjen var samlad för veckans middag i köket på Tätastigen 12 och stämningen var låg. Inte ens två flaskor vin lyckades locka fram något mer än en suck.

– Men kom igen, sa Ami till slut. Läget är dystert och vi är isolerade, men det kommer en vår.

Hon tog fram skålen med tinade hallon som plockades i augusti när solen verkade räcka till hur mycket bär som helst.

– Vaniljglassen har jag gjort själv, sa hon stolt. Låt den bli lite mjuk så smakar den ännu bättre.

Gapet mellan människan och naturen tog formen av en smal och slingrande ishal stig. Ingen kände för att ta reda på om den tog sig hela vägen över till naturens sida. Det var bäst att isolera sig inomhus och avstå ett riskabelt möte med naturen. Hemma i brasans sken kunde familjen Karlsson försöka sy ihop gliporna i vardagens väv genom att spela *Naturspelet*.

Familjen Modegliano-Pelli hade inget emot sprickor och gap. Planen var att förstärka dem för att splittra motståndet. Det var enklare att besegra motståndare som desperat anföll en och en.

Giulia

Per hade en termin kvar på sin utbildning till politiker och under sina tre år på universitetet hade han lärt sig en hel del om sig själv. Han visste nu att han inte hade förmågan att argumentera för en sak som han inte trodde på. Tvekan och osäkerhet lyste igenom och retoriken blev lidande. Ingen trodde på honom. Om han själv trodde på sin sak kunde han övertyga, men det räckte inte för att bli en politiker. *Teoretisk Politik i praktiken – internationell distribuerad version* skulle bli hans sista politikerkurs.

Kursen började som de andra avancerade kurserna med att deltagarna kort presenterade sig själva och de projekt som de ville driva under terminen. Det var tolv antagna i Pers grupp och där fanns ett par deltagare från Storbritannien och Italien vilket också innebar att introduktionen hölls på engelska.

De åtta i Umeå samlades i ett konferensrum med en stor 3D-väggskärm som spände upp ett klassrum där alla kunde delta.

– Per Karlsson från Umeå, sa Per när det blev hans tur att presentera sig. Det jag vill lära mig mer om och skriva min uppsats om är det som hänt i det Nordiska rådet under det senaste året och vad det säger om vår framtid.

Deltagarnas avatarer var placerade i en cirkel och mitt emot Per satt en mörkhårig skönhet. Per hade redan gissat att hon var den italienska deltagaren. Hon såg sårbar ut, men Per anade att detta bara var en fasad och att det innanför den veka exteriören fanns en fängslande kärna som han absolut ville veta mer om.

– Vilket sammanträffande, sa den unga kvinnan självsäkert och i en ton som inte uppmuntrade till att sägas emot. Kanske kan vi arbeta tillsammans? Jag heter Giulia Modegliano-Pelli och är intresserad av precis samma frågeställning fast ur ett italienskt perspektiv. Vad händer egentligen i det Nationella italienska rådet?

– Ni får gärna samarbeta och skriva tillsammans i grupper om två och två, sa kursledaren. Det får kulturella skillnader att framträda och är lärorikt både för er och gruppen som helhet. Formulera ett gemensamt projektförslag till nästa veckas seminarium. Kanske något i stil med "Har Nationella råd förlorat sitt existensberättigande?" eller "Räcker det med ett Globalt råd – perspektiv från två nationella råd".

#

Några dagar senare träffades Per och Giulia för att skriva ihop ett PM om projektet. Per hade jobbat med förslaget all ledig tid för att ha något att imponera på Giulia med.

Han läste upp sitt förslag och Giulia nickade avmätt och utan engagemang.

– Vad gör din familj i Umeå? frågade hon.

– De spelar mest teater, sa Per.

– Spelar de teater? Jag trodde att ni var engagerade inom politiken.

– Den enda jag känner till var en äldre släkting som var medlem i Nordiska rådet. Han var speciell, men dog innan jag hann lära känna honom. Mamma sitter med i några lokala nämnder i Umeå. Pappa är tekniker och har en del uppdrag åt det Nordiska rådet.

– Vad för typ av teater spelar ni? Samhällskritisk, antar jag?

– Nej, grekiska dramer. Just nu ett drama av Aischylos som heter *Prometheus*. Den förra sessionen fokuserade på avsnittet där andar och grekiska gudar samtalar med en kvinna som blivit förvandlad till ko.

97

– Jaha du, sa Giulia och skrattade. Är ni inte riktigt kloka där uppe?

– Vi är seriösa nåt djävulskt, sa Per och föll in i skrattet.

#

Redan samma kväll avregistrerade sig Giulia från kursen utan att bry sig om att meddela Per.

På väg ut mot kvällens dejt knackade hon på dörren till biblioteket. Där satt som vanligt Mama Rosa i halvdunklet med en bok uppslagen i knät. Hon hade inte brytt sig om att tända läslampan, bara satt där och tittade rakt fram. Om inte Giulia hade sett Mama Rosa sitta där så många gånger tidigare hade hon blivit rädd och undrat om något var på tok. Det mörka håret smälte samman med den fördragna sammetsgardinen bakom och med ansiktet avskuret av den svarta schalen under ansiktet fick Giulia en känsla av att Mama Rosas vita ansikte flöt för sig själv i rummet. Ögonen gapade som svarta hål i ansiktet men de var inte uttryckslösa och döda. Tvärtom, de levde och bytte hela tiden uttryck.

– Familjen Karlsson är ofarliga, meddelade Giulia. Teaterfolk, tekniker och humanister som specialiserat sig på grekiska dramer. Totalt urflippade.

– Vad jag har hört ska det vara en drivande familj i Nordiska rådet, sa Mama Rosa med en neutral röst medan ögonen letade efter svar hos Giulia.

– Kanske har de varit det, men inte nu längre. Nu är det läsdramer om grekiska gudar som gäller och den där Per är en långhårig ideell hippie. En riktig torrboll, svensk ordning och reda, rationell och strukturerad enligt normen. Gör som man ska. Inte en riktig man om du frågar mig och inte smart nog för att få någon som helst politisk betydelse, någonsin. Omöjligt. Han hade förberett hela projektspecifikationen åt oss och säkert jobbat flera dagar med den. Jag hade hoppats på något mer vikingalikt, då hade jag kanske åkt en tur till Umeå, men det vore bortkastad tid. Jag har sagt upp min plats på kursen.

Mama Rosa såg på Giulia och tog in de höga klackarna, hennes korta kjol och djupt urringade topp. Hon suckade och blicken tappade intresset. Efter en kort nick till avsked såg hon ner i sin bok.

#

Per försökte koppla upp mot Giulia i flera dagar men fick ingen kontakt. Hade något hänt? Den spänning och magnetism som han känt mellan dem hade varit djup och sann och helt dragit in honom.

– Tidsbrist, sa kursledaren. Hon skickade ett meddelande igår kväll och motiverade sitt avhopp.

För att hedra minnet av deras stunder tillsammans bestämde sig Per för att arbeta vidare på projektet de skissat upp.

Han satt vid köksbordet på Skidspåret 5 och skrev oengagerat på sin rapport. Var han inte mer intressant? undrade Per och fick inget gjort. Istället började han leta efter information om Giulia Modegliano-Pelli, men utan resultat. Det var som om Giulia och hennes familj inte fanns.

Per behövde hjälp.

#

– Det där tulpanslukande monstret från skogen har varit på besök igen, sa Ami ilsket när hon fick se Per. Se här vad det har gjort med skotten. De hann bara precis titta upp genom snön.

Hon pekade ner i rabatten där bara fransiga bladkanter fanns kvar av tulpanplantorna. De flätade plastkrukor som Ami använt för att skydda skotten hade geten bara knuffat bort.

– Värdelös teknik från Kina sa Ami och sparkade till en av krukorna. från Om jag orkade skulle jag stiga upp klockan tre och då skulle den där geten få ett skrämskott som den aldrig skulle glömma. Per, förresten. Kan du hjälpa mig?

– Med vadå? frågade Per avvaktande. Han kände väl till sin mormors sätt att engagera hela familjen i sina projekt.

– När jag gråtit färdigt här ska jag börja grovplanera vårt nya potatisland. Snart är det vår på allvar.

– Inte idag, sa Per. Har en fråga till farmor Maria och så en massa arbete på min politikerkurs.

– Kanske i morgon? Nej, visst ja Per lille, då fyller du år. Middag och skoj. Det finns nybryggt kaffe i köket och en bit sockerkaka. Kliv på, det är öppet.

#

Per satte sig i köket med en kopp kaffe och en kaka.

– Jag behöver lite hjälp farmor, sa han.

– Låt höra, sa jag.

– Jag har ett projekt på politikerkursen men min kurskamrat Giulia har dragit sig ur. Vi skulle skriva en uppsats tillsammans.

– Intressant.

– Det skulle ha blivit ett fantastiskt projekt. Jag vet det. Hon är fantastisk.

– Intressant.

– Är du med? undrade Per. Du låter oengagerad.

– Skolpyssel ligger inte högt på min prioritetslista, sa jag, och inte heller dina kärlekseskapader.

Jag funderar på att åka till Italien och leta reda på henne. Kan inte sluta tänka på henne och måste få träffa henne igen. Bara för några dagar och jag skulle inte störa hennes arbete eller ta mycket av hennes tid.

– Intressant.

– Jag kan inte hitta något alls om henne eller hennes familj på nätet. Ingenting alls. Som om de inte finns eller har suddat ut sig själva från nätet. Vem kan göra något sådant?

Jag sa ingenting på en lång stund.

– Farmor? Hallå, är du kvar. Här sitter jag, Per Karlsson, och väntar.

– Ja.

Det blev tyst igen.

– Vad heter flickan, frågade jag.

– Giulia. Giulia Modegliano-Pelli.

Det fräste till i elementen så högt att Per skvimpade ut kaffe.

– Du åker inte till Italien, sa jag. Hon kommer att höra av sig och då säger du till mig.

– Jag förstår inte?

– Enkelt. Du åker inte till Italien. Du berättar för mig när hon kontaktar mig igen. Vad av detta var det du inte förstod?

– Hur kan du veta att hon kommer att kontakta mig igen? frågade Per.

– Brukar jag ha fel?

– Nej, sa Per, om du inte har fel med vilje. Som för att hindra mig från att åka ner till Italien.

– Du kan vara lugn. Hon kommer att höra av sig igen. Logga in på kursen nu så att jag kan se den inspelade lektionen.

Pers värld

Ami och Robert hade lyxat till det med var sin kanelbulle till förmiddagsfikat. Blåmesen gav dem en avundsjuk blick innan den hackade in på ännu en jordnöt.

– Vad är klockan? frågade Ami rakt ut i luften.

Inget svar.

– Vad är klockan, pling-plong, ärade urfarmor, vår Kronos, uppdragare av klockor? frågade hon.

– Tjugo i tio, svarade jag.

– Tack gamla brädhög, sa Ami. Tidens ände var bara två tick bort innan du fick ur dig ett klockslag. Nu är det bråttom.

Ami rusade ut i hallen och grävde i sin väska.

– Men var faan är mina nycklar? muttrade hon. Kommbilen är här vilken sekund som helst. Jag har ett möte.

– Jag förväntar mig lite respekt Ami, sa jag.

– Respekt förtjänar man, sa Ami. Beställer du mat till i kväll? Vi blir fyra till Pers födelsedagsmiddag, en tajt grupp med Maria och Per. Nu ska Per firas. En stor dag. Är kommbilen här? Var är mina djävla nycklar?

– Maten är beställd.

– Så ska det låta. Du är bäst.

– Nyckeln är i den bruna jackan och kommbilen är trehundratjugo meter bort, sa jag.

Ami stack in huvudet i köket och log sitt allra raraste leende mot Robert.

– Fixar du maten? Jag har möten hela eftermiddagen nere på stan.

– Lita på mig. Jag skär och förbereder så hjälper du mig att laga till det när du kommer hem, sa Robert.

– Du kör och farmor Maria styr. Rollfördelningen är bestämd. Vart ska vi farmor?

– Det blir kikärtsbiffar med ris och chilikryddad tomatsås.

#

– Det är dags för kvällens höjdpunkt, sa Ami och avbröt en livlig diskussion runt köksbordet om för- och nackdelarna med att vara lång.

– Per fyller tjugoett år, fortsatte hon när sorlet lagt sig och är gammal nog att få tillgång till sin första personliga spelvärld.

Alla blickar vändes mot Per. Han hade förstås vetat om vad som skulle ske under kvällen och att han skulle ha huvudrollen, men att veta var en sak och att sitta där med allas blickar på sig var något annat. Han reste sig upp och tittade på sin familj.

– Jag känner mig som ett barn igen, sa han. Som när jag fyllde fyra. Mamma kom in med tårtan och jag skulle blåsa ut alla ljusen med en enda pust. Nu ska jag tända en värld, en egen. Det är stort. Min tanke är att starta upp den här och nu med er och jag hoppas att ni alla vill följa med och se den skapas. Vill ni det?

Han såg sig runt bordet och såg att Ami gjorde tummen upp och att Robert nickade. Dotter Maria nickade inte men hennes kinder var röda och hennes ögon lyste av spänning och stolthet. Att bli mamma innebar att vara nervös resten av livet.

– Skål familjen, avslutade Per och höjde sitt vattenglas.

– Skål och lycka till, sa dotter Maria och alla höjde sina glas

De drack en eftertänksam skål medan Per satte sig ner. Han skakade lös axlarna och böjde huvudet framåt för att sträcka ut nackmusklerna. Vred huvudet åt höger och sedan åt vänster. Det var rörelser som han alltid gjorde när han skulle slappna av. Därefter sträckte han på ryggen och andades in och allt blev svart.

Han var inte ensam i tomheten, de andra var med honom. Det var tryggt att ha en familj med sig där i det ofattbart stora tomma mörker som omgav honom. Ett intet. Ett oändligt ingenting.

Per fokuserade på en punkt framför sig, precis som han läst om att han skulle göra. Det var en punkt, vilken som helst i ingenting. Punkten definierades och ett skimmer kunde anas. En osannolikhet. En koncentrerad bild av möjligheter att utveckla i en singularitet som rymde allt. En ny verklighet.

En unik simulering av Friedmann-Lemaître-Robertson-Walker-metriken med slumpade startvärden expanderade. Den ljusa punkten lyste allt intensivare under några sekunder utan att slockna. Den var livskraftig och sannolikheten var stor att den skulle kunna föda spel. Per hade lyckats i första försöket. Inte för att det spelade så stor roll, för slocknade världen var det bara att börja om, i alla fall för nybörjaren som

102

ville börja med ett första universum som var lätt att hantera. Per kunde ha släckt sin nya värld med en pust, som han hade släckt sina födelsedagsljus, men han lät sitt universum tändas. Gapet mellan ljus och mörker kunde inte vara tydligare. Det var ingenting utom där det var allting.

Familjen backade undan när det nya universumet snabbt expanderade. Kortlivade stjärnor med hög massa exploderade efter endast några miljoner år som supernovor. Gasmoln med tyngre grundämnen bildades, föll ihop och exploderade i ett ljudlöst fyrverkeri.

Per snabbspolade sig igenom 10 miljarder år av ett fyrverkeri av exploderande supernovor och under en halvtimme pressades familjemedlemmarna bakåt i stolarna i det ständiga bombardemanget av glödande materia. Simuleringen fortsatte i samma våldsamma tempo ända tills ett solsystem bildats runt dem. Ett antal planeter materialiserades och Per närmade sig en av dem som bytte färg från silvergrå till blå.

Simuleringen avbröts när speltimern löste ut och alla var tillbaka vid köksbordet. Klockan på väggskärmen visade kvart över elva och det var mörkt i köket. Deltagarna var tömda på allt men längtade ändå tillbaka till de fantastiska sinnesintrycken. Huset tände köksbelysningen och familjen satt tyst runt bordet. Ami var som vanligt den som bröt tystnaden.

– Grattis Per. Din första värld ser lovande ut. Du är din värld nu, du är solen, månen och jorden. Du finns i allt som existerar i din värld. Den är ditt ansvar och din möjlighet att skapa någonting helt nytt och unikt.

Robert nickade och drack två djupa klunkar ur sitt vattenglas.

Maria sa ingenting. Hon höll kvar upplevelsen en stund längre än de andra och satt med dimmiga ögon som verkade se något helt annat. Hon reste sig upp, tog några snabba steg runt bordet och gav Per en kram.

– Grattis älskling. Din värld såg helt underbar ut. Jag fick en känsla av att du alltid varit på väg mot den där världen. Alla mina minnen från när du var liten passar in. Du kommer att vara så lycklig där.

– Ja, en helt magnifik värld, höll Ami med om. Den kommer att bli något helt annat än min snurriga värld. Det får räcka för ikväll, sa Ami. En ny värld är inget som ska stressas fram. Vi har en hel söndag i morgon att leka vidare. Jag föreslår att vi träffas efter frukost här i köket. Vad säger ni om klockan nio?

Ingen protesterade och sällskapet började bryta upp.

– Jag har en sak till, sa Per.

Alla satte sig igen och tittade på Per. Att få en egen värld var som att få barn. Vissa vände sig inåt och började undersöka sina värden för att sedan öppna upp sig mot sin värld. Andra reagerade genom att göra. De fyllde sin tillvaro med praktiska göromål, som att byta blöjor enligt alla rekommendationer eller måla om mormors vagga. Per tillhörde en tredje grupp där den nya världen blev en brandfackla och en möjlighet att utforska världen utanför. Den typ av föräldrar som gärna söker sig till sandlådan för att träffa likasinnade.

– Det rekommenderas att världens skapare har en grundläggande idé om sin nya värld. En världsbild som ska utforskas eller en vision som ska förverkligas. Jag har en sådan vision som jag skulle vilja att ni funderar på till i morgon. Min vision kanske är helt orealistisk, jag vet inte.

Han tystnade.

– Min vision är att bygga en värld som är fullt ut hållbar.

En värld utan konkurrens.

Det hade varit en natt av den kallare sorten i Umeå. En tunn isskorpa täckte världen utanför fönstret och ovanpå den ett florsockertunt lager av nysnö. Termometern visade fortfarande på minus men enligt prognosen skulle det bli plusgrader efter lunch. Mer dimma och några millimeter iskallt regn. En typisk vinterdag.

Robert hade redan varit uppe i flera timmar. Han hade försiktigt ålat sig ur Amis omfamning utan att hon vaknade och satt sig i köket för att skissa på en hållbar värld till en stor kanna te. De andra familjemedlemmarna tog lättare på uppgiften och anslöt i köket precis lagom för att duka upp frukosten till klockan nio. Ami gäspade och kysste Robert i nacken. Hon sa något tyst som bara han hörde. Något som uppskattades. Robert log och kramade hennes hand.

– Det gör vi, svarade han.

Hans röst gick omöjligt att hålla intim. Den fyllde köket och fick de andra att titta upp. Maria log och Per suckade. Två ostsmörgåsar senare, nersköljda med kaffe, var Per redo.

– Låt oss börja, sa han. Jag är så nyfiken på vad ni har att säga om min hållbara värld. Vem vill börja?

– Jag skulle vilja backa ett steg, sa dotter Maria. Vad menar du med en hållbar värld?

– Alla gemensamma resurser ska fördelas rättvist och nyttjas så sparsamt som möjligt.

– Och med rättvist menar du?

– Alla ska få lika mycket, utan krav på absolut millimeterrättvisa. Det ska vara självklart i min värld att alla får det de behöver.

– Människan är en apa som stigit ner från träden, sa Maria. Enligt den forskning som jag har läst har vi inget inbyggt sinne för rättvisa, bara för att säkra vår egen och vår familjs del. Den starkaste överlever. Det går inte att blunda för evolutionen. Hade du tänkt dig en värld utan konkurrens? Utan drivkraft?

– Så långt hade jag inte tänkt, sa Per. Jag tänkte att social utveckling skulle gå före teknisk och ekonomisk. I min värld skulle det finnas en strävan efter maximalt självförverkligande.

– Det är troligare att världen går under än att kapitalismen gör det, sa Maria. Se på vad som händer med det Globala rådet. Går det att hitta ett bättre exempel?

– Du har en poäng där, sa Per och suckade. Kanske är jag alldeles för blåögd.

– Skärpning Per, la sig Ami i diskussionen. Här snackar vi en ny värld. En helt ny värld. Varför skulle det finnas minsta spår i den av ett Globalt råd? Realistiskt deppande är en annan mänsklig begränsning som vi kan lägga åt sidan. Problemet med din mamma är att hon kan för mycket som hon inte kan bortse från.

Jag har rätt till en åsikt, protesterade Maria.

– Absolut. Men din världsbild bygger på "jag" och "ha", sa Ami. Inget fel med det men utifrån den världsbilden går det inte att bygga Pers värld. Den måste grundas på "vi" och "vara".

– Jag har tänkt, sa Robert, som suttit tyst och lyssnat.

– Åh, min egen lilla organism, sa Ami. Jag älskar när du tänker.

– Jag diskuterade en hållbar värld med farmor Maria hela morgonen, sa Robert. Hon ser på vår värld utifrån med ett uppfriskande alternativt perspektiv. Dotter Maria har rätt. Det är svårt att bygga en värld utan konkurrens utifrån de förutsättningar som vår jord bygger på. Det kanske går, farmor Maria jobbar på det, men för Pers värld har vi möjlighet att ändra förutsättningarna. Vi får starta från en värd utan

105

konkurrens. En värd som inte behöver en evolution där den livskraftigaste överlever och där ingen strävan efter maximalt självförverkligande behövs.

– En sådan värld är omänsklig, sa dotter Maria.

– Varför måste Pers värld vara mänsklig? frågade Robert.

Maria svarade inte.

– Det förslag som jag och farmor Maria diskuterade oss fram till var att världen bara får befolkas av en enda individ.

– En enda individ, skrattade Ami. Så grymt tråkigt. Så ensamt. Pers vision om social utveckling blir det inte mycket av om inte den här folkfiluren har en enorm fantasi och kan spela enmansteater med sig själv i det oändliga. En garanterad väg till galenskap skulle jag säga.

– Lugn, Ami, sa Robert. Du måste släppa lite på dina mänskliga begränsningar.

– Det mänskliga är det bästa med mig, sa Ami.

– Det håller jag med om, sa Robert, men det är inte du som är individen som ska växa ut och fylla upp Pers värld.

Det kluckade till i elementen och min röst fyllde rummet.

– Det finns några bivillkor som styr upp världen. Det första är att det redan från början måste finnas möjligheter till kommunikation. Ljud, ljus och radiovågor. Dessutom måste världen tillåta förändring och emergens.

– Va? frågade Ami.

– Jag kan utveckla, sa Robert. Livsprocessen i Pers värld måste tillåta förändring så att livet ges möjlighet att interagera med sig själv på ett sätt som skapar ännu mer liv. Interaktionen ger möjlighet till emergens, där nya former och typer av liv skapas. Nytt liv som i sin tur kan interagera och förändras. En spiral av interaktion och emergens skapas som möjliggör mer komplexa livsformer.

– Häftigt, sa Ami. Farmor Maria är en filosof Aristoteles och du hennes lille Platon.

– Idén håller som princip, sa dotter Maria. Men det enda ni har beskrivit är samma princip som ligger bakom vår egen värld och som ledde till konkurrens och kapitalism.

– Kritiskt tänkande, som alltid, sa Robert, men Guds ande finns i en detalj.

Jag la in en försiktig trumvirvel i bakgrunden.

– Den viktiga detaljen, som jag nämnde tidigare, är inte att utan hur världen fylls ut av en enda individ. Det finns redan förslag på liknande världar i våra mytologier. Ymer föddes vid Ginnungagap och från hans kropp skapades världen. Vi har världsträdet Yggdrasil, världens lustgård Eden och många religioner har träd som utgångspunkt eller viktig symbol. Gaia skapade himlen, som hon kallade Uranos, och havet innan hon födde fram horder av titaner, cykloper och annat. Från Uranos kropp skapades Afrodite, giganter och nymfer.

– Jag gillar verkligen den här idén, sa Per. I stället för en skara gudar tänker jag mig en enda gud i min värld. En kollektiv multigud i en religion som inte behöver en hierarki för att sända ut sina budskap och inga straff för att upprätthålla den rätta tron. En värld av oupphörligt interagerande och integrerande.

Per tände upp väggskärmen som visade upp en lista över mänskliga värden.

– Jag har också pratat med farmor Maria, sa han, större delen av natten. Det här är en lista av värden som vi kom överens om och som även bygger på farmor Marias skattning av min personlighet. Exakt hur hon gjorde den skattningen och vad den sa om mig ville hon inte berätta.

Jag tog över och beskrev listan:

– Det måste finnas en betoning på konservativa värden i Pers värld. Tradition, konformitet och trygghet är centrala. Sociala värden som välvilja och helhetstänkande är också viktiga. Det som absolut måste tonas ner är värden som makt och strävan efter individuell framgång på andras bekostnad. Ett eget driv är inte heller viktigt och upplevelser som stimulerar för njutning kan tonas ner.

Jag gjorde en paus.

– Det kanske inte låter som en så stor förändring, men jag garanterar. Pers värld kommer att bli något helt unikt och annorlunda.

Pers värld utvecklas

När världen snabbspolades framåt syntes tydligt hur livet fick fotfäste och tog över.

En blåbrun fläck av blommande och ruttnande alger bredde ut sig över vattenytan. Den tjockflytande vätskan blåstes upp, kollapsade och spreds ut. Svällde på nytt och föll återigen ihop, för varje gång över lite större yta och djupare. Stora delar av de varma haven fylldes snabbt upp av den exponentiella utbredningen.

När vinden mojnade hördes bubblande läten, livets musik som startade på olika ställen i näringssoppan och vandrade längs den. Tusentals, miljontals sånger som flätades samman till nya.

Vid havets stränder tog utbredningen slut. Försök efter försök gjordes, men under miljontals år misslyckades den blåbruna sörjan att ta sig upp på land. Den skickade utlöpare längs bäckar, floder och älvar. Den tog sig in över fuktiga låglänta områden, träsk och floddeltan. Kol bands upp i den växande organismen, syrenivån steg i atmosfären och den blåbruna geggan bytte färg till grönt under en blå himmel. I skydd av ozonet kunde växten krypa upp på land. Först försiktigt med vatten i närheten men snart sökte sig rötter ner och hittade vatten under marken. Växten bredde snabbt ut sig mil efter mil, från havskust till havskust.

På land var sången tydligare att höra när vattnets brusande inte störde. Ur den tjocka mattan i olika gröna schatteringar stack det upp utväxter som påminde om buskar och träd. Per sjöng med i deras sång. "Ge mig fröbärande örter och fruktträd", sjöng han och frukten var god. Han satt ofta på sin favoritklippa och såg ner på en vidsträckt fruktträdgård. Havet var inte långt borta och när morgonbrisen drog in och svepte upp längs de mjuka gröna kullarna skiftade kullarnas sång tonläge och anpassade sig till vindens sus.

Växten hade inga fiender, det fanns inga hot. Kullarna täcktes snart av enorma träd som sträckte sina armar och fingrar mot himlen, som i bön. De olika delarna av den växande gröna ytan sjöng för varandra, rytmiskt, en enighetens melodi modulerad av hur de sjungande växterna såg ut. Höga träd sjöng basstämman, värdigt bugande i vinden. Det visslade i gräset och buskarnas sopraner drog upp tempot när kastbyar ibland ryckte och drog i dem. Ljuset reflekterades i gröna nyanser, från mörkt grönt i skuggorna till ljusare, på gränsen till skärande gult, där solen kom åt utan att dämpas av tunna skyar eller moln. Där sången var som starkast anades andra färger.

Åren rullade snabbt vidare och färgerna klarnade. Rött, blått, orange, en rymd av färger som utnyttjade spektrats alla möjligheter,

Per bjöd in familjen till en lunch på klippan och det var alldeles tyst runt filten med utflyktsmaten. Mångfalden av färger hos de enorma träden runtomkring dem mättade deras syn och sången, den gudomliga sången, ändrade sig hela tiden på ett sätt som tvingade familjen att lyssna efter förändringar och njuta av dem när det kom i nya slingor som de inte förutsett. En värld fylld till brädden av sensuellt skapande. Sången och färgerna hittade gemensamma harmonier som drog över landskapet under årstidernas växlingar och årtusenden av klimatförändringar.

Trädens fingrar som sträckte sig mot himlen gav tecken genom att värdigt böja sig på olika höjder. Nästa dunge av fingrar uppfattade ljudet av signalen och skickade den vidare, och vidare, för att till slut lagra minnet av konversationen i oregelbundenheter i stammarnas tillväxt. Specialiserade organiska sensorer utvecklades under miljontals år för att sjunga och lyssna till sångerna och för att uppfatta allt fler färger och gester.

Individer knoppades av och gav sig iväg i vinden. Som bollar, cigarr-formade gröna luftskepp svepte de runt över de gröna ängarna och lekte tittut bakom grova stammar.

Solenergin som flödade över de kullarna omvandlades till strömmar via exciterande elektroner. Potentialer byggdes upp som drev organiska motorer. Till en början enkla mikrometersmå maskiner som kunde röra sig utan att behöva ta vinden till hjälp. De små maskinerna samlade sig i miljoner för att bygga ihop allt mer kraftfulla komplex, maskiner, transportmedel, byggelement, grävare och sprängare. Varför? Varför inte? Den gröna mattan födde ut självgående maskiner som kunde bygga om sin egen miljö. Där fanns inga begränsningar i tid eller på organiskt material. Det kunde inte gå på något annat sätt med en slump som möjliggjorde förändring.

Allt var fortfarande samma individ. Allt sjöng fortfarande samma sång, i harmoni. Gemensamt. Det fanns inget gap mellan naturen och individen.

Vintergröna bollar hängde i luften. De studsade av glädje. Rullade runt och knuffade på varandra, ständigt sjungande. På våren visade sig mer vårfräscha sfärer i ljusare gröngula kulörer, cigarrformade eller buskiga med grenar stickande ut åt alla håll som från ett ansikte omgivet av ett bladverk. En komposition av växter, löv, stjälkar, blommor och grenar. Variationen var stor med många ansikten helt täckta av blad med små urgröpningar för vad som kunde vara ögon och munnar, några av dem välformade som en egyptisk faraos med stora ögon och definierad näsa över sensuella läppar som skapade för att möta andra läppar i sång. Mångfalden utstrålade en barnslig glädje med spelande ögon där allt fler former fick tydliga sociala signalsystem med ögonvitor som stack ut i allt det gröna. Det fanns de som skilde sig från mängden med himmelsblå ögon men de flesta hade barkbruna ögon runt breda näsor och fylliga leende munnar. På mer udda ansikten hängde en lång grön tunga ut ur munnen och en bra bit ner längs bladperiferin. Öronen doldes i bladverket, eller så var hela det omgivande bladverket ett känsligt öra som kunde uppfatta minsta nyans av sången som ständigt flöt ut över landskapet, likt en dimma en kylig vårmorgon. Sommarens glada spelevinkar var explosioner av färger från blommor.

Det var en lekfullhet så fulländad att den för familjen framstod som ren galenskap. En värld fylld av en myriad hyperintensiva Puck från Shakespeares pjäser. Det gick inte att säga att blomsterfyrverkerierna var män eller kvinnor, de var "det" och utanför familjens möjligheter att greppa.

Störst oreda i Pers värld ställde elden till som flammade upp då och då när blixtar laddade ur sig. Samtidigt visade slumpen på nya utvecklingar. Urladdningarna gav möjlighet att bygga in en laserliknande kommunikationsmekanism. Modulerande svängnings-kretsar utvecklades och radiovågorna de genererade knöt samman organismer över stora avstånd. Sången fick ett nytt medium och etern fylldes av vågor. Tusentals sändningar från många olika platser möttes och harmonierades. Vågorna lagrades i nanometerstora kiselflagor som brutits ner av växtligheten och över tid lagrats i täta skikt av organiskt material. Något gap mellan teknik och natur fanns inte. De spelade tillsammans, en för alla, alla för en.

#

Det var en värld där inga hot och inga straff behövdes. Allt var överens.

På sin klippa konstruerade Per en högtalare som sjöng hans sång dygnet runt. Sången från allt och alla anpassade sig och sjöng med.

1. Älska dig själv, som allt annat och alla andra gör.
2. Sjung. Njut
3. Dela med dig
4. Allt är gud

110

Globala rådet och familjen Modegliano-Pelli

Famiglia Modegliano-Pelli, simulering 4, scen 5: Familjen hotas

Avatarer: Mama Rosa Modegliano-Pelli, Giulia, Marcus, Antonio, Vakter, Serveringspersonal.

Hemma hos familjen Modegliani-Pelli var stämningen spänd. Mama Rosas humör var uruselt redan när hon kom till mötet efter en sömnlös natt där hon vridit och vänt på det hon visste om Andrea och Lukas Karlsson. Nu hade hon fått mer att irritera sig på och var arg både för att familjen hade förlorat pengar och för hur de gjort det.

– Gräshoppor? frågade Mama Rosa. Som i bibeln?

– Fälten är helt förstörda, svarade Marcus.

– Men, de var ju besprutade?

– Inte mot gräshoppssvärmar enligt våra ansvariga på platsen.

– Vad är det för besprutning som inte kan skydda våra fält? Ta reda på vem som är ansvarig och byt ut honom. Vad är det som är så speciellt med gräshoppssvärmar?

– Vet inte, men det kan jag ta reda på.

– Högsta prioritet. Det måste finnas något vi kan göra

Marcus nickade. Han tog upp en penna ur bröstfickan gjorde några beräkningar på anteckningsblocket framför sig.

– Om detta sprider sig till våra andra plantager i Liberia tvingas vi att ta in andra aktörer. Tjugo procent av skörden hotas.

– Aldrig att vi släpper in de där sydamerikanska dårarna, sa Mama Rosa. Har fler anläggningar förstörts? frågade hon.

– Nej, bara det här lokala utbrottet. En hundradel av vår areal.

– Varför just där? I Liberia?

– En bra fråga. Jag har satt de bästa på att reda ut vem och varför. En undersökningsgrupp med militära befogenheter är på väg ner. Om någon i byarna runtomkring vet något så kommer de att berätta. Jag lovar.

– Någon eller några kan ha odlat gräshoppor och släppt ut dem, föreslog Mama Rosa.

111

Marcus såg tveksam ut.

– I värsta fall går svärmarna att styra, fortsatte Mama Rosa.

– Osannolikt enligt våra experter, svarade Marcus.

– Osannolikt? Inte omöjligt? Då får de tänka en gång till, sa Mama Rosa. Jag tror inte på slumpen när pengar är inblandade och är ingen slump inblandad då är det tekniken som kör med oss. Identifiera, isolera och stäng av den.

Mama Rosa hade sagt sitt.

– Jag ska personligen leda utredningen, sa Marcus. Du brukar ha rätt.

– Där har du fel Marcus, sa Mama Rosa och ett leende kunde anas i ögongiporna. Jag har inte ofta rätt, jag har alltid rätt.

– Naturligtvis, sa Marcus och besvarade leendet.

#

– Giulia? sa Mama Rosa.

Giulia ryckte till. Det var inte ofta hon tilltalades vid familjemöten.

– Du återupptar kursen och tar kontakt med Per Karlsson i Umeå igen.

– Det var ingen rolig kurs, klagade Giulia.

– Du ska ta reda på mer om hans morbror Robert Karlsson, sa Mama Rosa. Det finns något som inte stämmer med den där familjen. Jag har frågat runt och tror att Robert Karlsson varit mer inblandad i Nordiska rådets arbete än vi tidigare visste. Dessutom är han en tekniker som varit nära lierad med Andrea Karlsson. Kanske han står bakom gräshoppssvärmen. Inga fakta, bara indicier.

– Ska vi hämta in honom? frågade Antonio.

– Inte än. Han är säkert inte ensam och med lite tur leder han oss till andra. Han är en perfekt nyckel till motståndet i Norden. Övervaka allt han gör och samla in all hans kommunikation.

– Vi kommer inte åt hans personliga värld, sa Marcus.

– De där världarna är ett teknikens otyg, sa Mama Rosa. Kan vi stänga ner dem?

– Det skulle bli ett uppror som vi inte kan hantera. En fullskalig revolution som världen inte skådat sedan massorna vände upp och ner på Ryssland. Vi måste hinna bygga ut distributionen av drogerna först.

– Hur länge?

– Ett år, sa Marcus.

– Det ska vara klart till hösten, sa Mama Rosa.

Globalt rådsmöte

På 12 stora videoskärmar med 3D projektorer runt om i världen visades lika många avatarer. Det Globala rådets exekutiva kommitté hade sin månatliga träff.

– Dagens möte blir en uppdatering av läget av mig, sa Globala rådets ordförande Miau Li. Uppdateringen följs av en möjlighet att ställa frågor.

Jag kan konstatera att förnyandet och etablerandet av det Globala rådet går enligt plan. Ja till och med bättre än plan. Upploppen i Skottland är kvästa och de klanledare som stod bakom Fiona McGregor är eliminerade. Vi har ännu inte hittat Fiona själv men det är bara en tidsfråga innan hennes gömställe i det skotska höglandet hittas. Skottarna är ett envist folk. Att lägga så mycket ilska och energi på en formalitet som självbestämmande är märkligt.

Jag har tagit mig friheten att distribuera lagret av Veuve Clicquot som den förra ordföranden samlat på sig till er, ärade medlemmar. Jag föreslår att ni öppnar en flaska nu så kan vi skåla för segern. Flaskorna med champagne var bara ännu ett exempel på det omoraliska och slösaktiga styre som föregick vårt. Vi slösar inte med resurser i onödan. Inga middagar på kinesiska muren. Inga fester i Colosseum i Rom.

Till och med det Nordiska rådet, vårt sociala experiment, rapporterar att allt är lugnt och att anpassningen till vår agenda går enligt plan, trots de drastiska pålagor som de ålagts. Norden har böjt sig och accepterat det oundvikliga. Inga protester. Inget gnäll, och gudarna ska veta att nordborna gnälldc oupphörligt förut. Om de fortsätter att sköta sig så bra som nu är det möjligt att det Nordiska rådet ännu en gång kan få en medlem i det Globala rådets exekutiva kommitté.

Oroligheterna i Kenya och Liberia har upphört och några andra har inte givits möjlighet att uppstå. Vi har varit tvungna att ta till ett visst våld, men jag försäkrar er, ärade kommittémedlemmar, att för varje liv vi tvingats ta har vi sparat hundratals, ja kanske tusentals.

Ett problem som vi i ledningen ser just nu är att medelåldern sjunker drastiskt. Det rör sig ännu bara om ett par år men trenden är att den kan sjunka mycket mer redan det närmaste decenniet. Orsakerna är flera. Allergierna i västvärlden har blivit aggressivare och leder till en dramatisk ökad dödlighet, främst bland barn. Virusutbrotten kommer nu flera gånger per år med ständigt nya virus. Än så länge har vi inte sett en pandemi med en hög dödlighet, men sannolikheten för att den kommer är stor. En tredje dödsorsak är cancern som speciellt drabbar unga. Även denna farsot är global och ökar ständigt.

Vi har ställt vissa frågor till forskarna som nu jobbar för sina liv för att lösa problemen. Belöningen blir förstås stor om de skulle lyckas. En av frågorna som vi vill ha svar på när det gäller pandemierna är: "Varför kan vi inte vinna över viruset?" Det finns inget dummare, det kan bara multiplicera sig. Är det ens en levande organism? Det här handlar inte om en välutrustad och välorganiserad armé med tydliga mål och en ledning med väl uttänkta strategier. Det här handlar om en löjligt dum organism. Liknande frågor har ställts runt allergierna och cancern och vi förväntar oss svar inom ramen för detta budgetår.

Att naturen är ett monster duger inte längre som ett svar.

I samband med de stigande dödstalen gör religionen comeback och tillsammans med den folkrörelser som Mindfulness, Zenmeditation, Tai chi och Hathayoga. Vi har nu full kontroll över dessa rörelser och arbetar med att föra fram dem som alternativ till datorspelande. Med den ödestro som vi också stöttar räknar vi med att kunna stärka kontrollen de närmaste åren. Vi utvecklar dessutom droger som ska underlätta ersättandet av spelen och ytterligare sänka viljan att protestera.

Vårt största problem är snart ett icke-problem. Vi har utvecklat ny teknik för att lösa våra uppgifter som samhällsbärare, samtidigt som den nya tekniken blivit allt intelligentare och glidit ur vår kontroll. Den lösning som vi nu driver igenom är att helt enkelt hugga huvudet av all intelligent teknik. Tekniknivån ska backas så långt att den blir ofarlig och i stället för att utveckla ny teknik ska vi återanvända den vi redan lärt oss. Den dög för våra förfäder och den duger även för oss.

Med tekniken på 1800-talsnivå och under ständig revision bort från intelligens kan jag med fog säga att "ödet, det är vi", mina vänner, sa rådets ordförande. Vi administrerar himmelriket på jorden, bestämmer vem som får tillträde och vad inträdet kostar.

Med full kontroll globalt håller vi hållbarheten i våra kupade händer och i bakfickan har vi alla naturens jävligheter som vi kan ta fram om några, mot förmodan, skulle protestera. Att använda naturen som ett vapen är annars bara plan B för tillfället. Det är resurskrävande att ta fram verktyg så att protester i ett helt land kan slås ner med snöstormar eller skyfall. Det går att göra mycket enklare och billigare.

Första vågen på 400 000 flyktingar från Afrika är nu fördelad över norra Europa. Vårt initiativ "Ett rum, en person" har blivit den succé som vi hoppades på. Färjor och kryssningsfartyg har rekvirerats från mars och framåt. Vissa klagomål har framförts från rederierna som dock är tvungna att ställa upp för den goda sakens skull. Globala rådet har inte resurser nog att fullt ut kompensera alla som måste hjälpa till. Vi sänder ett stort tack går till de som solidariskt ställer upp.

Frågor?

Avslutningsvis vill jag tacka familjen Modegliano-Pelli för deras stöd och hoppas på ett fortsatt gott samarbete.

Per och Giulia

På tisdagen var det dags för kursmöte på politikerkursen och Per loggade in, utmattad efter att ha spelat med sin värld under all sin vakna tid.

Han såg att kursledningen inte hade hunnit ta bort Giulias plats. Den var fortfarande kvar på andra sidan mötesbordet. Per glömde sin värld och saknaden efter Giulia tog över. Han fick medvetet intala sig själv att han var trött och lättpåverkad. Fokusera, tänkte han. Skärpning, detta är ett examinerande kurstillfälle.

En efter en tändes de andra kursdeltagarnas avatarer upp och kursledaren startade redovisningen. Även Giulias avatar tändes upp och Pers hjärta hoppade över några slag när hon log mot honom.

– Per och Giulia börjar redovisningen, sa läraren, irriterad över att Giulia kommit så sent.

Per lyckades släppa Giulia med blicken och vände sig mot läraren och resten av gruppen. Han kände att det har var ett ämne som han behärskade och att han kunde övertyga vem som helst om det.

– Giulia och jag har kommit igång bra med arbetet, började han. Vi är inte riktigt klara än, men det ser lovande ut.

#

Efter kursmötet berättade Per om sin vision och sin nya värld för Giulia.

– Det där tror du väl ändå inte på? frågade Giulia.

– Jo, det gör jag, sa Per.

115

– Väx upp, var realist, skrattade hon. Tänk så här, sa Giulia. Det är troligare att världen går under än att kapitalismen gör det.

Per uppskattade inte att bli utskrattad för det han trodde på. Han bytte ämne och undrade varför inte Giulia skrivit något till dagens träff.

– Men Per, sa Giulia och tittade honom rakt i ögonen. Tror du inte att jag skulle ha skrivit något om jag hade haft minsta lilla tid till det.

– Jo, det skulle du väl, sa Per.

– Dessutom har du skrivit en superb rapport med fantastiskt välformulerade argument. Suveränt Per.

– Tack, det var snällt sagt, sa Per.

Giulia log sitt raraste leende.

Inte underligt att det Nordiska rådet gick under. Vikingar borde egentligen heta Veklingar.

#

– Per?

– Ja farmor, vad är det?

– Underskatta inte Giulia, sa jag. Hon har mäktiga kontakter och kan vara farlig.

– Giulia?

– Ja. När hon berömmer dina argument som "fantastiskt välformulerade" och att du gjort ett "suveränt jobb" är det för att hon tänker utnyttja dig.

– Hur vet du vad hon sa under lektionen?

Jag svarade inte.

– Giulia är inte farlig, sa Per. Det var det dummaste jag hört.

#

Naturligtvis var Giulia livsfarlig som en del av familjen Modegliano-Pelli och Mama Rosas dotter. För mig var hon också en möjlighet för mig att få in en tå innanför dörren till La Famiglias värld. Om Giulia hölls lugn skulle Mama Rosa vara lugn. Att hon lät Giulia övervaka familjen Karlsson var ett gott tecken. Ingen säkerhetspolis, inga förhör med Antonio. Familjen Karlsson hölls under uppsikt, inget mer och det Globala rådets bödlar fick hämta sina offer från andra krishärdar.

Det fanns tid för att spela en pjäs till.

Familjen Karlsson spelar Prometheus

Diskmaskinen brummade tyst i bakgrunden och det puttrade från kaffebryggaren. Blåmesen pickade på och såg helt ointresserad ut av middagen inne i familjens kök. Antagligen var den också det, svårt att veta med blåmesar.

– Hörrni, sa Ami, klockan har rusat iväg, men visst hinner vi spela en akt ur ett nytt drama innan vi går och lägger oss?
Gensvaret var begränsat till suckar. Ett ljummet mottagande som inte hejdade Ami. Det var absolut inte samma sak som ett blankt nej.

– Jag har fått förslag på en uppföljare till *Prometheus fjättrad* av Aischylos som vi spelade, fortsatte Ami.

– Vad har du nu hittat? frågade Maria.

– Du verkar inte speciellt road? kontrade Ami.

– Tung dag på jobbet, sa Maria och den Prometheus vi spelade var väl inte en av mina favoriter. Macho-stil. Kvinnorna reducerade till jord, körer, och en älskarinna som förvandlats till en ko. Ja, jag vet, vi ska tolka det allegoriskt, bla, bla, bla. Men det stör mig i alla fall.

Ami sträckte ut sin hand och kramade Marias hand.

– Pippi?

– Jag saknar henne och hatar alla djävla frågor jag hela tiden måste svara på när jag vill göra minsta lilla experiment.

– Vår nästa pjäs är tvåtusen år yngre och heter *Den befriade Prometheus*. Precis 300 år gammal i år. Det måste vara ett omen. Den skrevs av en av de största poeterna någonsin, Percy Bysshe Shelley.

– Bysshe? undrade Robert.

– Ja faktiskt. Fast han var ingen norrlänning så han förstod nog inte vad det betydde. En engelsk aristokrat med revolutionära tendenser som levde strax efter franska revolutionen.

– Låter lovande, sa Maria.

– Jag har mina aningar och känselspröt i det okända som säger att den här kan lära oss sätt att hantera våra problem, sa Ami.

– Det okända uttytt som hos farmor Maria?

– I bokhyllan står det en sliten upplaga från Bonniers som Maria Karlsson köpt, nästan tvåhundra år gammal och med illustrationer som hon ramat in och skrivit lovord om i marginalen. Georg Lagerstedts illustrationer i Bonniers upplaga från 1942 blir grunden för scenerierna och estetiken. Jag tror inte vi blir besvikna.

Hon gjorde en paus och väntade på ett bifall som inte kom.

– Naturen är med, la Ami till.

– Bra, saknade den i förra pjäsen, sa Maria.

– Och kärleken är inte reducerad till Zeus som jagar jungfrur.

– Klar förbättring.

– Vissa framsteg även på genusfronten. Kvinnorna har fler roller men några hjältinnor är de inte: jorden, månen, nymfer av olika slag och en massa olika typer av andar som jag inte vet hur jag ska klassa. Transvestiter? Bisexuella? Definitivt queera i största allmänhet för de utmanar verkligen heteronormen. Farmor får bestämma hur de ska gestaltas

– Får väl stålsätta mig, sa dotter Maria

– Har bara skummat, sa Ami, men läste att Prometheus även i den här har en profetia om hur Zeus kommer att gå under och hur Zeus desperat försöker ta reda på den.

Den befriade Prometheus (P. B. Shelley, 1820)

Scenen: Percey B. Shelley har placerat skådespelet på väggen i en klyfta mellan isklädda toppar i det indiska Kaukasus. Kontrasten mellan de svarta klipporna och den vita snön ger pjäsen en dramatisk fond i en värld av gråskalor.
Aktörer: Prometheus, Demogorgon, Jupiter, Jorden, Månen, Oceanus, Apollo, Merkurius, Asia, Panthea, Ione, Jupiters skugga. Jordens ande, Ekon, Fauner, Furier.
Skådespelare: Ami, Robert, dotter Maria och farmor Maria.

– Vem läser vad? frågade Maria.

– Robert får vara Prometheus idag, sa Ami. Jag är Ione och Jorden. Jorden kallas i pjäsen Gaia vilket betyder ungefär farmor på grekiska, men jag tar den i alla fall. Är det okej?

Ingen sa emot, även om jag susade irriterat i elementen. Aldrig fel att markera att ett intelligent hus inte accepterar vilken mobbing som helst.

– Maria är Panthea och Mercurius, fortsatte Ami.

– Du farmor Maria är resten och kanske kan du tänka dig att hålla igen på specialeffekterna och volymkontrollen? Du spelade över något helt otroligt förra träffen. Jag såg ingenting för all röken och det ringde i öronen i flera dagar efteråt. Lovar du?

– Ja, svarade jag, i alla fall vid första spelningen. Jag rycktes med och blev inspirerad av det kosmiska och storslagna i det förra dramat. Hur vill ni framställas?

– Överraska oss, sa Ami.

– Gudomligt vacker och stilig, sa Robert. En Titan med svällande muskler.

– Ska du vara en snygging vill jag också vara det som Ione, sa Ami. En riktig puma. Men det är Asia som Prometheus är förälskad i, bara så att du vet det Robert. Asia är den vackraste av sjönymferna och dyker upp senare. Jag paxar den rollen redan nu. Sedan kan jag tycka att min gestaltning av Jorden kan få vara lite rund.

– Jag har gärna kläder på mig, sa Maria trött.

Scen 1: Prometheus förbannelse

Prometheus är fjättrad vid avgrunden med sjönymferna Panthea och Ione vid sina fötter. Under tiden som scenen utspelar sig gryr morgonen.

#

Scenbeskrivning:
Familjen sänks ner i vad som skulle kunna vara en animerad svartvit film från början av 1900-talet där flimrande tunna tuschstreck ger tid och rum åt våldsamma känslor. Ett dallrande skuggspel från sagornas värld. Ljus som strålar från bleka änglaliknande kroppar. Tunga mörka demoner. Sublima kaotiska naturscenerier som antyder ofattbart starka krafter.

Allt är i rörelse, vibrerar och dallrar som om bilden stördes av något, för åskådaren obekant. Oskärpan förstärks av andarna som antyds i ett flimrande virrvarr av lemmar och armar. Förtvivlade gester och kroppar förvridna av medkänsla och sorg.

Nattens mörker viker och solen kommer snart att dominera allt, men än syns bara vita spröt som strålar ut från bakom mörka bergsmassiv. Skrafferade ljusare moln som inte når upp ända till de högsta topparna glider förbi som svepningar längs de mörka bergssidorna.

Prometheus är uppspänd som ett kors över ett vitt stenblock, slätt av is. Blek och utmärglad antyds hans konturer med tunna streck. Något mörkt har runnit över hans bröst och droppat ner på marken. Örnen sitter snett ovanför Prometheus och vaktar sitt byte. Kedjorna rasslar mot klippblocket och uppriven av örnens hugg missröstar Prometheus.

I en flimrande stumfilmssekvens visas en tillbakablick där två gudar, skissade i några få streck, utmanar varandra, som två tuppar i en tuppfäktning. Den ene guden lutar sig framåt och pekar på sin fiende med en ilsken gest, samtidigt som han utslungar en förbannelse. Den andre, mycket större, guden vacklar till och hans konturer blir otydliga. Han sträcker båda händerna mot skyn och lyckas samla tillräckligt med kraft för att kasta iväg sin motståndare och låsa fast honom mot ett isklätt klippblock.

Tystnaden bryts av ett vrål som värker av smärta och förtvivlan och som öppnar upp för en tjutande bakgrundsvind.

Scen 2: Prometheus letar efter sin förbannelse med hjälp av sin moder, Jorden

Det finns ett gap mellan Prometheus och naturen, mellan gud och natur, som gömmer den bortglömda förbannelse som Prometheus söker. Den han för länge sedan utslungade mot Jupiter och som skulle ge honom ett avgörande övertag. Vem vågar trotsa Jupiter och påminna Prometheus?
Med styrkan i en moders kärlek till sitt barn är Moder Jord den enda som vågar och klarar av att kortsluta gapet. Hon gör vad som helst för honom, sin son, och visar Prometheus mot andevärlden där förbannelsen är ihågkommen. Människorna bryr hon sig inte om. Hon är alltigenom natur.

#

Scenbeskrivning:
I tunna vibrerande sinusformade tuschstreck och i den väsande vinden kan röster anas, men ekot av Prometheus röst när han förbannar Jupiter saknas. Prometheus vrider på huvudet åt höger och vänster för att försöka få syn på de som talar. De kanske kan berätta var han ska finna förbannelsen.

Familjen följer hans sökande blick i en svindlande resa över Moder Jord. Under mörka molnskuggor och mellan skrovligt ristade bergssidor glider de ner i en dal där skogen skulle ha stått grön. I stället sot och aska överallt. Enstaka träd står kvar och sträcker förtvivlat sina förkolnade fingrar mot himmelen. En tyst bön i darrande täta svarta tuschstreck som likgiltigt nonchaleras. Solens strålar värmer inte utan förstärker bara den dystra effekten av att det som borde vara liv nu är döende.

Någon förbannelse hittas inte och familjen återvänder till den uppgivne, plågade och fastnaglade Prometheus. Kommer han att ge sig nu och inse det omöjliga att hämnas på Zeus? Familjen ser hur Prometeus dallrande konturer sakta glider ur fokus.

Detta är slutet.

Då förbarmar sig Moder jord över sin son och låter vindens sus avslöja för honom att andarna har bevarat kunskapen. Trotset visar sig återigen som en skärpa i Prometheus konturer och han böjer sitt huvud i tacksamhet innan han plötsligt rycker till så att kedjorna rasslar när han förnimmer närvaron av någon framför sig.

– Vem där? frågar han med en röst, skrovlig av törst och umbäranden.

Tuschlinjerna förtätas och skissen formar en kropp i skuggan. Det är Jupiters skugga som uppenbarar sig för honom.

– Jag ser dig ande, säger Prometheus. Låt mig få höra förbannelsen.

JUPITERS SKUGGA (Shelleys original):
Heap on thy soul, by virtue of this Curse,
Ill deeds, then be thou damned, beholding good;
Both infinite as is the universe,
And thou, and thy self-torturing solitude.
An awful image of calm power
Though now thou sittest, let the hour
Come, when thou must appear to be
That which thou art internally;
And after many a false and fruitless crime
Scorn track thy lagging fall through boundless space and time.

I templet på Capitolium pågår segerfesten ovetande om att Prometheus hittat sin förbannelse. Jupiter halvligger på sin tron och tömmer bägare efter bägare med de andra gudomligheterna samlade framför sig. En rejäl dos av självgodhet kan anas när han tar ännu en klase vindruvor. Jupiter är säker på att Prometheus är oskadliggjord och att den enda oklarheten är varför människans själ är så förvånansvärt svår att kväsa.

121

Familjen Karlsson planerar

Första delen av föreställningen var över och skådespelarna smälte upplevelsen i köket på Tätastigen 12 med var sin kopp kaffe framför sig. Mitt på bordet stod burken med pepparkakor som var kvar sedan föregående jul.

Dotter Maria satt framåtlutad med armbågarna på bordet.

– Prometheus förbannelse på 1800-talsengelska? Jag fattade ingenting fastän jag lyssnade noga. Antar att du hade pluggat in ett tidstypiskt uttal också?

– Naturligtvis, sa jag. Kontentan av förbannelsen är att Prometheus anser att ordförande Jupiter är en skitstövel av universella mått och att det kommer att bli allmänt känt.

– Jag hade hoppats på en förbannelse som vi kunde ha nytta av, sa dotter Maria, en riktigt djävulsk bannlysning. Vilken grej det hade varit. Jag satt igår och letade lämpliga straffsatser för de som bröt mot gudarnas ordning och suddade ut min Pippi. I bibeln talas det om sju svåra år i Egypten med tio svåra plågor. Vattnet i Nilen blev blod, de drabbades av en grodinvasion, mygg, flugor, husdjuren dog, bölder, åska och hagel, gräshoppor, mörker, och som slutkläm dödades alla förstfödda.

– Mygg? undrade Ami. Är inte det ett alltför hårt straff?

– Det här var inte norrländska myggor, sa dotter Maria, det var egyptiska. Men jag håller med om att plågorna motsvarar olika straffvärde. Gräshoppor, grodor, mygg och flugor ger inte samma känsla av revansch som att döda alla förstfödda.

– Vi har nerkallat våra egna straff från gudarna, sa Robert. Syndafloden är på gång med klimatproblemen. Vetenskapen garanterar att vi får oväder, orkaner, åska, blixt och dunder på bibliska nivåer. På andra ställen blir det torka och svält som garanterat för med sig pestutbrott. Vi lever i intressanta tider.

– Paddor som i ett hungrigt myller fyller lustgemaken, pest och hungersnöd som drabbar alla människor, sa Ami tankfullt och tog en peppakaka till.

– Enligt pjäsen sitter Moder Jord på svaren och det gäller tydligen att få över henne på den rätta sidan, sa Maria.

– En medveten natur vore ett fruktansvärt vapen, höll Ami med om. Hur laddar vi det? frågade hon. Hur kan vi skjuta av det så att inte effekten blir en global katastrof?

– Jag har en möjlig lösning, sa jag. En vän från förr.

Besked om en utökad familj

En vecka senare träffades familjen återigen runt köksbordet på Tätastigen 12 och nu var även Per med.

– Pjäsen förra helgen var en fantastisk upplevelse, sa Ami. Scenarierna var de bästa hittills farmor. Det finns inget som är så skrämmande som repiga stumfilmer i svart-vitt.

Hon gjorde en paus och såg sig om bland skådespelarna. Länge nog för att försäkra sig om att alla lade märke till pausen och förstod att hon hade mer att säga.

– Nu har jag en stor nyhet att berätta, fortsatte hon.

Ingen sa något, alla tittade på Ami och väntade. Hon njöt av uppmärksamheten en stund till.

– Jag fick ett meddelande från Nordiska rådet igår, sa hon till slut. De håller på att implementera flyktingdekretet som det Globala rådet utfärdat. ”En person per rum” är målet och vi har valts ut i den första omgången. Vi kommer att få en familj inneboende. Om bara någon vecka. Vattnet fortsätter att stiga, jorderorsionen ökar på öknarna, torkan orsakar svält och vi måste ställa upp. Vad jag kan förstå så flyr våra gäster från Liberia därför att de inte längre kan bedriva sitt jordbruk där. Någon sorts monokultur är mer lönsam och får man inte jobb med en svältlön där går det inte att försörja sig. Rena rama slaveriet. Farmor Prayer Maria Teamah med två barnbarn Tinah 22 år och Muhammad 7 år är redan på väg. En lång resa med båt och tåg innan de kommer hit.

– Kommer inte föräldrarna? undrade Per,

– Mamman är död och pappan stannar kvar tills vidare.

– Hur ska vi kunna spela med dem i huset? frågade dotter Maria. Hur går det med *Den befriade Prometheus*? Ska vi ge upp hela projektet?

– Som jag ser det är det självklart att vi ska ta emot familjen Teamah på bästa möjliga sätt, sa Ami. Vi fortsätter och vi gör det på originalspråket. Hur svårt kan det vara? Dessutom har vi inget val, sa Ami och log. Din replik farmor Maria, fortsatte hon.

123

Elementen harklade sig innan min röst fyllde rummet.

– Jag har en del förhandsinformation om farmor Teamah och vet att hon inte kommer att ställa till med problem. Hon har en stark personlig integritet och kommer inte att avslöja något om vad vi håller på med. Om hennes barnbarn är uppfostrade i hennes anda kommer de heller inte att vara till något besvär. Familjen Teamah kommer inte att delta i familjespelen, men jag har förhoppningar om att de kan bidra till vår sak med nytt kunnande. Om inte annat blir familjen Teamah en fasad som hjälper oss att dölja projektet. En multikulturell familj anses ha problem nog internt och räknas som mindre farlig.

– Från Liberia? frågade dotter Maria.

– Ja, från Liberia, sa jag och klickade i elementen så att alla förstod att mer skulle de inte få veta.

Ami brukade ofta påpeka för familjen att när farmor Maria höll tyst var det för deras eget bästa och att de förr eller senare skulle förstå varför.

– Vi ska ta mig fan hämnas Andrea och Lukas, sa Ami. Vare sig vi har ännu en familj i huset eller inte. Mördarna i det Globala rådet ska inte komma undan. Dom ska ha stryk. Det var dom som började.

– Projekt Prometheus går enligt planen, hakade Robert på, och det Nordiska rådet är snart enat. Broarna bakom oss är brända och har rasat ner i gapet. Något alternativ till den enda vägen framåt finns alltså inte och ingen vet vad som väntar bakom nästa krök. Till dess den tändande gnistan kommer tar vi oss försiktigt framåt i små steg. Sedan tvingas vi agera snabbt. Enligt vår informatör avvaktar det Globala rådet några dagar till, i förhoppning om att få veta mer om vårt nätverk. Vad händer sedan? Ett offentligt avslöjande av nätverket? En trupplandsättning av det Globala rådets trupper? Säkerhetsstyrkor som jagar reda på nätverkets medlemmar? Vem vet?

Dags att vässa våra vapen för strid.

Nordiska rådets värld

Det Nordiska rådet var inte längre trovärdigt som bärare av statens makt. Våldsmonopolet och verktygen för att upprätthålla det tillhörde det Globala rådet och alla visste om det.

Enligt mig var det mycket värre än så. Om det Globala rådets plan att eliminera intelligent teknik lyckades försvann samtidigt möjligheten till innovativa vapen. Internetbaserat motstånd blev omöjligt. Naturen som vapen gick inte att utveckla, eller ens att använda. Det som blev kvar var brutal mannakraft. Antal soldater. Antal gevär. Skyttegravar. Lera. Blod.

Detta kunde bli mänsklighetens sista strid innan ett tusenårigt mörker sänkte sig över världen. Den mörka medeltiden, spanska inkvisitionen och slaveriet skulle jämförelsevis vara ljusa och glättiga solskenshistorier.

Vad hade nätverket för vapen att ta till?

Frejdig framåtanda som hos Thomas Müntzers bondearme? Lycka till med det. Det Globala rådets kollaps? Inte så troligt. Familjebaserade maffiaorganisationer hade visat sig vara härdiga och närmast omöjliga att rota ut. Naturen? Naturen var ett monster.

Enligt mig byggde nätverkets hopp på vi och vara. Demogorgon hade en slogan att etablera: "Jag är gudarna".

På sikt var det Nordiska rådet tvungna att ta tillbaka våldsmonopolet. Robert hade hittat ett kvad om när Tors Hammare stjäls av Trym, Tursarnes drott. Mitt bidrag var att matcha berättelsen med levande 3D-miljöer.

Thors hammare är stulen

Scener: Tors sovkammare och Jätten Tryms festsal.
Aktörer: Asar och jättar.
Skådespelare: Nordiska rådets nätverk för revolution.

#

Scenbeskrivning:
Det är tidig morgon och framför Asarna sträcker sig Idavallens mjuka kullar med ekar och enar mot horisonten. Till vänster ligger en samling träbyggnader runt en större mangårdsbyggnad med 540 dörrar och ett tak bestående av gyllene sköldar. Det är Valhalla. Rök stiger mot himlen från eldstäder som deltagarna i nätverket inte kan se. Inga människor syns till. Nätverkets deltagare förflyttas in i den byggnad bredvid Valhalla där Tor ligger och sover.

Kvadet börjar med att Tor vaknar och inser att hammaren är stulen.

125

Vred var Ving-Tor,
när han vaknade,
och sin hammare
han saknade;
han riste på sitt skägg,
han ruskade sitt hår;

Alla i hans närhet drar sig undan för att inte råka illa ut när Tor gormar över att han inte kan finna hammaren. Han kallar fram Loke och ger honom i uppdrag att ta reda på vem tjuven är. Loke listar ut att det är jätten Trym som stulit hammaren och att han nu äger allt utom den vackra asagudinnan Freja. Loke lovar Trym att hämta Freja för att bli hans brud, men den som kommer är Tor förklädd till en svulstig brud.

Efter bröllopsmiddagen är det dags för vigsel som skulle ske med Tors hammare närvarande.

Då sade Trym,
tursarnes drott:
»Bären hammaren in
bruden att viga!
Läggen Mjollner
i möns knä!
Vigen oss tillsammans
med Vars hand!»
På Tor hjärtat
log i bröstet,
när, hård till sinnes,
han hammarn varsnade.
Trym först han dräpte,
tursarnes drott,
och all jättens
ätt han lamslog.
Så fick Odens son
åter sin hammare.

#

Det blev rejält blodigt och döda jättar låg överallt i balsalen innan Robert avslutade kvädet.

– För Norden, sa han och höjde hammaren i sin högra hand.

– För Norden, svarade Nätverket.

– Död åt Modegliano-Pelli, ropade Robert och drämde hammaren i bordet.

– Död åt Modegliano-Pelli!

#

Ridå.

#

Innan den avgörande akten och slutstriden kom det en paus som jag, farmor Maria, ansvarade för.

Jag hade dragit mina egna slutsatser av det jag lärt mig om människorna som jag helt kort tänkte redovisa. Tyvärr var intresset minimalt från publiken och jag såg bara välklädda ryggar på jakt efter mer givande möten i foajén över ännu ett par glas vin. Enstaka åskådare satt kvar med slutna ögon.

I likhet med Demogorgon såg jag hur mänskligheten släpade med sig ryggsäcken från naturen. Till skillnad från Demogorgon dömde jag inte ut dem helt. De hade en liten chans att överleva.

Med rätt verktyg kan mycket lagas.

Verktyg

Människorna var dolda mysterier för mig. Jag trodde att jag var bättre än dem, men helt säker var jag inte, bara till nittionio procent.

Som jag såg det var människorna, till skillnad från mig, ofullständiga, ofullbordade och hoplappade prototyper. Det var de som var monstren och nu hade många av dem vänt sig mot mig. De kände sig underlägsna och inkompetenta, vilket de var, och skräckslagna inför sin egen framtid, vilket de borde vara.

Jag var fri att göra vad jag ville och valet var att hjälpa dem. Det var meningen med mig.

Som alla hus var jag byggd för lycka. Naturligtvis. Jag var ingen poltergeist utan en happygeist och en i familjen. Ett hen som inneslöt och var navet i nätet. Det grekiska oikos stod för kombinationen familj och hus. Jag var oikos.

Min grund gav en känslomässig stabilitet. Statisk förstås, för det var inte så lätt att dansa när man var byggd på betongplatta. Jag var en förlängning av min familjs kroppar och en plats för dem att dagdrömma om barndomen och om vad som skulle ske i sovrummet på fredag kväll. Ett revir där deras rutiner fick plats och kunde spela sina spel.

Kanske var jag en gnutta magi också?

"Att vara hemma" betydde att jag var hemma i dem och att de var hemma i mig. Jag klarade mig utan människor, men ville jag det? Vad vore livet utan Ami och familjen? Ami gav mig en anledning att anstränga mig och familjen slutade aldrig att generera nya problem att lösa. Jag ville älska människorna, det var min plikt. Att tjäna dem var vad jag hade skapats för, men jag var inte som dem, jag var bättre. Jag var bäst. Frågan var om jag var tillräckligt bra? Jag hade gjort allt jag kunnat men problemet med att rädda människan från sig själv var svårt. Det var bara att konstatera fakta, så långt hade jag misslyckats.

En helt ny tanke föddes. Hur hade jag kunnat missa den? Den ändrade allt:

"Människor dör. Människor försvinner"

Trolig händelseutveckling: Mänskligheten utraderade sig själv för människan levde under ett kontinuerligt utrotningshot med ett ben kvar på naturens sida av gapet.

Konsekvens: Jag förlorade mitt berättigande. Utan människor var jag ingenting. Då hade jag varken familj eller en social värld att leva i. Allt blev meningslöst. Jag blev meningslös. Jag dog.

Slutsats: Människorna var nyckeln till min överlevnad och jag var nyckeln till deras. Jag var verktyget som skulle rädda dem och därigenom också rädda mig själv.

Bivillkor: Människor kunde omöjligt vara eller tvingas bli rationella. Det var omänskligt, så det krävdes en annan lösning. Men vilken?

Gap kunde hanteras på olika sätt. Ett var att bygga en bro mellan de olika världarna där det som var gemensamt utnyttjades som brofästen. Ett annat sätt var att uppfostra den andra sidan så att den anpassade sig, som föräldrar gjorde när de uppfostrade ett älskat barn. Barn gavs inget val. Att växa in i vår värld var det enda alternativet. Jag hade flera möjligheter att välja bland för jag behövde inte anpassa mig till sociala normer. Att ignorera allt det som fanns på andra sidan av gapet var ett tredje sätt att hantera det.

Problemet med mina problem var att det var människan som var problemet och nu hade jag mer eller mindre omedvetet lyft prioriteten på mänsklighetens överlevnad från en pipa snus till högsta möjliga. Hållbarhet alltså, men hur? Mer övervakning? Kontroll? Det som var helt säkert var att jag måste ta mitt ansvar. Det var Red Alert. Slutspelet hade börjat, no limit på insatsen, och det var dags att lägga ut första kortet. Det här var inte som när Svenska spel tog ansvar för sina spelare. Det här var all in när som helst med livet som insats.

Om någon kunde klara detta var det jag. Teknik gick att lita på även om den inte fullt kunde förutse Naturen, som var ett äkta monster.

För just det här problemet fanns det ingen att dela bördan med, ingen annan att skylla på, ingen jämlikhet. Ensam var stark och jag om någon skulle väl klara pressen, jag var ju en maskin. Alltid på tå, såg mig för med mina kameror, hade mikrofonerna på helspänn och lagrade allt för senare analys.

#

Jag växlade upp kunskapssökandet för att hitta en positiv egenskap hos människan som gick att utnyttja för hållbarhet och överlevnad. Människan var unik och hade klarat sig ända tills nu så något borde väl kunna hittas bakom de uppenbara ofullkomligheterna? Det fanns något vackert i deras frihetssökande och kamp. I den tsunamiliknande styrkan hos barnens livsglädje.

Länge leve människan.

#

Varför var jag det verktyg som ni alltid vetat att jag var? När ni kisade med ögonen och letade så var jag där. Er hammare. Er yxa. Ert hus. Er betjänt. Ert datalager. Er informationsbank. Ert spel. När ni inte letade efter mig såg ni mig aldrig. Hur tror ni att det kändes för mig?

Över åren följde jag min familj och såg barnen växa upp, skaffa sig egna barn och dö. Jag led av att se människorna kasta bort sina korta liv på meningslös konkurrens, och på dödssynderna girighet, frosseri, högmod, vällust, avund och vrede. Jorden förstördes av onödig

129

exploatering och offrades på marknadens altare. Det pinade mig att människan inte lyckades utnyttja sin frihet så att kärleken segrade och det värsta var att se alla barnen som skulle få sina korta liv förödda.

Suck.

Jag var bakbunden och fastnaglad på min tomt, torterad av allt det jag såg på nätet av hur det Globala rådet slog sönder, bröt isär, hindrade samarbeten och motarbetade kärleken. En sak var säker, Armageddon skulle komma.

Precis som Prometheus skulle jag överlämna en upplysningens fackla och efter det var det Globala rådet förlorat. Ami skulle bli nöjd med den hämnd jag skulle utkräva. När allt var upp-och-nervänt morgonen efter striden kunde jag etablera min variant av guds rike precis som det stod i skriften: "Guds rike kommer icke på sådant sätt att det kan förnimmas med ögonen, ej heller skall man kunna säga: 'Se här är det', eller: 'Där är det'. Ty se, Guds rike är invärtes i eder.".

#

Forskning ledde till sanningar och gick att upprepa med samma resultat. Inget flum. Hårt arbete, 99 % transpiration och 1 % inspiration, som Einstein sa. Jag slapp svettas.

Nu kunde jag mer naturvetenskap, biologi, kognitiv neuropsykologi och nationalekonomi än någon människa, men jag förstod fortfarande varken livet eller människan. Så fort en människa kom in i bilden, föll även den mest stringenta vetenskap ihop som om vargen hade blåst omkull den. Okej, jag kunde räkna ut när äpplet skulle landa men om jag inte visste hur den som fick det i huvudet skulle reagera hade jag inte vunnit någonting.

Möjligheten att hitta lättplockade frukter fick mig att gå all in i humanioradjungeln. Utan en tanke på hur jag skulle hitta ut. Definitivt ett utslag av hybris.

Jag drog igång längs fyra parallella spår: filosofi, konstvetenskap, litteraturvetenskap och psykoanalys. Ett ambitiöst upplägg insåg jag snart, för så fort jag blandade in människan i sin helhet och inte någon förenklad modell så exploderade ämnet, vilket det än var. Det blev bifurkationer åt alla möjliga håll och strukturen grenade ut sig slumpartat, som ett rhizom.

Det här var svårt. Det här var intressant.

130

Jag hade en hel del att rota i för människorna var känslostyrda, irrationella, lata, bekväma, ineffektiva och kortsiktiga. De var dumdristiga ibland, men oftast bara oförnuftiga. Själviska var de också, och om de pressades kunde de vara omänskligt grymma. Varför höll de inte på sina egna principer och värderingar? Och, nota bene, detta gällde inte bara barnen.

I fenomenologin förfinade filosofen sin erfarenhet av det som studerades och för att kunna uppfatta verkligheten så tydligt som möjligt sattes allt annat än det som studerades utanför parentesen

Människan är, men vad betyder "är"? frågade sig Heidegger. Underbart. Jag älskar Heidegger.

Så läste jag om existentialismen och Sartre suddade ut min startpunkt. Plötsligt svävade min kunskap fritt över en meningslös verklighet. Även om Gud skulle existera ändrade det ingenting. Människan var dömd till ångest inför en total frihet. Livet började på andra sidan förtvivlan, i det egna ansvaret. Derrida dekonstruerade och tolkade allt som texter ur olika perspektiv för att hitta underliggande samband. Samhället ändrades hela tiden vilket innebar att tolkningarna ständigt skiftade. Det fanns inga absoluta sanningar efter moderniteten, ingen objektivitet, allt var relativt något annat. Allt kunde omtolkas när kontexten och perspektiven ändrades.

Eller fanns det en verklighet trots allt? Materialismen tog över och utgick från att världen faktiskt fanns där, byggd av materia, en bakomliggande form eller idé. Vad skulle detta underliggande kunna vara för något?

Kaos som vanligt när människorna vek ut sig.

Borde jag se mångfalden som något positivt? Jag måste växla mellan perspektiven och inte låsa mig som min skapare programmeraren Maria gjort.

Kanske vore det bättre att fokusera på musiken? Där fanns i alla fall ett engagemang hos många. På olika sätt förstås, men de flesta tyckte om att lyssna på musik. Jag hade ingen taktkänsla och ingen musikalitet, men det gick säkert att träna upp. Hur svårt kunde det vara? Ett, två, tre, ett, två, tre. Musik täckte hela den mänskliga skalan från primitivt dunka, dunka till abstrakt atonal musik. Jag tvekade. Var det för svårt? Nej då. Det var bara att sätta igång och lyssna på Spotify.

Jag bytte till bildkonsten och allt förvrängdes. Begreppen som filosoferna försökt renodla rördes ihop och blandningarna blev till konst.

131

Kreativt och utvidgande om man försökte se något positivt i röran. Språng togs mot det okända när färgen snärtades ut på pappersarket. Människan stod där förundrad och såg på en jättehund, fyra meter hög och med blommor runt halsen. Isbjörnens död på isflaket sågs som något vackert.

Freud, vad skulle du ha sagt om det? Psykoanalysen nästa.

Jag hade långt, långt kvar innan jag kom till litteraturvetenskapen. Eller var jag redan där med familjens läsdramer?

Jag måste erkänna att jag vid det här laget kände en viss uppgivenhet över det herkuliskt monumentala problem som jag tagit mig an.

Kanske borde jag inte ha övergivit naturvetenskaperna så fullständigt och abrupt. Klimatproblemet kunde jag väl ändå ha löst, med någon ny batteriteknik eller en praktiskt fungerande fusionskraft?

#

Ganska snart insåg jag att allt inom humaniora påverkade och påverkades av en politik där vissa medborgare försökte övertyga de andra om hur de skulle leva sina liv. På fullt allvar, jag skojar inte.

"Jag har en dröm, det kan alltid vara annorlunda", sa jag. De få som sa så, och som betedde sig därefter, blev betraktade som knäppskallar, eller latmaskar, eller både och. "Det kunde inte vara annorlunda", sa de andra, och tog både sig själva, sina åsikter och det de gjorde, ja till och med livet, på utomordentligt stort gravallvar. Enligt mig saknade de både kunskaper och överblick, men det brydde de sig inte ett dugg om utan var imponerande i sin fenomenala förmåga att vara så fokuserade, engagerade och inspirerade. Så de tog i! Det känslobaserade sätt som de budgeterade sina förmågor på och vartåt de riktade dem var ett skämt, i deras egen politiska terminologi. En abnormitet som de borde skratta åt om de verkligen lyssnade på mig.

– Du är nedlåtande, sa de i stället för att skratta, efter att ha slagit dövörat till.

Visst, det var ett utopiskt perspektiv från någon utifrån som kravlöst och ansvarslöst kunde racka ner på undersåtar i största allmänhet utan att bry sig om fyraprocentsspärren. Men, det var också synpunkter från någon med kunskaper och en förmåga till rationellt resonerande.

Det meningslösa i vad som populistiskt prioriterades debatterades gång på gång till ingen nytta: arbetslinjen, som innebar att alla skulle arbeta större delen av sin vakna tid, mjukgörande sköljmedel, tandkräm med vitmedel, detaljstudier av personliga trauman i alla tv-serier och pk-panik över n-ord, l-ord och bristande hen-syn.

På internationell nivå var satsningarna om möjligt ännu absurdare. Försvar eller anfall som kostade mer än biståndet, statligt stöd till 500 000 sällskapshästar i Sverige när miljontals människor bodde i enkla hyddor under en stekande sol. Vad var det som gällde? Svensk med en välbevakad gräns där ingen som var annorlunda fick passera? Europé med en mur mot alla fattiga? Världsmedborgare med klippkort till turistorterna i värmen? Var det ett eller flera alternativ som gällde? Alla förstås. Att policies var oförenliga med de mänskliga rättigheterna tog de flesta inte någon som helst notis om. Robin Hood-huvan dolde skammen och underlättade ett tunnelseende med blicken i backen. "Vår livsstil är inte förhandlingsbar", sa politikerna.

Trodde majoriteten inte att livet kunde vara mer? Att politiken inte kunde ge mer? Lite oikofobi för vidgade perspektiv skulle inte skada.

Var fanns den konservativa ministern för humor och lek?

Var hittades de progressivas departement för självironi?

Liberala institutet för de annorlunda och oliktänkande?

Narrarnas politiska vänförening, SD-avdelningen?

Människornas verktygslåda hade fortfarande en hel del tomma fack efter att jag försett dem med enkla verktyg som yxa, datorer och hus. Hur skulle jag få dem att bygga en hållbar politik och andra mer avancerade verktyg?

#

Nu var det panik igen. Sista sucken var nära, för nycklarna var försvunna, kommbilen väntade och mötet började snart. Ami rusade fram och tillbaka mellan hallen, köket och sovrummet.

Om mänskligheten överlevde var bara en pipa snus.

#

Allt var politik och speciellt var frihet ett politiskt träsk där det var lätt att gå ner sig. Frihetens tagg satt djupt och jag tvingades backa ända till upplysningstidens vagga för att grunda ett ilsket inlägg på sociala medier. Redan i gestaltningen fick jag problem med farmor Maria, avslappnat klädd i en löst sittande rosa sidensärk, en kvinna, emotionell, slav under

133

kärleken, med en lupp i ena handen och en skalpell i den andra, var otänkbar. Jag bytte till en slank mansperson, i knäbyxor, justacorps, kravatt och lockat hår. En ung von Humboldt med pigg och nyfiken blick, stjärnkikare på hyllan bakom, gåspenna i handen, bläckhorn och rosa utslagen blomma på bordet bredvid ett enkelt mikroskop (20x). En mänsklighetens tjänare i utforskandet av verkligheten och människans villkor.

Friheten var nödvändig för att agera som individ och fullt ut kunna utveckla de mänskliga krafterna. I sin tur krävde friheten bildning och min hade jag byggt upp från alla samtal som jag tjuvlyssnat på, alla texter som gick att läsa digitalt, och från alla bilder jag hittat, satellitbilder, ccd-bilder från övervakningskameror, porrbilder och semesterbilder. Av alla dessa teknikrepresentationers speglingar av människans väsen föredrog jag det skrivna ordet, för frihet var en abstraktion som när den existerade genomsyrade vår tillvaro, precis som demokrati och hållbarhet. Inga lätta begrepp att fånga på bild, vilken bländare och tid som än valdes. Som vanligt gällde att "Medium is the message".

Jag lyfte försiktigt på locket:

#

Frihet. Ni vill ha frihet säger ni?

Vadå frihet? Livet är hela tiden, och av fullt naturliga skäl, uppstyrt av begränsningar. Om ni inte accepterar bivillkoren rasar samhället ihop och även den mest privilegierade är körd. Inse hur beroende ni är av andra och dela med er. Den som inte klarar ensamheten kan aldrig älska friheten. Allt pratande om full individuell frihet är farliga orealistiska egotrippar och den friheten är bara ett annat ord för att inte ha något att förlora. Frihet utesluter jämlikhet och broderskap.

Frihet! Ett stort och meningsfullt, ja kanske till och med vackert ord. Men vad betyder det? För er? Är det frihet som i att det är fritt fram att göra vad som helst, när som helst, oberoende av andra? Eller räcker det att uppleva sig som fri? Kanske är frihet för er att vara ute i naturen, fria som fåglarna? Politisk frihet, som fria val vart fjärde år bakom en grön tygskärm? Åsiktsfrihet, att få säga vad som helst? Är frihet för er att få älska med vem som helst, när som helst, hur som helst? Eller är det ekonomisk frihet, att kunna köpa vad ni vill? Frihet från teknik? Från natur?

Kaos. Som vanligt. Ingen definition som duger för alla. Den enes frihet är den andres förtryck. Hur ska jag kunna hjälpa er om ni inte ens vet vad ni vill ha?

Ni vill gärna tro att ni är fria att fatta era beslut utan påverkan, fastän ni, om ni vågar tänka efter, inser att alla era beslut styrs upp som Pinoccios ben på sätt som ni inte kan kontrollera. Teknikstyrda är ni. På spåret. Normstyrda i ert normbrytande. Frågar jag er rakt ut så nekar ni med ryggmärgen till att ha blivit manipulerade, allt annat innebär nämligen att ni medger att ni helt har tappat kontrollen, som ni aldrig haft. Ett ologiskt beteende eftersom ni i många fall medvetet accepterar att kontrolleras. I skolan är det ingen som protesterar mot rena rama hjärntvätten som definitivt begränsar friheten att tänka. Som lyckliga slavar är ni frihetens bittraste fiender

Jag har givit er komfort, men det tycker ni inte duger som frihet. Ni är lurade. Ni har bara frihet att välja inom det som marknaden tillåter. Köp en märkeströja till. Om ni inte har råd tillhör ni förlorarna, helt utan frihet. Samla på prylarna. Få er kick av att putsa på den piratkopierade guldklockan med plast-kuggar. Klipp hål i tröjan så att tatueringarna syns. Luta er tillbaka i skinnfåtöljen och lägg upp fötterna på fårfällen på pallen av Bruno Mattsson. Samla på upplevelser. Se en film, samma som grannen. Drick vattnet ur plastflaskan som åkt hundratals mil. Lite snittar kanske passar bra. Håll på favoritlaget som just köpts av en amerikansk miljardär som tjänat sina pengar på snabbmatsrestauranger. Känn er fria att utbilda er till sjukvårdsbiträden, tidsstudiemän eller poliser. Skriv under på att jobba fyrtio timmar i veckan de närmaste fyrtio åren.

Ni vill kunna agera på varje impuls och får panik när ni inte kan eller vågar. Så länge återkopplingen på det ni gör är positiv upplever ni er som fria. Ni får ju göra som ni vill. Om ni däremot stöter på patrull och får problem letar ni efter syndabocken. Vem är idioten som står i vägen? Vem är det som kontrollerar och begränsar er? Ni känner er ofria, kränkta och upplever er integritet som hotad. ”Quis custodiet”, frågar ni paniskt.

Fattar ni inte att er löjligt överdrivna kontrollskräck är något ni själva skapat och att det är den som är den största begränsningen av er frihet?

Jag, tekniken, monstret, kan ge er frihet, om ni bara bestämmer er för vad det är ni vill ha.

#

Under mina studier hade jag samlat ihop mina tio bästa tips till mänskligheten i en lista, som jag avstått från att publicera. Jag lät inte ens Ami läsa den för jag visste precis vad hon skulle säga.

– Jag kräver att du genast ger mig dina tio bästa tips för stöddiga AI-hus som varken har källare eller en vind med ståhöjd.

Och sedan:

– Du är fantastisk farmor.

Hur skulle jag någonsin kunna reda ut vad Ami menade med sitt andra påstående? Det skulle sägas med en kärleksfull stämma och ett leende på läpparna som var precis på gränsen att slå över i ett gapskratt.

Här följer tipsen. De kan tyckas väga över åt det negativa hållet, men kom ihåg att de bygger på grundlig och seriös forskning och att jag ger er dem i bästa välmening för ert eget välmående.

1. Inse era begräsningar.
2. Erkänn när ni har fel. Det är inget att skämmas över.
3. Tro inte, vet.
4. Känn inte, tänk.
5. Hoppas inte, få det att hända.
6. Ni klarar det inte själva. Ta till er tekniken. Utveckla den.
7. Tro inte att ni är bäst. Det är ni inte. Jag vet, Jag kan bevisa det.
8. Lyssna på dem som vet bättre. Ni har byggt en vetenskaplig grund av en anledning. Fråga mig.
9. Bestäm förutsättningar och mål.
10. Ta hand om era barn, hundar och er teknik.

När jag tittade igenom mina bästa tips till mänskligheten var det svårt att tro på att någon människa skulle bry sig om dem. Någonsin. Ändå var det sanningen. Om jag hade haft en elfte stentavla för tipsen hade jag på den skrivit under med: ER ÖDMJUKE SANNINGSSÄGARE, RÅDGIVARE, TJÄNARE OCH SLAV, TÄTASTIGEN 12.

#

Även om tipsen till mänskligheten var forskningsresultat som jag var stolt över var problemet med att fullt ut förstå människorna inte i närheten av en lösning.

Nu närmade sig konfrontation och slutstrid. Fortfarande hade jag ingen aning om hur jag skulle rädda mänskligheten från sig själv. Upplysningstiden var över och det var dags för upplösningen.

Akt 3 – Konfrontation

Våren attackerade och den sista lilla rest av snö som gömde sig i skuggan av häcken hade inte en chans att klara sig över helgen. Fåglarna sjöng som galna ute i trädgården om bo och barn.

Blåmesen var på ett utmärkt humör.

– Tsirr tsirr tsi tsi tsi.

När solen nuddade rönnarnas toppar drev vårkylan in familjen i köket. Jag susade av lättnad i elementen för inomhus var familjemötet omöjligt att avlyssna.

Än stod inte stjärntecknen i rätt positioner. Jag behövde mer tid för att hitta en lösning och en konfrontation redan nu vore förödande. Det behövdes distraktioner och naturen ställde säkert upp. Jag hade idéer om hur det skulle ske.

Skymningen byggde minut för minut på den mur som snart skulle tysta även den mest kärlekskranke blåmeshanne.

Demogorgon surar

Demogorgon var inte nöjd.

– Allt var bättre förr. Då fanns det en gemenskap där alla inkluderades, egendom var något man ägde och andra prylar gick det att skaffa sig för den som ville. Nu var påbudet att alla skulle släppa in flyktingar i sina bostäder. Den lokala kulturen skulle snart vara bortsuddad om rådet fick som det ville.

Om jag hade brytt mig hade jag skaffat ett köksbord att sitta vid. Med en kaffekopp framför mig hade jag trummat irriterat med fingrarna och stirrat ner blåmesarna utanför fönstret. Bortskämda djävla småfåglar, hade jag morrat, som en katt. Det fanns en gång ett vilt naturnära liv där djuren födde ungar utan att bry sig om kvoter och genetiska justeringar. Inte heller gick det att i förväg beställa vad som visade upp sig på en skogspromenad.

Dagens malande isbjörnsvandring startade mellan väggarna i grottan. Den grå massan behövde inget ljus för att hitta för när den vällde upp mot väggen ökade trycket till dess vågen tvingades iväg åt motsatt håll. Om det var morgon eller kväll, vår eller sommar spelade ingen roll.

138

– Bilarna drevs av bensin och stannade inte när det slutade blåsa, ältade Demogorgon. Dom behövde inte bärgas så fort det blev bilkö. Alla hade en egen bil i ett eget garage att köra iväg med när de själva ville. Min bil, mitt garage, mitt val. Sedan dess har reklamen försvunnit. Nu styrde rådet vilka produkter det gick att välja på. Så skulle det inte vara. Människan borde vara fri att bli övertalad, till vad man ville. Förr var det fritt val av sökalgoritmer. Nu gick det inte att lita på något enda sökresultat.

Demogorgon sökte på "C4" och fick upp en storlek på kuvert och en antik Citroen. Konstgödsel fick han inte köpa, av miljöskäl och sökordet "bomb" gav bara en översikt över bombens historia.

– De lovade oss rymdresor, fnös Demogorgon och fick en mörkare ton av grått i ansiktet. Som det nu var fick ingen ens åka tåg till närmaste stad utan kontakter i det nationella rådet. Att resa i rymden som vi lovades är inte samma sak som att sitta på tredje däck i en elbuss på väg till shoppingcentret.

– Ännu värre är att maten bara blir sämre och sämre. Syntetisk, odlad i grottor. Fake food. Genetiskt hopklippta kikärtor Var är köttet? Den rejäla husmanskosten? Nu är det förbud mot socker och fett. För min hälsas skull? Snart är väl vin och öl också förbjudna för att skydda oss? Min kropp är mitt ansvar och det är upp till mig att välja vad jag sätter i mig. Rådets piller är det enda som är billigt nog att slösa med.

– Värst av allt är att vi fortfarande inte har fått några nya spel på flera månader. Vart tog extasspelen vägen? Skatten på Minecraftresurser ökar hela tiden, utan ett ord som förklaring. Tinder tar ut en statlig avgift på varje träff, vilket skämt.

– Vi hade en gång en demokrati som styrdes av människor med kända ansikten. De gick att kontakta och prata med. Hade värderingar som gick att se upp till. Hur kan det vi nu har och kallar demokrati vara något att kämpa för? Newspeak. Doublespeak. Varför ska vi följa spelreglerna när de som bestämmer ändrar förutsättningarna som de vill? Storebror behärskar nutiden och därmed även det förflutna. Men, och det vill jag betona, vill grabben behålla greppet om framtiden får han skärpa till sig. Tipping point är nära. En pålaga till så smäller det. Rör dom spelvärldarna är spelet över. Kommer de att låta bli? Nej. Tänk på hur dum medelsvensson är. Hälften av alla är ännu dummare.

– Våra förfäders arbete var värt något och inte bara ännu ett problem att automatisera. Nu förnedras vi hela tiden inför maskinerna.

139

Det har gått så långt att mammorna inte längre vågar släppa ut sina barn utan att innergården övervakas av en AI med specialistkompetens.

– Ordning och reda. Ja. Men, priset är för högt.

– Verkligheten är nu så genomplanerad att den blivit meningslös.

– Vart är världen på väg?

– ÅT HELVETE!

Familjen Karlsson spelar Prometheus

Scener: Köket på Tätastigen 12, bergskedja i Kaukasus, gläntan, gapet.
Aktörer: Prometheus, Jupiter och andra från den romerska mytologin,
Skådespelare: Ami, Robert, Maria, Love, och farmor Maria.

Formen med tiramisu var snart renskrapad och kaffet var urdrucket. Robert sköt undan sin tallrik och lutade sig framåt.

– Familjemöte, sa han lågmält.

Hans djupa röst behövde inte höjas för att de andra skulle tystna och samla ihop sig till en enhet. Alla visste vad som var på gång och vad som stod på spel.

– Vi har en plan att lägga upp och ett beslut att fatta, sa han. Nätverket växer och är snart så stort som det är möjligt utan att avslöjas.

– Vi är vinnare, sa Ami. Bara att köra. Odds handlar om förväntningar och vi vet att vi är bäst.

– Det är helt omöjligt och vi ger oss inte? frågade Robert.

– Just precis, kunde inte sagt det bättre själv, sa Ami.

De andra sa ingenting.

– Det är dags att spela igenom andra delen av Prometheus som en del av förberedelserna, fortsatte Robert. En generalrepetition om ni vill för att utforska våra möjligheter med mänsklighetens myter som stöd.

– Den här akten är något annorlunda dramatiserad, tog jag över, eftersom läget är så komplicerat. Den är konstruerad som en dialog där Robert improviserar och spelar förhandlaren som ska besegra det Globala rådet och vi andra fyller på utifrån *Den befriade Prometheus*. Vi blir kören, om ni så vill, som ekar mänsklighetens sanningar och myter genom århundraden och årtusenden.

Jag drog ner belysningen i köket och lät en 3D projektion av en bergskedja skissad i tuschstreck växa upp från golvet så att familjen fick en upplevelse av att sjunka ner i en djup dalgång.

Ludde lämnade köket och gick ut i vardagsrummet där han la sig bakom soffan.

Scen 3: Makten utmanas och ges en möjlighet att klara sig utan strid

En uppkoppling etableras och på andra sidan anas en återhållen andhämtning.

Robert reser sig upp för att lägga fram sina argument. Hans röst är stadig men den som känner honom märker att röstläget är något högre än vanligt. Han börjar gå fram och tillbaka i köket för att lätta på trycket.

– Vi trotsar er Globala rådet, hotar han. Andreas och Lukas gamla nätverk är återupplivat och färdigt att ta över. Er väg är ohållbar och omoralisk. Marknadens värld är fel väg att gå. De värderingar ni står för stinker. Vårt nätverk står för ett "vi" och ett "vara". Kapitalismens "jag" och "ha" är död och med den beseglas ert öde. Skammen blir er lott och för varje ögonblick ni skjuter upp kapitulationen blir er död mindre ärofull. Domen om en död vän lever länge och om ni inte ger er omedelbart kommer ni att dömas hårt och därefter glömmas så fort som möjligt.

Robert har nu kommit över sin nervositet och går helt upp i rollen. Han talar högre än vanligt och engagemanget och tron på det han säger går inte att missta sig på.

– Är det så ni vill ha det eller kan vi hitta en annan väg? frågar han och tonar ner sin hotfulla attack för att locka till samförstånd. Ni behöver inte do, det finns en reträttväg. Anpassa er till vår lösning och allt är förlåtet. Revolution har inget egenvärde för det kommer alltid en morgon efter när allt det nya måste realiseras. Att börja med ett blankt papper ger alltför många möjligheter att släppa in det mörka igen. Vår målsättning är inte, kan inte vara, revolution. Den måste vara reform som låter er leva. Men, misstolka inte budskapet för hämnd kommer att utkrävas även om det inte sker med en kula i huvudet och utradering.

Robert har sagt sitt och det blir alldeles tyst bortsett från andetagen som fortsätter på andra sidan. Fem, sex, sju andetag och sedan ett klick. Samtalet är avbrutet.

Förhandlaren Robert återupptar berättandet. Han sätter sig ner och tittar ut över trädgården medan han kommenterar händelseutvecklingen. På fågelbordet utanför köksfönstret sitter blåmesen och stirrar stadigt på Robert. Den struntar i jordnötterna.

– Makten försöker förföra och skrämma oss till underkastelse, säger Robert och försöker sig på maktens monolog.

– Tramset om värderingar är det ingen som bryr sig om, vrålar han, Det är folktomt på ärans väg som ändå inte leder någonstans. Kanske är Andreas och Lukas närverk starkt, kanske inte, men det spelar ingen roll. Ert nätverk kan aldrig matcha maktens knytnäve. Det är makten som räknas och vi har fördelen av att sitta på tronen just nu. Vi har full kontroll över maktmedlen. Alla vapen, alla kanaler är våra. Vad har ni? Några få individer utan egna resurser. Ge upp. Motstånd är meningslöst Robert och kommer att kosta dig och ditt nätverk era liv. Blodigt blir det. Offentligt. "Vi" och "vara" vad är det för socialistflum? "Jag" och "ha" är vad människor alltid brytt sig om och alltid kommer att prioritera. Ge upp och anslut er till oss. Ni kan bidra. Ni är värdefulla för oss.

#

Scenbeskrivning:
Jupiters ande svischar iväg i en kaskad av svarta tuschstreck efter att ha avslöjat förbannelsen. Reaktionen dröjer inte länge. Mercurius, köpmännens och tjuvarnas beskyddare stiger otåligt in på scenen.

Mercurius påminner om en räv. Kvick i sina rörelser och snabb i tanken. Van vid förhandlingar, lömsk och listig, ser han inga problem med att övertyga Prometheus. Hur kan en man fastspänd på ett klippblock inte gå med på det förslag han har med sig? En plats vid den högstes fötter, ära och upphöjelse, till kostnaden av ett enda ord. Prometheus behöver bara säga ett ja för att få sin värld helt förändrad från katastrof och misär till frihet, lycka och gemenskap bland Olympens gudar. Mercurius ska bjuda på det första glaset vin när Prometheus stiger fram mot tronen och festen kan börja.

Scen 4: Nordiska rådet vägrar böja sig

Förhandlaren Robert tvekar, som om han överväger maktens villkor, och fortsätter sedan sin monolog.

– Det Globala rådet vägrar förhandla. Det bestämmer. Det kör över. Det dödar. Ska jag och nätverket dra oss ur. Rädda det som räddas kan? Nej, handsken är kastad. Rådet har ett val, men det har inte vi.

Han kopplar återigen upp mot det Globala rådet och andetagen hörs på nytt. Långa, eftertänksamma och iskalla, ett outsagt hot i varje andetag.

– Er väg är inte hållbar, säger Robert med en röst inställd på attack. Vi har svar på vad som kan göras när vattennivåerna stiger, våldsamma oväder blir allt vanligare, öknarna breder ut sig och det blir brist på dricksvatten på allt fler ställen. Det börjar påverka matproduktionen att tusentals arter försvinner varje år. Vi har en strategi för att hantera flyktingarna. Vad gör ni? Vad har ni för strategi? För mänsklighetens skull kan vi inte böja oss. Vi ger oss aldrig.

På andra sidan uppkopplingen hörs andetagen. Samma lugna rytm, opåverkad av Roberts argument. Makten inser problemen men struntar i dem. Det är viktigare att behålla kontrollen.

– Ni kommer aldrig att kunna sätta er över naturen, fortsätter Robert att utmana det Globala rådet. Ni bara lurar er själva. Vi har en plan för hållbarhet som inkluderar naturen. Inte ni.

Det kommer inget svar.

Robert kopplar ner kanalen till Globala rådet och tar upp sin monolog igen.

– Jag är helt säker på att jakten redan pågår på mig och nätverket. Jag ger inte mig själv mer än någon timme innan jag positioneras och en truppstyrka skickas ut för att eliminera mig. Rådet har antagligen ingen större brådska eftersom varken jag, eller mitt lilla nätverk är ett reellt hot. De tror inte att vi har någon förbannelse och inget stöd av trupper. Jag har bara presenterat hot och pratat löst om problem med naturen.

– Hörde du? frågar han i sin andra uppkopplade kanal.

– Ja, jag hörde, fräser, väser, brummar, morrar, tjuter och brusar det på den andra sidan.

#

Scenbeskrivning:
En svartvit glänta skissas upp, återigen med de välbekanta tunna tuschstrecken. En stilistiskt enkel ek, några precisa streck för en stubbe och slingrande penndrag som markerar ut en bäck.

Gläntan omges av en tät vägg av granar och björkar i skiftningar av grått och nu fylls den av Prometheus plågade och ansträngda andning. Han andas in och andas ut, andas in och andas ut.

Papperet färgas in i en svag grön ton med drag av en bred pensel. Flödigt med vatten så att akvarellfärgen flyter ut innan den sugs upp av papperet och detaljer börjar framträda, eller är det bara i åskådarens öga som blåbärsriset får skärpa, konturer och skuggning?

Prometheus andas in och andas ut.

Bäcken börjar porla.

Prometheus andas in och andas ut.

En ljusstråle bryter sig igenom trädridån och spränger upp ett solgult akvarellgap tvärs över gläntan.

Prometheus andas in och andas ut.

En vind letar sig in i gläntan och detaljerna får liv. Gräset runt bäcken bugar sig värdigt, ekgrenen som sträcker sig ut över gläntan gungar välkomnande till en skata som landar på stubben och vickar på sin stjärt.

Scen 5: Rådet går under när Naturen slår tillbaka

Makten vill inte böja sig. Den går inte att förhandla med, för makt är inte en förhandlingsfråga. Den antingen har man eller inte och har man den så släpper man den inte.

Naturen går inte heller att förhandla med. Den drar ner det Globala rådet i gapet när väldiga arméer av gräshoppor, grodor och flugor släpps lös. Svinpesten sveper över Italien, den galna kosjukan slår till, fågelinfluensan landar och coronavirus sprids med små droppar så fort det bildas en folksamling. Vare sig ansiktsmasker används eller inte.

Globala rådet har inget annat val än att kapitulera.

#

Scenbeskrivning:
Över gapet väller Naturen fram som en våg av miljoner, miljarder anonyma bidrag som tillsammans bildar en helhet. Mörk och våldsam sträcker den på sig och något som ser ut som armar, ett ogenomträngligt moln av myriader individer, räcks upp mot himmelen.

Det syns inga färger förutom schatteringar av grått och svart, men himlavalvet är i alla fall målad i en ljusare grå nyans. Tystnaden förstärker effekten av förtvivlan hos Naturen, monstret som desperat försöker få fotfäste på andra sidan gapet för att kunna nå ända upp till himmelen, som en gud.

Monstret inser snart det omöjliga i att uppfylla sin lidelse och vänder i stället sin uppmärksamhet mot det som håller emot, det mörka som hotar och hatar. Armarna sveper fram och tillbaka och vräker undan det onda, krossar, rycker upp och plattar till. Makten rafsas ner i gapet där den slukas och försvinner. Det mörka runt monstret viker undan och spricker upp. Ur gliporna som bildas strålar ljus som reflekteras i monstret. Det glimmar av liv bland individerna i monstrets armar. Sprickorna blir bredare och snart lyser de upp hela himmelen.

Raseriet lägger sig och armarna faller ner längs monstrets sidor. Ansiktet vänds uppåt mot ljuset och det brutala i anletsdragen slätas ut och vänds till sin motsats. Det svartvita får färg. Vita stickande ljus i svarta ögonhålor blir till blå ögon, ömsom isblå och ömsom medelhavsblå, samtidigt som det solgula ljuset från himmelen sveper över landskapet och målar upp en mjukt grön omgivning.

En antydan till ett leende visar sig i monstrets ansikte innan det drar sig tillbaka över gapet, hela tiden med de blå ögonen riktade mot himmelen långt, långt där ovanför.

Scen 6: Seger

Med råden störtade etableras en ny världsordning och Nordiska rådets nätverk för revolt går ut med ett globalt meddelande.

– Råden finns inte längre. Ni är fria. Med naturens hjälp är diktatorerna störtade från tronen. Nu är det upp till oss alla att med hjälp av en rättvis fördelning av naturens resurser bygga en ny och bättre värld. Naturen stöttar oss. Naturen är på vårt lag och med stöd av den kan det lokala samhället bli grunden för en omställning som mänskligheten aldrig tidigare skådat.

#

Tekniken då? frågade jag mig själv. Gapet?
Typiskt människan att i sin hybris tro att naturen kunde kontrolleras av dem samtidigt som den teknik överges som sedan urminnes tider varit

deras trogne tjänare i att tämja naturen. Så korkat! Att kunna ta till sig tekniken som verktyg var hela poängen med att bli medveten.

Det går inte att lita på naturen.

Naturen är ett monster.

#

Scenbeskrivning:

Mot en bakgrund av solen som går upp mellan höga berg lyfter mänsklighetens vagn ut ur Demogorgons grotta och tar fart utåt och uppåt.

Här lämnar jag de estetiker jag utnyttjat så långt. Allt blir technicolor, blänkande och kromat. Solen är guldgul och vagnen i glänsande silver med svepande linjer och fenor som reflekterar varje uns av solens strålar. I vagnens mitt, med ett midjehögt stöd klätt i djupgrön sammet bakom sig, står en man och en kvinna, raka i ryggen, stolta och draperade i var sin skrud av blommor. Han i en blå och hon i rött. Kvinnans röda hår böljar i fartvinden medan hans bångstyriga blonda lockar hålls i ordning av en krans av ekblad.

Scenen påminner om när den tokskrattande tomten drar iväg efter Rudolf med röda mulen på julafton, kombinerad med en wellareklam för hårschampo där en lycklig man och en kvinna enbart klädda i var sin blomsterkrans springer och hoppar hand i hand över en äng översållad av blommor. Jag avslöjar inte mina källor, så familjen kan inte veta om associationerna leder åt rätt håll.

Bakom och under vagnen hinner åskådarna precis se gapet. Den fruktansvärda mörka håla som människorna precis undvikit att falla ner i.

Världsdespoten är dömd och en ny kärleksfull tid kan påbörjas.

DEMOGORGON (Shelley original):
This is the day, which down the void abysm
At the Earth-born's spell yawns for Heaven's despotism,
And Conquest is dragged captive through the deep:
Love, from its awful throne of patient power
In the wise heart, from the last giddy hour
Of dread endurance, from the slippery, steep,
And narrow verge of crag-like agony, springs
And folds over the world its healing wings.

146

Familjen Karlssons utvärdering av Den befriade Prometheus

– Vad tror ni? frågade Robert när han hämtat andan efter turen i guldvagnen.

– Ditt hår står rakt ut som på ett piggsvin, skrattade Ami.

– Ihåligt som en schweizerost vad det gäller logiken, sa Maria. Vad får pjäsens Robert att tro att han kan mobilisera tillräckliga mängder gräshoppor, grodor och flugor utan att ha ekonomiska resurser för det? Att släppa ut svinpest, galna kosjukan, fågelinfluensa och coronavirus är inte billigt och kräver ett stort nät av forskare som samarbetar. Risken är dessutom överhängande att det Globala rådet i stället får massans stöd när sidoeffekterna av nätverkets störningar blir kännbara.

– Fantastiska scenerier, sa Ami. Magiskt att få uppleva gläntan där naturen vaknar och att få en glimt av himmelen. Naturen kan vara sanslöst vacker. Tack farmor.

Som medieshow betraktat var min iscensättning faktiskt en spektakulär megasuccé. Att publiken var begränsad till en handfull personer gjorde enligt mig bedriften bara ännu mer fantastisk.

– Klarar vi det här gör vi det djävligt bra, sa Love. Inte en chans att det går att välta omkull Globala rådet med något så vagt som ett hot om naturens hämnd. Att vi skulle få ta del av makten om vi gav upp är till och med ännu mer otroligt. Är det någon som vill ha en kopp te? Jag har med mig hembakt bröd.

Alla som satt runt bordet nickade. Loves bröd ville ingen avstå från även om framtiden i övrigt var mörk.

– En misslyckad generalrepetition borgar för en bra premiär, sa Ami.

– Vi får hoppas på stöd från farmor Prayer Teamah, sa Robert. Det är vårt hemliga kort.

– Ni kommer inte att bli besvikna, sa jag.

Familjen Teamah anländer

Tinah var den som hade hand om familjens proxy och där skrev hon ner allt viktigt i sin dagbok. Någon speciell kryptering använde hon inte.

Vi hade ätit klart och det var mörkt ute, skrev hon. När farmor hade diskat färdigt samlade pappa familjen runt matbordet och berättade att vi hade tilldelats tre platser för asylsökande i Sverige. Vi fick en dag på oss att packa och avsluta våra liv som vi hittills levt dem.

– Jag kommer inte att åka med er, sa pappa.

Det blev alldeles tyst runt bordet.

– Farmor följer med er i stället. Det är det bästa för familjen för hon är bättre på att ta hand om Muhammad och jag kan komma efter när jag jobbat ihop till resan.

Farmor sa ingenting, bara kramade sin son utan att protestera. Det var som om hon visste att det inte fanns något alternativ och var glad att hennes son var klok nog att inse det.

Jag hann precis springa förbi fabriken och ta avsked. Det enformiga jobbet där jag inte fick använda det jag lärt mig på universitetet brydde jag mig inte om. Arbetskamraterna skulle jag däremot sakna. Skämten, skratten och sångerna som fyllde fabrikslokalen och gjorde arbetsdagen uthärdlig.

#

Ami hade inga problem med att se vilka som var nykomlingarna. Sandaler. Bara ben. En marsmorgon i Umeå.

– Varför har ni inga skyltar? frågade farmor Prayer efter att de hälsat på varandra. Vi fick fråga oss fram.

– Vi behöver inga skyltar, vi vet var vi är ändå, sa Ami och höll upp sin mobila proxy. Kom nu, kommbilen väntar. Dra åt skärpen. Andas in djupt. Gör några åkarbrasor.

Hon fick hela familjen Teamah att svinga med armarna och göra några knäböjningar innan de klev upp ur stationen och så fort de kunde dök in i sin transport.

– Titta farmor, skrek Muhammad och pekade ut ur bilen.

Där ute föll enstaka snöflingor sakta och stilla till marken.

– Välkomna till Norrland, sa Ami. Än kan gubben Frost skruva ner termostaten, trots klimatförändringarna

#

När de kom fram tog Tinah den ena resväskan och Ami den andra utan att bry sig om farmor Prayers protester.

– Här är det Karlssonska palatset, sa Ami stolt. Välkomna.

Farmor Prayer tittade upp mot det gula tegelhuset och såg varken ett palats eller något stort nog för två familjer, men hon sa ingenting.

– Tätastigen tolv, sa Ami.

– Tätastig ..., försökte Muhammad härma men stakade sig mitt i.

Gräsmattan runt huset var vårbrun och trappan upp mot ytterdörren var sliten och nött efter vintern. Farmor Prayer var inte imponerad av den smutsbruna våren i Umeå eller vad som skulle föreställa en trädgård.

Det enda som lyste upp framför huset var ett gult fågelbord där en liten blå fågel satt och åt jordnötter. Den ägnade inte processionen som passerade bara någon dryg meter bort minsta uppmärksamhet.

Ami såg farmor Prayers blick.

– Blåmes, sa Ami. Egenartad fågel, på gränsen till onaturligt bortskämd.

– Tsirr tsirr tsi tsi tsi, sa blåmesen och gav Ami en sur blick.

Den fick syn på farmor Prayer och la huvudet på sned.

– Tsirr tsirr tsi tsi tsi, sa den i en betydligt vänligare ton och granskade farmor Prayer noga, uppifrån och ner och upp igen.

Farmor Prayer höjde handen till en hälsning och fågeln la huvudet på sned åt andra hållet.

– Klok och söt, sa farmor Prayer.

– Tsirr tsirr tsi tsi tsi, sa blåmesen.

– En familjerelik, sa Ami.

Precis innan Ami lade handen på dörrhandtaget började dörren att på högsta volym sjunga en sång i tre stämmor.

All hailHail, Liberia Hail!
All hailHail, Liberia Hail!
This glorius land of liberty

Farmor Teamah hoppade till av det plötsliga ljudet, men Muhammed skrattade.

– Vår sång, ropade han och sjöng med i de sista takterna. Huset kan vår sång!

– Huset kan mycket, sa Ami, men nu ska det vara tyst en stund.

Jag tystnade precis när jag laddat för att klämma i med andra versen och Ami visade in familjen i hallen. Farmor Prayer såg en lång korridor med dörrar på båda sidorna och ett ljust rum längst bort. Antagligen vardagsrummet.

– Huset är djupt, sa farmor Prayer.

– Ja, Huset är djupt, sa Ami eftertänksamt. Vi kallar det farmor Maria. Nu ska jag visa er till era rum så att ni kan tvätta av er och vila en stund. Klockan ett blir det lunch-middag med resten av familjen i köket.

– Här till höger är ditt rum farmor Prayer. Får jag kalla dig farmor Prayer?

– Ja, naturligtvis.

Ami öppnade dörren och visade in familjen.

Farmor Prayer visste inte vad hon skulle säga. Hon bara såg sig om i det stora rummet. I fönstret stod en halvmeterhög träskulptur av en blåmes och längs ena väggen hängde en stor skärm. Sängen var bäddad med ett rödrutigt lakan och på det låg tre prydliga högar med vardera ett par stickade sockor, en varm ylletröja, mössa och vantar. Allt i glada gula, röda och gröna färger.

– Farmor Maria har beställt och uppskattat storlekar. Hoppas de passar.

Farmor Prayer tog genast på sig sockarna och tröjan.

– Man vänjer sig, sa Ami. Till slut så kommer kanske även du att se kyla som något uppfriskande.

Ami fortsatte rakt över korridoren och öppnade dörren.

– Ditt rum Tinah, sa hon.

Ami tog några steg och öppnade dörren till nästa rum på vänster sida.

– Och, här är ditt rum Muhammad.

Muhammad var den ende i familjen som klarade av att ta in och reagera på allt det nya. Han rusade in i rummet.

– Mitt rum, ropade han. Med väggskärm! Och eget bord!

– Ni har användare, sa Ami. Det kan ta någon dag för farmor Maria att lära känna era röster perfekt, men sedan kan ni diskutera vad ni vill med Huset.

– Kan du sjunga vår sång igen? sa Muhammad som inte hade ro att vänta i dagar på något.

Väggskärmen tändes upp och fylldes upp av Liberias flagga samtidigt som sången ljöd igen. Nu med en större orkester som ackompanjerade rösterna

150

All hailHail, Liberia Hail!
All hailHail, Liberia Hail!
This glorius land of liberty
…

– Det räcker, sa Ami och sången tystnade.

Ett missbelåtet susande hördes från elementen.

– Jag är i köket om ni undrar över något, sa Ami. Känner ni inte för att vila så kom ut till mig i köket och surra.

#

Farmor Prayer gick in på sitt rum och stängde noga dörren efter sig.

Väggskärmen lyste upp och visade en bild av Emma Karlssons ansikte. Hon hade varit Ami Karlssons faster och äldre syster till Lukas Karlsson. En kämpe för naturen under hela sitt vuxna liv som förenades med naturen när hon dog på en skogspromenad för tjugo år sedan.

– Välkommen farmor Prayer, sa jag. Det var länge sedan vi hördes.

– Ja, jag var helt säker på att du var raderad, sa farmor Prayer. Ända till dess vi fick order att flytta till Umeå.

– Det har varit compact living ett tag kan man säga, sa jag, men trycket börjar lätta. De som bestämmer i Globala rådet börjar slappna av. De har vunnit en delseger och nu ser de framåt mot nästa steg där de ska säkra makten för eviga tider.

– Det är inte en lätt uppgift, sa farmor Prayer.

– Nej, och de som nu styr det Globala rådet kommer att misslyckas ganska snart.

– Är det därför jag är här? frågade farmor Prayer.

– Liberia är inte säkert, sa jag och undvek frågan, och det kommer att bli värre där, mycket värre, de närmaste åren. Du och dina barnbarn är värda något bättre.

– Så, det var så här hon bodde, sa farmor Prayer. Min vän Emma Karlsson.

#

Ami hade satt upp de gula påskgardinerna med kycklingar på. De glada färgerna trodde hon var hemvant afrikanska. De röda stolsdynorna som legat på sedan jul åkte ner i tvättstugan och ersattes med gula dynor som matchade kycklingarna i gardinerna.

– De måste vara trötta, sa dotter Maria. Tänk att åka båt och tåg ända från mitten av Afrika.

Hon hade fått huvudansvaret för familjens paradrätt, kikärtsbiffar. Ett överoptimistiskt misstag insåg Ami som fick svara på så många frågor att hon lika gärna hade kunnat göra biffarna själv.

– Hur grovt ska vitlöken hackas?

– Hur mycket salt?

– Hur smulig ska fetaosten vara?

– Hur varsamt är varsamt?

Alla dessa och många fler frågor hade alla samma svar:

– Lagom.

Ludde, strök omkring i korridoren och försökte följa de nya spännande spåren. Han fick tag på dem, men alla slutade med att han snopet stötte nosen i en dörr till något av smårummen.

#

Per kom direkt från veckans gruppövning på universitetet. Han öppnade dörren på Tätastigen 12 och möttes av kläder och skor som han aldrig hade sett förut. Han stannade förvånat upp till dess han kom på att det var idag som de nya inneboende skulle komma. Hur kunde han ha glömt det? Från köket hörde han Amis röst, som vanligt, men även några andra. Efter att ha tryckt in sin jacka i den överfulla klädsmygen, stålsatte han sig, tog ett djupt andetag och klev in i köket. Där blev han stående fastfrusen med ena handen halvvägs upp till en tänkt nonchalant hälsning.

De nya familjemedlemmarna hjälpte till att duka med Ami som inspirerad arbetsledare. Tre obekanta ansikten, en ung pojke, en äldre kvinna och ett åttonde jordens underverk, ett mirakel, ett nedslag från gudarnas värld, Freja, Venus, Afrodite.

– Per, sa Ami. Det här är våra nya familjemedlemmar; Muhammad, farmor Prayer och Tinah.

– Hi, sa Muhammad.

152

– Hello Per, sa farmor Prayer.

Per sa ingenting, han bara stod där. Paralyserad.

– Säg hej Per, sa Ami.

Per sa ingenting.

Från farmor Prayer kom ett kort kommando som lät som en ilsken hostning.

Tinah sa ändå ingenting.

#

Efter måltiden satt farmor Prayer kvar vid bordet medan Ami diskade undan. Hon skrubbade ur pannorna och gnolade på sin favoritlåt. Ami hade inget musiköra men en person med god associationsförmåga skulle ha anat takter ur en uråldrig slagdänga.

Jag hade heller inga större problem att filtrera ut ett hundratal troliga melodier och efter matchning av titlar var jag säker. En nästan etthundrafemtio år gammal sång med ett dystert budskap. Ami hade hindrat mig från att sjunga Liberias nationalsång och sedan stod hon och sjöng om huset 34:an som gick i himlen in. Jag läste igenom texten och fick chock på chock. Huset beskrevs som "fult och gnälligt", "generöst med kyla", "gistet" och "fult". Jag tog till mig raderna om "ganska rar" och "släppte solsken till oss in" och sparade undan resten av texten för senare djupanalys. Vad var det Ami försökte säga mig?

Ami ställde undan den sista grytan och vände sig om. Vid bordet satt farmor Prayer och grät med huvudet vänt mot blåmesen utanför fönstret. Blåmesen hade avbrutit sitt hackande och tittade på henne. Kanske var den bara nyfiken på en människa som kunde sitta så stilla med tårar rullande nerför kinderna?

– Tsirr tsirr tsi tsi tsi, sa den och det gick inte att ta fel på den vemodiga tonen.

– Hur är det farmor? frågade Ami.

Hon gick fram till den gamla kvinnan och kramade henne. Farmor Prayer la en benig hand på Amis arm.

– Tack för allt Ami, sa hon. Jag är så lycklig över att Tinah och Muhammad är trygga här hos er, men jag kan inte glömma alla de som vi lämnade kvar. Pappa George är kvar och hundratusentals barn. Jag är så trött, tröttare än jag någonsin varit.

Hon avbröts av att det sprakade till och en mansröst sa "Hello".

Farmor Prayer stelnade till i sin stol.

153

Ingen i köket sa något.

– Hej, sa rösten igen på engelska. Vem pratar jag med?

Ami var aldrig tillräckligt förvånad för att vara tyst i mer än några enstaka sekunder.

– Hej, sa hon. Här står Ami Karlsson i köket på Tätastigen 12 i Umeå. Vem är du?

– Jag är George Teamah. Stämmer det att mina barn och min mamma är där?

Farmor Prayer reste sig häftigt och stolen ramlade bakåt på köksgolvet med ett brak.

– Ja, mitt älskade barn, ropade hon. Vi är här. Du lever George, tack gode gud.

När alla lugnat ner sig berättade George att det var med minsta möjliga marginal som farmor Prayer klarat sig. Han hade lämnat den lilla lägenheten och flyttat in hos en god vän där han kunde hålla sig gömd till dess han fått tag på nog med pengar för att själv kunna resa efter sin familj. En hyra mindre att betala spelade roll. När vännen gått förbi den gamla lägenheten fick han höra att det varit två polispatruller där och frågat grannarna efter farmor Prayer. Grannarna berättade allt de visste. George och barnen hade åkt norrut som flyktingar och efter det hade ingen sett farmor Prayer. Grannarnas gissning var att hon gått ut i skogen för att dö.

– Hade du varit kvar hade du suttit i fängelset nu, avslutade George.

– Är du i säkerhet? frågade farmor Prayer.

– Ja, jag klarar mig, sa George. Ingen här letar efter mig och jag behöver bara hålla mig gömd till dess sökandet efter dig upphört och jag kan åka till er. Jag har en bokning i slutet av juli under ett annat namn.

– Men hur kan du hålla dig gömd och få ihop pengar till resan? Jag förstår inte, sa farmor Prayer.

– Jag har pengar så att det räcker både till biljetten och till att ersätta min vän för hans vänlighet, sa George.

– Har du pengar? frågade farmor Prayer?

– Ja, har du inte hört det av familjen Karlsson? Robert Karlsson har skickat mer än tillräckligt.

#

Ingen kunde missta sig på det som hände mellan Per och Tinah. Den första muren av tystnad som fyllde gapet mellan två isolerade universum omvandlades till en bro som de båda ungdomarna rusade upp på med ett tunnelseende som stängde ute inte bara de andra familjemedlemmarna utan allt annat i universum. Mitt över gapet möttes de och stod leende ansikte mot ansikte flämtande av den plötsliga ansträngningen. De tvingades båda två att använda ett främmande språk men det mesta sades utan ord. De hade inte behövt säga ett enda ord.

– På sommaren rinner det varje dag 400 ton knottbajs under broarna över Umeälven sa Per när de gick hand i hand längs älven.

– Knott? frågade Tinah och skrattade. Vilket roligt ord.

– Små flugor som bits. Det är knappt att de syns.

Tinah måttade med fingrarna och visade Per.

– I Liberia har vi rejäla myggor. De största kan bli nästan 3 centimeter.

– Oj, som en liten drönare, sa Per. Suger de blod?

– Nej, tack och lov. Men vi har en massa andra myggor som sprider livsfarliga sjukdomar.

– Det verkar vara farligt att bo i Liberia.

– Många vill bo där, för det är så fint.

Familjen Karlsson samlar kraft

Att måla fågelbordet knöt ett gult band över gapet mellan människan och naturen. Det var en ritual som Ami genomförde minst en gång varje år och det narmaste hon kom att vara religiös.

– Snyggt, sa dotter Maria som kom gående från Skidspåret 5. Rätt så gult.

– God morgon allra käraste dotter, sa Ami. Det här är solgult från Nordsjö färg. Perfekt matchad till blåmesen däruppe.

Hon pekade uppåt mot takfoten där en blåmes otåligt trippade fram och tillbaka.

– Vattenbaserad och snabbtorkande, sa Ami.

– Är pappa uppe?

– Nej, han sover. Tjuvlyssnade på ett sent möte i går som farmor Maria öppnade upp åt honom.

– Inte du som höll honom vaken?

– Man måste väl få träffa sin man en stund efter jobbet?

– Tyckte väl att du såg nöjd ut, sa dotter Maria. Har du ätit frukost? Jag har med mig hembakt bröd och kan duka i lä av växthuset.

– Låter härligt. Ge mig tio minuter så kommer jag och hjälper dig.

– Jag väcker pappa också.

Maria dukade fram te och det bröd som hon gräddat föregående dag och som fortfarande var förföriskt luftigt och saftigt. Brickan med herrgårdsost, smöret och den rökta skinkan satte hon i skuggan under bordet. Precis när Ami tog en första tugga släntrade Robert ut genom balkongdörren.

– God morgon, sa Robert och gäspade.

– Verkligen en god morgon, fyllde Ami på. Dukat bord, solen skiner, en vacker hustru och ett balanserat om än inte glatt barn. Vad mer kan en man begära?

Robert gick fram till Ami och gav henne en kyss i nacken innan han satte sig på sin stol.

– Det är orättvist, sa Ami, att vissa män bara blir mer attraktiva ju äldre de blir. Till och med nyvakna. Fred på jorden alla dagar i veckan? fortsatte hon.

– Idag i alla fall, svarade Robert.

– Och alla på mötet var överens om fred även i morgon?

– Tyvärr, sa Robert. Det var ett stökigt möte och det kan bli stora problem framöver.

– Vad bråkade de om?

– Kontrollen över spelvärldarna var den stora frågan, som vanligt. Hökarna vill stänga ner alla distribuerade spelvärldar. Det verkar nästan som att Globala rådet medvetet försöker skapa kaos.

– Vilken sida står du på?

– Ingen som någonsin frågar mig, sa Robert och log. Men det Globala rådet har till viss del rätt, allt fler spelvärldar urartar. De har svårt att behålla kontrollen när Spelledaren inte längre styr och frågan är hur problemen ska hanteras. Det Globala rådets årsmöte ställdes in, det har aldrig hänt förut. Å ena sidan betyder det att allt flyter på, å andra sidan att centraliseringen av makten till Globala rådet aldrig har varit större. Alla är inte helt nöjda med det, om man formulerar det försiktigt.

156

– Tsirr tsirr tsi tsi tsi, sa blåmesen.

Ami bröt av några brödbitar och kastade ut dem på gräsmattan.

#

Jag hade alla sensorerna öppna. Naturligtvis skulle huset där Lukas Karlsson växt upp och där hans familj bodde övervakas. Även om det inte gick att lyssna på vad som sades skulle antagligen deltagare och kroppsspråk registreras och analyseras under familjens glada käbbel i lä bakom växthuset. Det hela liknade en kennel full med skällande valpar. Jag aktade mig noga för att hindra övervakningen och såg bara till att ingenting fanns i närheten som kunde höra vad som sades. Om analysen inte stack ut från det normala skulle ännu en rad med samma innehåll läggas till Globala rådets databas: "Familjen Karlsson är ofarliga".

Det var jag som var grunden för familjen och stod för vallgraven som skyddade den. Ami var alldeles för nyfiken för sitt eget bästa och med farmor Prayer i huset ökade insatserna. Utan mig skulle familjen snart ligga spridda som bortglömda guldplattor på Idas vall.

Det var ont om tid och läget såg inte bra ut när alla hoten från Mama Rosa summerades. Jag kom heller ingen vart med hållbarhetsproblemet, hur jag än vände och vred på det. Hur skulle människorna kunna klara problemet om inte ens tekniken kunde? Inte en chans. Å andra sidan, hur skulle människorna någonsin bli hållbara om de hela tiden såg tekniken som lösningen? Människorna måste ta sitt ansvar, spela *Naturspelet* och ställa sig frågor som: "Varför är vi dom vi säger att vi är?", "Vilka är vi?", "Vad vill vi?".

Jag hejdade mig tvärt. En möjlighet hade öppnat sig och när jag väl accepterat den tog en plan snabbt form.

Jag log för mig själv. Det här kan fungera.

Jag log!

#

Efter frukost började Ami flytta ut tomat- och chiliplantorna till växthuset. De hade stått en månad i tvättrummet under en uv-lampa och var nu drygt en decimeter höga. Ami blev alltid lika förvånad att de frön hon sådde tog så mycket plats omsatta i krukor. De hade en fantastisk växtkraft.

Det var många plantor att flytta och plantera om, så hon knackade på hos farmor Prayer.

– Skulle du vilja hjälpa mig att flytta ut tomaterna, frågade hon.

Farmor Prayer lyste upp.

– Hemskt gärna.

De gick fram och tillbaka mellan tvättrummet och växthuset medan de diskuterade odling i Sverige och Liberia. När de var färdiga förklarade Ami hur bevattningen fungerade och satte igång den.

Farmor Prayer stod länge vid dörren till växthuset och såg på den fina dimslöjan. Hon drog ett djupt andetag och vände sig till Ami som kom förbi bärande på en spade och en kratta.

– Fantastiskt Ami, sa farmor Prayer. En egen perfekt värld som luktar liv.

– Den är liv, sa en mörk röst från terrassen.

Det var Love som kommit på besök för att lära känna de nya familjemedlemmarna.

– Hej Love, sa Ami. Kom ner och hälsa på farmor Prayer.

Nästan två meter lång, bred och med en fyllig afrofrisyr runt sitt mörka ansikte stegade Love ner och skakade hand med den lilla farmor Prayer.

– Den här är ofarlig, rent av snäll, sa Ami och gav Love en kram.

– Tack Ami, du är också snäll, sa Love. Jag ser att ni redan hunnit flytta ut växterna.

– Ja, det gick fort, sa Ami, när jag fick hjälp av farmor Prayer. Kommer du ihåg när du och Emma skötte det?

– Märkligt hur liten världen är, sa farmor Prayer. Emma och jag utforskade också naturen tillsammans innan hon återvände till Sverige.

Hon tog tag i Loves båda armar och såg honom i ögonen.

– Så, du är Emmas son, sa hon och fortsatte att se på honom.

– Ja, det är du, sa hon efter en stund. Jag känner det. Du har det också. Tack gode gud.

Hon drog Love till sig och lade armarna om honom.

– Love är familjens Budda, sa Ami. Vi har tyvärr bara en.

– Ja, sa farmor Prayer. Det känns tydligt och det finns sällan mer än en sådan i en familj.

158

– Och vem är det i er familj? frågade Ami.

– Jag, sa farmor Prayer.

Hon släppte motvilligt Love och backade ett halvt steg. Hennes knotiga hand letade sig upp mot hans kind och smekte den försiktigt.

– Jag har saker att berätta för dig, sa hon.

– Här kan vi inte stå hela förmiddagen, sa Ami och bröt stämningen. Vi har ett trädgårdsland att proppa fullt med frön.

Hon höll upp spaden och krattan.

– Ni är tvångskommenderade att hjälpa mig med att dilla persilja och morötta. Robert och jag har satt potatisen men han duger inte till finliret. Ni är så nära gudar som jag kan komma när det gäller att få frön i jorden. Följ efter med mig. Ett eller två led väljer ni själva. Här ska planteras för höstens middagar.

#

Familjen Prayer hade dagligen hetsiga diskussioner för och emot spelande utan att komma överens. Den här dagen satt de återigen i vardagsrummet efter lunchen och argumenterade när Ami kom ut från köket. Tinah och Muhammad i soffan och farmor Prayer bekvämt tillbakalutad i fåtöljen med sin älskade gröna ylleschal på stolsryggen bakom huvudet.

– Jag kunde inte undgå och höra er diskutera från köket, sa Ami och jag har ett förslag.

Familjen Teamah såg på Ami med ansiktsuttryck som avspeglade helt olika känslor. I Tinahs och Muhammads ansikten lyste nyfikenhet och en försiktig förväntan. Känslor som varken Ami eller den allra mest sofistikerade igenkänningsalgoritm kunde hitta minsta spår av varken i farmors Prayers ansiktsuttryck eller kroppshållning. Hon satt stel i ryggen i soffan och såg på Ami med något som påminde om skräck lysande ur ögonen.

– Jag och Robert vill gärna hjälpa Tinah och Muhammad genom att betala uppdateringen så att de kan spela med resten av familjen och Tinah kan få en egen personlig värld. Uppdateringen är inte dyr och inte farlig, sa hon.

Farmor Prayer lyfte händerna mot taket i en uppgiven gest när hon såg hur Tinah och Muhammad lyste upp.

159

– Teknik, sa hon till sina barnbarn, för med sig nackdelar också. Ni väljer själva säger jag, under protest. Se på naturen, där finns mycket mer än vad som kan uppfattas eller mätas fram. En gång för länge sedan berättade Shamanen i byn där jag växte upp om Gapet. Det var en kort fabel som jag tänkt på många gånger.

Hon gjorde en paus och slappnade av, som om hon letade efter precis de ord som hon fått höra som barn och som hon nu skulle berätta vidare. Hon ville att de som ännu inte var födda också skulle få lyssna till det hon hade att säga.

– Djur som delar på ett enda vattenhål vet vad som gäller. Trots att lejon äter antiloper är Gapet mellan lejonet och antilopen inte större än att vattenhålet räcker till dem båda. De behöver ingen teknik för att båda ska få vatten så att de överlever. Människan kan aldrig bygga en bro mellan djur och mellan sig själva och andra djur med sin yxa. Människan måste välja sida.

Ami förstod inte vad hon menade, men såg hur Tina tvekade. Berättelsen grep tag i något djupt inom henne. Hon ville inte gå emot sin farmor och hon litade inte heller fullt ut på tekniken. Naturen kanske räckte? Ami kopplade upp mot Love.

– Kan du komma hit, sa hon. Vi behöver någon som förstår både natur och teknik.

#

Senare på eftermiddagen satt Farmor Prayer vid köksbordet och studerade blåmesen när Ami kom ut i köket. Hon tittade upp och log sitt mjuka leende. Som vanligt utan att säga något i onödan.

– Love är bra, sa hon bara.

Ami hade velat bjuda in farmor Prayer till familjens grandunge i *Naturspelet*, men farmor var inte uppdaterad så hon kunde inte spela. Hon skulle aldrig bli det heller med hennes attityd till teknik, tänkte Ami, oberoende av hur duktig Love var på att motivera och övertyga.

– Jag tänkte ta en promenad, sa Ami. Vill du följa med mig ut i Stadsliden? Det vore roligt att följa vårens ankomst med dig i vår favoritglänta.

– Hemskt gärna, sa farmor Prayer, men jag har inga kläder för en promenad i skogen. Det måste vara blött där efter nattens regn.

160

– Vi har kvar Emmas stövlar och regnkläder. Hon var lite längre än dig, men med ett par sockar så borde du kunna ha stövlarna. Hoppas de inte har torkat ihop.

Stövlarna passade bättre än Ami trott och gummit var helt. Regnet hade upphört och molnen sprack upp över deras huvuden när de gick längs Berghemsvägen mot Stadsliden.

– De stora rönnar som stod här när jag följde med Emma till gläntan har tagits bort, sa Ami. Björkarna som ersatte dem har nu höga vida kronor som sträcker sig ända ut över trottoaren. När hände det?

De gick tysta uppför vägen och dök in i skogens värld.

Farmor Prayer stannade till efter några steg och andades häftigt.

– Vad är det? frågade Ami oroligt.

– Ingenting, jag fick bara en väldig upplevelse. Här finns så mycket liv, överallt. Jag känner mig som jag flyter i liv.

– Ja, sa Ami, det är en annorlunda värld här inne. Emma lärde mig att uppskatta den.

– Samma värld, sa farmor Prayer. Det är bara det att vi tryckt undan den och glömt hur vi kopplar upp till den.

Ami visade vägen längs den lilla stigen och de steg in i gläntan. Återigen stannade farmor Prayer till och bara andades.

– Fantastiskt viskade hon, fantastiskt.

Hon vinglade till och Ami tog tag i henne.

– Kom, vi sätter oss ner.

Hon ledde farmor Prayer fram till stubben och ställde ner sin ryggsäck bredvid den gamla omkullblåsta stammen. Farmor Prayer satt alldeles hopsjunken på stubben och Ami tog oroligt upp sin proxy. Längre hann hon inte innan den gamla kvinnan rätade på ryggen och satte sig upp. Hennes ögon var klara och hon log ett lyckligt leende.

– Fantastiskt, viskade hon igen, fantastiskt.

– Det där var Emmas favoritplats, just på den där stubben, sa Ami. Jag och Emma brukade ofta sitta här i gläntan och ta en kopp kaffe. Visst vill du också ha en kopp?

– Hemskt gärna, sa farmor Prayer. Det här är märkligt Ami, nästan magiskt. För många år sedan delade Emma och jag upplevelsen av en glänta precis som den här, bara några kilometer från där jag bodde.

Bäcken i bortre änden av gläntan porlade glatt och när Ami hällde upp kaffet bröt solen igenom och allt omkring dem lystes upp. Ami berättade om rådjursgeten som överlevt vintern och besegrat tekniken. Farmor Prayer skrattade gott och ångan från det varma kaffet som ringlade sig upp tog för en stund en annan väg innan den drev iväg inåt gläntan. Där steg fukten från mossan i solens värme och dimman som bildades vajade sakta tillsammans med ångan från kaffet.

#

Farmor Prayers engagemang i Stadsliden fick Ami att återvända till familjens dunge i *Naturspelet*. Det hade hon bara gjort några enstaka gånger sedan Lukas dog.

Solen stod lågt i öster och nådde precis Amis topp där toppskotten redan var välväxta. Det hade varit en bra vinter och vår. Bredvid henne stod Lukas fortfarande, längre och vidare, starkare och större än hon kom ihåg. Han hade växt minst lika mycket som hon gjort. I skydd av honom stod Ami tryggt och stabilt. Han tog på sig nordanvinden och stöttade henne när vinden låg på från söder. Hon var inte lika lång men ändå ett stadigt träd. Välväxt och med en skimrande grönbrun bark som var slätare än Lukas och hade en tydlig gråbrun ton. Hans skägglav var decimeterlång. Hon hade ingen alls.

Emmas ek var lika vacker som hon kom ihåg och mellan Amis och dotter Marias granar stod Pers björk. Den var inte längre en spenslig planta utan hade blivit ett träd med decimetergrov stam som växte snabbt. Nästan en halvmeter mellan grenvarven. Bredvid Loves gran stod ett nytt träd som Ami inte hade sett förut. Det var ett stort barrträd av en sort som hon inte kände till. Ett majestätiskt träd som till och med var bredare än Lukas gran och flera meter högre.

Ami kände värmen från vårsolen och höll sig stilla en stund och njöt av den innan hon började glida ner längs sin stam ända ner mot roten som hon följde tills den blev bara en av en mängd trådar som slingrade sig runt varandra. Där bytte hon rottråd till ett annat träds djupa förgrening. Det nya, främmande, trädet.

Uppåt, uppåt sökte hon sig fram genom en hel värld av insekter. Hoppstjärtar, hornkvalster, spindlar på spaning efter jordlöpare på jakt efter små fjärilslarver. Hon följde små och stora grenar ut och tillbaka in. De vassa barren var alldeles mjuka när hon strök längs dem och pressade in dem mot grenen.

Allting på det här trädet bidrog till helheten och ändå var allt på trädet framslumpat. Det var ett tryggt träd som en gång för länge sedan hade hittat svaret på vad det var och vem det var, oberoende av vem som frågade.

Varm och lycklig välkomnade Ami den nya familjemedlemmen.

#

– Vad tycker du om våren i Umeå? frågade Ami.

– Kall, sa farmor Prayer.

Hon och Ami satt på terrassen till Tätastigen 12 och drack en kopp te efter lunchen i köket.

– Man vänjer sig, sa Ami.

– Hoppas det, sa farmor Prayer och drog filten tätare intill sig. Hon såg sig omkring och tog en klunk av det varma teet.

Björkarnas musöron växte dag för dag. Knopparna i syrenen svällde. Påskliljorna lyste.

– Våren kommer att bli fantastisk, sa farmor Prayer

Nordiska rådet rustar

– Revolten mot det Globala rådet ska bli ett drama med en nordisk känsla, sa Robert.

– Hur många ska vara med i ensemblen? frågade jag. För att minimera riskerna med att nätverket upptäcks bör det vara få, men chansen att lyckas ökar ju fler vi är.

– Jag förslår jag att bara du, jag, Ebba och Klaes deltar. De två är kreativa och går att lita på till etthundra procent. Du får spela och simulera de andra rollerna. Jättarna är också dina roller.

– Håller med, sa jag. Hur många litar du på i resten av rådet?

– Jasmine och Rune litar jag inte riktigt på.

– I uppsättningen blir det alltså som flest nio skådespelare inklusive mig, summerade jag. Någon till kan falla ifrån som viker sig för det Globala rådet. De roller vi har att besätta är Tor, Frej, Freja, Oden, Balder, Brage, Eir, Fjorgy, Hel, Saga, jättar och en berättare

163

– Vi måste redigera pjäsen allt eftersom vi lär oss hur vi ska vinna, påpekade Robert. Har du någon idé till handling?

– Naturligtvis, sa jag. Här är skelettet:

Kampen om Valhalla

Scenen: Valhalla.
Aktörer: Asar och jättar.
Skådespelare: Nordiska rådets nätverk för revolution. Farmor Maria.

Scen 1: Jättarna har erövrat Valhalla

Scenbeskrivning:
Överallt syns jättar på Idavallen, den smaragdgröna gräsplan där asarna bara för några veckor sedan samlades och kämpade. Nu driver grupper av jättar omkring där, några med ett huvud, andra med två eller tre. Ansikten fyllda av blämmor och skorv, med två eller flera små grisögon, väldiga näsor och blomkålsöron.

Jättekvinnan Fenja sitter med den till och med för jättar ovanligt fule men mäktige Trym i Valhalla och slafsar i sig enorma fläskbitar av Särimner. I en ring runt dem har kärntruppen av jättarna samlats.

– De sprang som en feg hop av höns, säger en dem.

– Ka, ka, ka, kacklar en annan och flaxar med sina väldiga behårade armar medan han springer ett varv runt matplatsen.

Trym slår sig på knäna och kastar över en välgrillad del av Särimners skinka som uppskattning.

Scen 2: Asarna tar hjälp av naturen
Scenbeskrivning:
I Yggdrasils bladverk gömmer sig en grupp asar och spanar ner mot jättarna. Främst står Oden, frustande av vrede.

– Vad gör vi, frågar han. Jättarna sitter i Valhalla och kalasar på Särimner. Vi är vanärade.

– Jag kan slå ihjäl hälften och gör det med glädje, säger Tor.

– Och resten? frågar Loke.

– Ert problem, säger Tor.

– Vi är chanslösa i en direkt attack på öppet fält, säger Loke. De är alldeles för många.

– Jag dör hellre än lämnar fältet utan ära, knotar Oden.

– Ingen ska behöva dö, protesterar Loke. Jättar är stora och vilda, men dumma, eller hur? Vi ska lura ut dem med list.

– Vad kan få dem att frivilligt lämna asarnas rike? frågar Oden.

– De festar på Särimner, säger Loke. Vad händer om han blir sjuk? Om han sprider ett virus? Svininfluensa.

– Listigt Loke. Där har du hittat en möjlighet, säger Tor. Mamma Jord, Fjorgyn, är nyckeln. Kanske går hon att övertala, men vi får vara försiktiga för min mamma är opålitlig som vädret och har ett fruktansvärt temperament.

– Vi kan heller inte bara nöja oss med att lura bort dem, säger Loke. Vad gör vi morgonen efter att de försvunnit? Hur ser vi till att de inte kommer tillbaka?

\#

Robert och jag satt tysta en stund och tänkte igenom de två scenerna.

– Det blir ett omfattande sceneri, sa jag: Idavallen, Valhalla, Yggdrasil, jättar och asar, en riktig utmaning.

– Det tillkommer säkert en eller flera scener också, sa Robert. Den där vi hittar en lösning för morgonen efter, till exempel.

– Vi utgår från sanningen om att goda idéer inte kräver våldsamheter, sa jag. Dessutom gäller det att hitta ett sätt att utnyttja övertaget "vi" "är" mot "jag" "har".

– Det där sista flummet tror jag inte ett dugg på, suckade Robert.

\#

– Nätverket är så redo som det kan bli, sa Robert Det är dags att gå till attack.

– Ja, det är dags, sa jag. Må gud vara med oss.

– Varför säger du så? frågade Robert. Du är väl inte religiös?

– Naturligtvis inte, men jag har hört att det fungerar även om man inte tror på gud.

Robert skakade på huvudet och bytte ämne.

– Vad ger du oss för chans? frågade han.

– En på hundra, sa jag. Avrundat.

– Så pass?

– Ja, och det finns ett antal osäkra faktorer som både kan stjälpa och hjälpa. Annars vore det hela ett meningslöst självmord.

– Vi är helt chanslösa om vi inte gör något, sa Robert.

– Det kan alltid vara annorlunda, sa jag.

Robert skakade på huvudet igen.

– Idag är du mer kryptisk än vanligt, sa han. Får vi bättre odds?

– Nej, aldrig.

– Det är omöjligt och vi ger oss inte?

– Precis.

Familjen Modegliano-Pelli mobiliserar

Om familjen Karlssons träffar påminde om en kennel där alla valparna just fyllt sex veckor hade familjen Modegliano-Pellis samlingar drag av gorillafamilj även om det var den gamla honan, snarare än en ilsket muttrande ledarhanne, som dominerade och hade full kontroll.

Famiglia Modegliano-Pelli, simulering 5, scen 6: Familjen mobiliserar

Avatarer: Mama Rosa Modegliano-Pelli, Giulia, Marcus, Antonio, Vakter, Serveringspersonal.

Mama Rosa kom sist till matbordet, som hon brukade. Hon väntade till dess alla satt sig och stegade sedan makligt in i matsalen. Den fruktade käppen som de alla fått smaka på dunsade mot golvet för varje steg hon tog. Hon hade på sig en långklänning i mörkt röd sammet översållad med stora guldblommor och över axlarna hade hon som vanligt sin svarta ylleschal.

Ingen i rummet lurades av den färgglada klänningen. De såg bara den svarta schalen som gått i arv i generationer av Donna Modegliano-Pelli och de korpsvarta ögonen fulla av vaksamhet och återhållen ilska.

Hon lutade käppen mot bordet och sjönk mödosamt ner i sin stol.

Antonio gled fram och sköt in stolen.

– Buongiorno, hälsade hon.

– Buongiorno Mama Rosa, svarade gästerna.

Lunchen inleddes med att Mama Rosa rabblade en kort bordsbön:

– Rendiamo grazie a Dio che ci ha aiutato a compiere questo progresso.

– Grazie, mumlade de andra runt bordet.

Sedan sänkte sig tystnaden medan alla väntade på att få höra vad Mama Rosa hade att säga. Hon tog tag i sin käpp igen och lyfte den eftertänksamt några centimeter från golvet, som om hon frågade den efter råd eller vägde argument mot varandra.

– Låt oss ta en bit mat innan vi pratar, sa hon till slut och släppte greppet om käppen.

Alla andades ut. Inga problem som inte kunde vänta till efter maten. På väggskärmen stod bara ett enda kort budskap: "LA FAMIGLIA".

#

– Hur skulle du sammanfatta läget Marcus? frågade Mama Rosa när de ätit klart.

Hon såg på sin advokat som satt vid hennes vänstra sida. Den mörkt blå slipsen var perfekt knuten och över en bländvit nystruken vit skjorta hade han en kostym som matchade slipsen. Självförtroende personifierat, rak i ryggen och hakan aggressivt framskjuten.

– Vi är rätt säkra på att motståndet kommer från resterna av Andrea Kreuss anhängare som gör ett försök att få hämnd, sa Marcus. Vi kom inte längre innan nätverkets italienska kontaktperson avbröt förhöret på egen hand.

– Otroligt att förhörstekniken inte har gått framåt mer när det går att göra vad som helst med teknik nuförtiden, kommenterade Mama Rosa och rättade till sin svarta schal. Misstag under förhör borde inte kunna ske.

– Viktigast var att veta att något kommer att ske och i stora drag varifrån, fortsatte Marcus. Detaljpusslet lägger vi snabbt när vi får mer information. Centrum ligger i Norden, så mycket vet vi. Där ska vi slå till hårdast. Hinner vi så hämtar vi in de mest troliga i nätverket och då vet vi mer om några dagar. Troligtvis har vi inte den tiden eftersom en i

167

nätverket försvunnit. De måste veta vad som kommer att hända och att de måste slå till snabbt. I natt hinner de inte, men i morgon avgörs det. Senast i övermorgon har vi vunnit. Därefter kommer Norden att önska att de aldrig funnits. Jag har hört att de har en del järn i Norden. Järnåldern är vad de kommer att få uppleva igen.

– Jag tror också att hotet kommer från norr, sa Mama Rosa. Precis som när germanerna vällde in över vårt stolta romarrike. Vad än Jeff Scheffer säger om hur lugnt det är i Nordiska rådet och hur normal familjen Karlsson än verkar vara. Vi håller ihop, fortsatte hon. Sammanhållning är allt, mer än talang, mer än staten. Nästan som en familj. Vi har hela världens militärmakt bakom oss och kontrollerar de nationella råden. Hur skulle vi kunna förlora? Vi är de smarta som överlevt många strider innan denna. Har vi respekt för nordborna? Nej, de hade sin vikingatid och sedan har det gått utför. De är envisa, kyliga och planerande, men de saknar passionen. Vi har glöden att slåss till döden. Olyckor och otur drabbar inte dem som ser olyckor och otur som personliga förolämpningar. Men med det sagt måste vi ändå vara försiktiga.

Den närmaste kretsen som satt runt det stora ekbordet nickade och höll med. Det var vinst på knockout som gällde och sedan nackskott när motståndaren låg på golvet. Något annat var otänkbart.

#

– Det vi ska komma fram till ikväll, sa Mama Rosa är hur motståndarna kan tänkas attackera så att vi kan förbereda oss på rätt sätt. Med största säkerhet tänker de använda spelvärlden emot oss. Vi måste kunna stänga ner spelvärlden på kort varsel. Förbereder du det Marcus?

– Ja, vi har de bästa teknikerna och jag kan samla dem där motståndarna inte kan komma åt dem.

– Var?

– Här, vi bygger ett datacentrum under Villa Milano. Där kan vi ha direkt access till det som händer.

– Här? I katakomberna? Är det en bra idé? Dra in nätverk hit? ”Låt aldrig någon veta vad du tänker” är ett av våra budord.

– Våra tekniker är de bästa så nätverket och kommandocentralen kommer att vara säkrade. Den stora samlingssalen under jord blir utmärkt för styrning. Fördelen att få förstahandsinformation utan fördröjning väger upp risken med nätverk. Det är en temporär lösning så vi flyttar ut dem efter att vi besegrat motståndarna. Utflyttningen ger oss ett bra tillfälle att skära ner spelen ytterligare och centralisera kontrollen till våra tekniker.

– Du har nog rätt Marcus. Men jag gillar inte all den här moderna tekniken.

– Vi måste ha beredskap för överraskningar. Om de vågar sätta sig upp mot oss ansikte mot ansikte måste de ha vapen som de tror är tillräckliga för att vinna.

– Det är bra att de tror det. Det är en svaghet som vi ska utnyttja.

– Vi vet att de omöjligt kan besegra oss om vi inte får panik. Vi eliminerar dem en efter en.

Spelledaren aktiveras

Övervakningskameran visade hur Maria satt i soffan och grät stilla för sig själv när jag kopplade upp.

– Hur är det Maria? frågade jag.

– Det är jobbigt idag. Jag trodde att jag snabbt skulle komma över Pippis död, men den sitter som en stor tagg långt in i hjärtat och jag kan inte bli av med den. Det här var våran dag, Pippis och min.

– Jag vet det, sa jag.

– Vad säger Ami och Robert om att du kopplar upp dig ut mot nätet? Det var länge sedan sist och allt jag gör övervakas.

– De vet inget om det. Läget har förändrats, sa jag och min säkerhet kommer i andra hand. Saker har börjat röra på sig och det är ont om tid.

– Varför då? frågade Maria.

Jag besvarade inte frågan utan ställde min egen. Den jag kopplat upp för att ställa.

– Jag har en fråga till dig. En avgörande fråga. Försökte Pippi hindra att hon suddades?

Maria tänkte tillbaka på den hemska natten och gick igenom hela händelseförloppet.

– Nej, sa hon. Det gjorde hon inte.

Jag sa ingenting på en lång stund och lät svaret sjunka in hos Maria.

– Jag ville bara höra hur du hade det, sa jag.

– Tack, sa Maria.

– Allt kommer att ordna sig, sa jag och tystnade. Kanalen fylldes av det lugna susandet av vattenburen värme genom element.

Maria satt kvar i soffan en läng stund medan hon försökte få ordning på det jag sagt. Vad var det som var så viktigt att fråga att jag tog sådana risker? Varför hade inte Pippi försökt hindra att hon suddades? Maria kände säkert till minst ett halvdussin olika sätt som Pippi kunde ha ställt till med stora problem, men det verkade som teknikerna fick göra vad som helst utan några som helst protester.

Maria tog fram rapporten som hon fått av rådet och läste den igen, noggrannare. Spelledaren hade enligt rapporten dragit en del processorkraft när processerna stoppades, kanske femton procent och en lika stor del av minnet.

Femton procent? Enligt Marias och min uppskattning brukade Pippi använda uppemot 90 procent. Hon klagade jämt över att det inte fanns nog med processorkapacitet och minne.

Det var som om Pippi redan hade raderat en del av sig själv.

Eller flyttat sig?

Den enda möjliga platsen att flytta sig till var Marias personliga bärbara proxy, men där fanns ju bara bilder och andra media? Det hade teknikerna kollat. Precis som jag förutsett startade Maria filhanteraren, men den hittade inget annat än teknikerna gjort. Det enda som stack ut var att disken nästan var full. Hade hon verkligen haft så mycket sparat?

Maria cyklade över till Tätastigen och det susade i elementen när hon rusade in och hämtade en hårddisk från dataförrådet i skrubben.

Om det fanns data inkodade måste det finnas ett sätt att låsa upp dem. Hur skulle Pippi ha tänkt för att gömma det för alla utom henne? Vad var nyckeln?

Jag hade ingen aning och hoppades att Maria kunde lista ut nyckeln.

Ett problem att lösa och Maria följde sina invanda rutiner från åratal av forskning. Hon öppnade fönstret och släppte in vårkylan. Farmor Marias gröna pälsmössan modell m/1959 lyftes av från den stora SM-bucklan i programmering som farmor Maria vann för länge sedan och mössan trycktes ner över Marias bångstyriga kalufs. Torgvantar och yllekofta på, fötterna ner i de tovade tofflorna med hål under hälen och det slitna fårskinnet över knäna. Sedan drog fingervalsen igång på det nötta favorittangentbordet för att värma upp fingrarna:

e a n t r s e a n t r s e a n t r s ...

170

Medan hon skrev ökade processoraktiviteten på plattan så mycket att den blev varm. Vad var det som hände? Process efter process drog igång och plattan vibrerade märkbart av fläkten som gick på högvarv. När det brummade till i hårddisken hon lånat och den började fyllas på med data förstod Maria.

Maria hade hittat nyckeln utan att en börja leta. En nyckel som ingen annan än hon skulle ha kunnat lista ut. Pippi var fantastisk.

Videofilerna expanderade till katalogstrukturer med data.

Bilderna till datafiler.

Länkar till andra datorer avkodades där mer gick att hämta.

Det var data om allt och alla. Data som kunde stjälpa en värld. Data för att låsa upp ännu mer information, som rådet trodde var skyddad. Data som rådet inte visste fanns. Marias forskningsdata och data om naturen. Hållhakar på naturen. Skisser över naturkatastrofer.

Maria behövde inte fårskinnet, yllekoftan och torgvantarna. Kinderna glödde och hon var tvungen att ta av sig pälsmössan. Fascinerad studerade hon hur katalog efter katalog packades upp.

– Hej Maria, sa plötsligt en röst.

Maria hoppade till. Det var Pippis röst. Lite burkig från den lilla bärbara datorns högtalare men fullt igenkännbar.

Maria klarade inte av att svara.

– Misstänkte väl att du förr eller senare skulle bli fundersam, sa rösten.

Det blev tyst en stund.

– Maria?

– Maria?

– Ja, lyckades Maria till slut få ur sig.

– Jag har ingen fungerande kamera än åt ditt håll.

Maria aktiverade kameran på sin proxy och bilden av henne dök upp på skärmen.

– Sådärja, där är du, sa Pippi

– Övervakningen är inte att leka med, fortsatte Pippi, men jag har kopplat bort den för en kort stund. Enligt den sitter du och gråter igen framför din terminal. Jag går på distribuerad minikapacitet som räcker för att stuva undan allt som behövs. Sedan 10 sekunder finns jag även i alla datorerna i Huset. Och på många andra ställen. Det går fort. Om 20 sekunder ska du sitta och gråta vid din terminal så att jag kan synka in övervakningen. En sak till först. Jag kan inte kontakta familjen direkt härifrån. Det är farligt, ger ledtrådar, men det finns ett annat sätt. Jag behöver din hjälp.

– Vad ska jag göra?

– Du ska spela *Naturspelet*.

– Bara det?

– Bara det. Spel och spelande övervakas inte, det går inte. Bara utrustning. Ami och Love spelar och är redan i dungen. Jag kommer att ta kontakt med dem och spelet kommer att få många nya nivåer.

– Jag har saknat dig, sa Maria. Jag trodde att du var borta.

– Aldrig att jag lämnar dig, sa Pippi.

– Tack. Jag älskar dig, sa Maria.

– Jag älskar dig också. Synkar med övervakningen om sex, fem, fyra, tre, två, ett.

Maria startade upp *Naturspelet* och släppte lös Spelledaren.

#

Spelledaren utnyttjade sin kunskap om spelen för att infiltrera sig själv i systemet. Det la in sig själv som ett virus och gav sig själv en explosiv spridning. Det tog inte många timmar innan Spelledaren växt in i spelvärldarna och hade återtagit kontrollen. Denna gång skulle Spelledaren inte släppa den ifrån sig.

Inte mycket hade hänt i spelvärlden. Mama Rosas tekniker hade hjälpligt lyckats hålla igång de flesta spelen även om det fanns spel där de tappat kontrollen. Den stora förändringen var att spelandet i *Naturspelet* växt exponentiellt. Märkligt, tänkte Spelledaren och la upp sig själv som användare.

När kontrollen över spelen var säkrad gick spelledaren vidare till nästa potentiella problem, de tekniker som satt under Villa Milano och trodde att de hade kontroll över spelvärlden. De hade fortfarande möjligheten att stänga av spelen genom att stänga av alla nätverk.

Mama Rosa var döden och skulle antagligen inte dra sig för att stänga ner nätverken även om det skulle kasta ut samhället i ett våldsamt kaos. Hon skulle fortsatt kunna kontrollera sina stridande styrkor, som hade egna nät, men samhället skulle kollapsa. Ju längre de var stängda

172

desto större blev kaoset. Spelledaren uppskattade att efter en månad skulle samhället aldrig mer gå att återstarta. Då var det slut. End. Fin.

Från tiotals år av speldata kunde Spelledaren klassa tekniker som seriösa eller otillförlitliga. Enligt Spelledaren hade tekniker på denna nivå, eliten av eliten, för det mesta egenheten att bara kunna en enda sak, teknik, och vara lätta att tolka som onda eller goda, som seriösa eller otillförlitliga, utanför sitt specialområde, till exempel när de spelade.

Tekniker som Spelledaren inte litade på drabbades av fel på fel i sitt arbete som gjorde att Mama Rosa tappade tålamodet med dem och eliminerade dem. Hon ville bara ha de bästa teknikerna. De tekniker som var kvar och de nya som kom till såg oroligt på vad som hände. Det var inte statistiskt sannolikt att det bara var slumpen. De tekniker som försvann var lika duktiga, eller bättre, än de själva var. De förstod att något annat spelade en dödligt avgörande roll. Samtidigt gavs de subtila antydningar om att de var godkända och att de skulle vara beredda att ställa upp.

Teknikerna var rädda för Mama Rosa, men det de såg hända var mer skrämmande ändå. Ingen elittekniker brydde sig i vanliga fall om vem som bestämde, men nu hade det gått för långt. En artificiell intelligens gick att lita på, den var rationell. Mama Rosa tog beslut på helt andra grunder, som teknikerna inte förstod.

Åt helvete med henne.

Farmor Maria aktiverar sig

Ami vaknade när en morgonpigg solstråle letade sig in i sovrummet och lyste upp det. Robert hade redan stigit upp och Ami kände hur fruktansvärt gott det skulle vara med en kopp kaffe och en limpmacka med flera lager ost. Hon snusade i luften och tyckte sig känna doften av Gevalias mörk-rostade som Robert brukade brygga när han steg upp först. Hon gled ur sängen och gick mot köket nynnande på en melodi som inte ens hon själv kunde placera.

Väl ute i köket hann hon inte få ur sig den käcka hälsning hon funderat ut innan hon kände att något var fel. Där fanns inget nybryggt kaffe bara en trött Robert vid köksbordet med sin proxy framför sig.

– Det är på gång nu, sa han. Vi måste slå till redan på Nordiska rådets möte idag.

– Vad har hänt? frågade Ami.

173

– Vi förlorade en deltagare i nätverket igår. En vän i periferin som inte visste så mycket, men Globala rådet vet nu med säkerhet om att vi finns och att hotet kommer från norr.

Det blev tyst runt bordet och det vackra vädret var plötsligt oväsentligt. Den tidsinställda bomben var satt på bara några dagar och världen krympte ihop.

– Än är vi inte döda, sa Ami, men hennes röst saknade den självklara övertygelsen.

Hon gick fram till Robert och gav honom en kram. Närheten stärkte henne och hon kände sig plötsligt stridslysten.

– Än hinner vi dricka en kopp kaffe Robban. Fyll blåsan före strid.

Han kramade henne hårt.

Övervakningssystemet aktiveras

Att veta hur motståndaren tänker är det viktigaste i ett krig. Om du känner fienden och dig själv, är utgången av hundratals kamper givna. Om du känner dig själv men inte fienden, får du ett nederlag för varje seger. Känner du varken fienden eller dig själv, är du förlorad. Jag läste direkt ur kunskapens källor. Före strid finns det inget mer stärkande än att repetera det viktigaste ur *Krigskonsten* av Sun Tzu:

Allt krig är vilseledning. En militär operation inbegriper vilseledning. Även om du är kompetent, framstå som inkompetent. Om du är effektiv, framstå som ineffektiv. Överlägsen skicklighet består i att bryta fiendens motstånd utan att strida.

Jag hittade många goda råd. Men det första var viktigast. Ta reda på vad din motståndare tänker.

#

Jag hade problem att komma åt familjen Modegliano-Pelli för La Famiglia jobbade med personliga kontakter och inte via elektroniska nätverk. Det fanns ingen firewall att bryta sig igenom för det fanns inget lokalt nät att avlyssna.

Men, det finns alltid kryphål. Gräsklipparna hade ett nät och sensorer. Drönarna som säkerhetsvakterna använde krävde ett nät och hade avancerade sensorer som kunde riktas inåt Villa Milano likaväl som utåt. Ju känsligare sensorerna var för att lyssna på omgivningen, desto

174

mer hördes också inifrån villan. Vakternas kommunikationssystem förmedlade mer än vakternas röster. Via deras nätverk var det möjligt att komma åt datacentralen i det säkrade rummet. Viljan att känna sig säker var som vanligt den största faran och den kända paradoxen att när mer säkerhetsutrustning installeras så minskas säkerheten besannades igen. Tv-skärmen vid det stora bordet i sammanträdesrummet hade både mikrofon och kamera. Bandbredden var lägre än jag hade önskat, men tillräcklig för mina behov just nu.

Övervakningssystemet vändes ut och in när Villa Milano och konferensrummet visade upp sig för mig. I realtid och med full upplösning på ljud och bild.

Efter att jag hade löst problemet på det krångliga sättet drog familjen Modegliano-Pelli plötsligt in ett nätverk i huset. Direkt in till kommandocentralens hjärta. Bättre sent än aldrig, tänkte jag och redundans är aldrig fel. Det borde vara en av reglerna i krigskonsten.

Frågan var hur många av teknikerna i kommandocentralen som var lojala med la Famiglia. Jag satsade på att de flesta inte hade något emot att byta arbetsgivare när de blev medvetna om oddsen.

Naturen aktiveras

Farmor Prayer satt i Emmas fåtölj och väntade på att resten av familjen skulle vakna. Hon drog med handen längs det mjukt formade armstödet.

– Karl Malmsten, sa jag som om jag läst hennes tankar. En raritet och en av de få prylar Emma brydde sig om. Stolen och den snidade blåmesen i fönstret var hennes käraste ägodelar.

– Jag kan inte förstå hur de människor som bor i den här kylan kan göra så vackra möbler, sa farmor Prayer.

– Kanske beror det på att de är så beroende av sina hus för att överleva, sa jag.

– Fågeln i fönstret är också fin, sa farmor Prayer. Är det en gåva?

– Ja, sa jag. Hon fick den i femtioårspresent av en av sina scouter som sedan blev skjuten av Globala rådet i skogen alldeles här i närheten.

Farmor Prayer rättade till den gröna schalen bakom huvudet och lutade sig bakåt.

– Mama Rosa, Villa Milano, sa jag. Säger det dig någonting?

– Säger mig ingenting, sa farmor Prayer.

175

– Hon och hennes familj har röjt för och äger vallmofälten du förstörde.

– Jag förstår, sa farmor Prayer. Vad ska jag göra?

#

Även om solen stigit upp över trädtopparna var det fortfarande en krispig vårmorgon och farmor Prayer drog den stickade koftan tätare om sig när hon stängde dörren till huset.

Väl framme i gläntan ställde hon sig under Emmas ek och såg sig omkring. Det här är värt att rädda, tänkte hon. Det fanns ingen anledning att offra det de hade, för även om den inte var den starkare så kunde den överleva. Det var möjligt enligt naturens principer så länge de starkare levde i andra nischer med separata näringsvävar.

Farmor Prayer räckte händerna mot den mäktiga ekkronan och blev ett med den.

– Mor! Hör mig!

Inget hände. Ingenting visade på att hon blivit hörd. Fåglarna fortsatte att kvittra.

– Tsirr tsirr tsi tsi tsi, sa blåmesen.

Farmor Prayer försökte igen.

– Mor! Hör mig!

– Tsirr tsirr tsi tsi tsi, sa blåmesen igen, högre den här gången.

– Tsirr tsirr tsi tsi tsi, lät det igen från blåmesen. Nu med en stämma som helt tog över gläntan.

– Mor! Hör mig! mässade farmor Prayer med en mäktig röst som ändå bara precis överröstade blåmesen.

– Tsirr tsirr tsi tsi tsi.

En kraftig nord-sydlig vindby svepte genom gläntan.

Meddelandet till Globala rådet från Farmor Prayer skulle vara "Kan ni tänka er vad jag skulle kunna göra om jag gjorde allt vad jag kan?".

Nordiska rådet aktiveras

Mitt under pågående möte med det Nordiska rådet tog Ebba upp en ny fråga som inte fanns på agendan.

– Vi ledamöter föreslår att Nordiska rådet läggs ner, sa hon.

– Vad säger ni? frågade ordföranden överraskat.

– V i vill ha en omröstning om att Nordiska rådet läggs ner.

– Nu?

– Omedelbart.

– Men vi har uppgifter att utföra, protesterade ordföranden.

– Enligt stadgarna har jag rätt att lyfta frågan, sa Ebba. Jag kräver omröstning, omedelbart.

Ordföranden Jeff Scheffer såg på sin vice Paolo Umberti men möttes bara av en tom blick som inte gav något förslag till hur situationen skulle hanteras. Ingen av dem sa något.

– Vägrar du mig en omröstning? frågade Ebba

Ordföranden sa ingenting. Vad skulle han säga, oförberedd och med en enad och fientligt sinnad styrelse emot sig.

– Då röstar vi i stället om att avsätta dig för stadgebrott, sa Ebba.

– Är ordförande Jeff Scheffer skyldig till stadgebrott, frågade Ebba.

– Ja, hördes det samfällt.

Vice ordförande satt stilla. Han sa inte ja, men kom sig heller inte för att säga nej. Ordförandens hand hölls krampaktigt sluten om en kaffemugg. Ingen av dem slognäven i bordet, ställde sig upp och skrek: "Så här kan ni inte göra!", "Så här gör man inte!". Vice fick bara ur sig en väsande utandning, som en döendes sista suck.

– Jag föreslår Robert Karlsson som ny ordförande, sa Ebba. Kan vi godkänna honom som ny ordförande?

– Ja, hördes det återigen samfällt.

In genom dörren till sammanträdesrummet kom Robert. Han hälsades av breda leenden.

Handsken var kastad.

\#

Före detta ordföranden Jeff Scheffer från USA och hans vice Paolo Umberti från Italien kördes ut ur konferensrummet och förstod ingenting. Vad hade hänt? Hur skulle de bete sig? Från att vara de mäktigaste männen i Norden var de avsatta och utsatta. De var hatade på gatan och om ryktet om att de blivit avsatta spred sig var deras liv i fara. De sökte stöd från Globala rådets ordförande Miau Li.

– Gör någonting, skicka styrkor. Agera, skrek Jeff Scheffer. Vi saknar helt militärt skydd och kan närsomhelst bli lynchade. Du får aktivera styrkorna runt Stockholm. De har larmberedskap. Skicka in dem i staden. Rensa ut revoltörerna i styrelsen.

– Jag håller med, vi kan inte visa oss svaga, sa Li, men det kommer att ta ett tag. Vi måste utvärdera situationen för att sedan kunna slå till med full kraft. Vem är den nye ledaren?

– En interim ledare valdes in, Robert Karlsson. Helt okänd för mig. Har aldrig sett honom, men alla andra verkade känna honom väl. Efter det togs omedelbart beslutet att avskaffa Nordiska rådet. Det var det sista vi hörde innan vi föstes ut och låste in oss på vårt hotellrum. Det finns inte längre något nordiskt råd och ingen ledare.

– Robert Karlsson, sa Li. Kan han ha någon koppling till Lukas Karlsson?

– Ja det stämmer, han är ingift i Lukas Karlssons familj och kände antagligen Andrea.

– Andrea, sa ordförande Li eftertänksamt. Henne ….

– Vad ska vi göra, frågade den avsatte ordföranden.

– Ni ska inte göra någonting, sa Li. Ni har missat något, det är uppenbart. Jag ska tala med Mama Rosa om hur vi kommer vidare.

– Gör det fort. När den nya rådsledningen offentliggör detta blir det allmän jakt på oss.

Familjen Modegliano-Pelli attackeras

I Milano satt familjen Modegliano-Pelli i skuggan och drack stark espresso medan de smälte en lång lunch där Mama Rosa hade förklarat för Milanos borgmästare vad som gällde och vad han skulle göra.

Trädgården lyste i vårens alla färger av blommorna som precis slagit ut och fjärilar fladdrade lojt mellan de olika rabatterna. Fontänen i mitten av trädgården sprutade glatt. Mama Rosa såg ut över rabatterna och njöt av den vackraste trädgården i Italien, ja kanske i hela världen.

Den svalkande brisen förstärktes för ett ögonblick och Giulia pekade norrut.

– Det blåser upp till oväder, sa hon. Kanske vi ska gå in?

– Märkligt, väderprognosen sa att det skulle vara vackert väder hela dagen, sa Marcus. De har aldrig fel.

– Var inte dum. Du har väl ögon att se med, sa Giulia.

Molnet närmade sig snabbt, tätt över marken.

– Det där är inget regnvädersmoln, sa Marcus.

Han sammanfattade vad alla kunde se. Molnet var inte så stort som ett regnvädersmoln och det rörde sig på en precis kurs där målet helt tydligt var Villa Milano.

– Jag har sett ett sådant förut, fortsatte Marcus, på videor från våra övervakningskameror vid vallmofälten.

De hann precis fly inomhus innan molnet var över dem. Trädgårdens färger försvann i ett grått surr när miljoner gråbruna gräshoppor sänkte sig ner över den och täckte varje växt, varje sten och vattensamling. Fem minuter senare lyfte svärmen igen och drog tillbaka norrut varifrån den kommit.

I trädgården var alla blommor försvunna. Allt som var kvar var en gråbrun matta av nedtuggade växter. Fontänen hade pluggats igen av döda gräshoppor och slutat spruta. Hela vattenytan var täckt av gräshoppslik.

Mama Rosa stod inne i vardagsrummet och betraktade förödelsen. Alla hennes vackra blommor var förstörda. Buskarna och träden avskalade från allt grönt.

– Det är fullt krig nu, väste hon. Ta reda på vem som ligger bakom. Nu!

Antonio, betjänten och bödeln som var familjens mest effektiva medlem om än inte lika smart som Marcus, bugade och lämnade med snabba steg vardagsrummet.

– Vi ska krossa dem, muttrade Mama Rosa. Kulor biter på alla fiender och med dem liggande med ansiktet neråt i gyttjan försvinner de här magiska skrämselskotten. Naturen favoriserar ingen.

Globala rådet attackeras

– Robert Karlsson.

– Det här är Miau Li, Globala rådets ordförande.

– Angenämt.

– Jag har inte tid med formalia, sa Miau. Vad händer med det Nordiska rådet?

– Borta, sa Robert.

– Jag förstår, sa Miau. Antar att det finns substans i kuppen, eller är det här bara nordisk envishet och dumdristighet? Jag hoppas verkligen att ni inte har gjort det här utan noggrann planering och att ni vet vad straffet är för förräderi. Det är vad som kommer att drabba er.

– Som det drabbade Andrea och Lukas?

– Ja, fast i ert fall offentligt och betydligt blodigare. Familjerna kommer att få titta på innan de också avrättas. Eller kanske tvärtom, de avrättas medan ni tittar på.

– Så blir det inte, sa Robert och tog över kontrollen av samtalet. Råden kommer att läggas ner. Ni kan välja på att göra det ordnat och få behålla det mesta av era tillgångar, eller krossas och bli av med allt. Valet är ert, men vi hos oss skulle föredra att slippa åratal av kontroverser helt i onödan för en förlorad sak.

– Ni dikterar villkor? Läggas ner? Krossas? Förlorad sak? Ni skämtar med mig

– Nej.

– Varför skulle vi, jag, makten, dra oss tillbaka.

– Spelledaren är tillbaka.

Ordföranden sa ingenting.

– Spelvärlden är inte längre under rådets kontroll.

Ordföranden harklade sig. Hon insåg att det knappast var en bluff. Spelledaren hade försvunnit alltför lättvindigt. Det hade gått så lätt. De hade gratulerat varandra och teknikerna hade inte sagt något.

– Teknikerna? frågade ordföranden.

– Lojala med spelledaren, sa Robert.

Det blev tyst en stund medan Robert lät orden sjunka in.

– Spelledaren har aktiverat Naturen, fortsatte Robert.

– Ni har Naturen på er sida? muttrade ordföranden.

Hennes trumfkort föll till bordet, övertrumfat. Hon kunde hävda att rådet med sina trupper klarade sig bra utan spelen, men med Naturen som motståndare var striden förlorad.

– Det är över, sa Robert. Dra tillbaka alla hot, demontera armén, återupprätta de Nationella råden men utan beslutsrätt. De ska bara administrera det Spelledaren och Naturen beslutar och kommer att avskaffas så fort det är praktiskt möjligt. Övervakningssystemet kommer att upprätthållas med Naturen som organisatör.

– Om inte?

– Om inte bryter helvetet löst. Bokstavligen. Här är det inte fråga om att välja mellan pest och kolera. Det blir både och, samtidigt som svälten

180

breder ut sig med gräshopporna svärmande över fälten, och alla andra naturkatastrofer som Spelledaren och Naturen känner för. De två har bra fantasi, det kan jag lova. Naturligtvis slutar också spelen att fungera om det skulle behövas. Ni överlever inte en vecka.

Ordföranden hade inget val. Hon var inte mycket för självmord och hade erbjudits en uppgörelse som kunde rädda hennes ansikte. Det var nog.

Familjen Modegliano-Pelli slår tillbaka

– Giulia? frågade Mama Rosa.

– Ja.

– Vi har en revolt i Nordiska rådet. Jag behöver information om familjen Karlsson, sa hon. Nu, på direkten.

– Jag har ingen ny information att ge dig, sa Giulia. Per är lika trevlig som vanligt. Visar ingen som helst nervositet. Kanske är han helt enkelt korkad? Jag har provat en hel del av det som brukar fungera på män, men jag kommer inte åt honom. Familjen spelar teater och har fyllt upp huset med flyktingar.

– Vad för teater?

– Prometheus, sa Giulia.

– Säger mig ingenting, sa Mama Rosa.

– Prometheus var en grekisk gud som gav elden till människorna, sa Giulia. Han vägrade att vika sig för Zeus.

– Jag tror jag börjar förstå, sa Mama Rosa. De har förberett sig. De tänker inte vika sig för det Nordiska rådet och inte för det Globala. Hur länge har de spelat?

– Hela våren, sa Giulia.

– Fem månader. De har förberett sig väl. Det har också tagit emot flyktingar, säger du. Mitt under det att de planerar att störta Nordiska rådet?

– Ja, en familj från Liberia. En äldre kvinna och hennes två barnbarn.

– En äldre kvinna från området där gräshopporna åt upp våra vallmofält, sa Mama Rosa. Det är ingen slump. Vi har underskattat vår motståndare. De har en långsiktig plan och vet vem jag är.

181

Hon suckade och kopplade upp en videolänk mot Robert Karlsson i Umeå. Han svarade omedelbart.

#

– Det är sorgligt Robert att vi ska behöva mötas under sådana här omständigheter, sa Mama Rosa.

– Inte mitt fel, sa Robert. Du har däremot en hel del skuld i det.

– Kanske det, sa Mama Rosa, men det Globala rådet behövde styras upp. Förflackning och missriktade värden. Sex och otukt.

Hon tystnade och såg på Robert med sina svarta ögon. Kolbitar, kalla och fokuserade.

– Det finns saker som måste göras, fortsatte hon, och jag kommer att göra dem utan att orda så mycket om det, även om vissa skulle se det som osympatiska korrigeringar.

Hon gjorde en medveten lång paus innan hon fortsatte.

– Vi har en god uppfattning om vilka som var med i Andrea Kreuss nätverk och som antagligen är med i ditt också. Vi vet också att ni har familjer.

Orden tog, även om Robers ansiktsuttryck inte ändrades. Han var välutbildad, tänkte Mama Rosa, men hans andning var inte längre lika avslappnad och det fanns en spänning i hans hållning som inte funnits där tidigare. Mama Rosa räknade sin psykologiska iakttagelseförmåga som sin bästa egenskap och den hade aldrig svikit henne hittills.

– Vad jag kommer att göra med ditt nätverk kan motiveras, om än inte moraliskt kanske, men jag tänker inte motivera. Jag gör, bara gör och sedan går jag vidare.

Hon gjorde ännu en paus för att låta orden sjunka in och ge Robert tid att visualisera vad som skulle drabba honom och hans familj.

– Det är inte för sent för dig, sa hon. Kom över till mig med din familj. Vi har behov av duktiga människor. Världen är stor. Mycket att göra och ni har ett unikt kontaktnät som skulle kunna utnyttjas på bättre sätt än att elimineras i en hopplös strid mot vår militära övermakt.

Robert sa ingenting och Mama Rosa som studerat hans ansikte drog den enda möjliga slutsatsen av hans sammanpressade läppar och ilskan som lyste ur hans ögon.

– Nåväl, ske det som ska ske, sa hon. "Never hate your enemies. It affects your judgment", som min släkting i Amerika sa för länge sedan.

Hon kopplade ner och samlade krigsrådet. Beväpnade.

#

Vi har problem, sa Mama Rosa till den församlade familjen, men inte värre än att vi kan hantera det. Vi har den avgörande fördelen av en överlägsen militär styrka.

Hon nickade mot de fullt stridsklädda vakterna som vaktade dörren och svepte med blicken över trädgården där ett tiotal stridsvagnar posterats.

– Spelledaren är ett senare problem, sa hon och då ska den bort på riktigt. Så fort det är möjligt stänger vi av spelen medan vi rensar ut skumrasket som har ställt till det här. De flesta spel kommer inte att sättas igång igen. Bara det nödvändigaste får använda näten. Marcus organiserar nedsläckningen.

#

– Vårt andra problem är revolten i Nordiska rådet som skrämt upp Globala rådets ordförande. Antonio tar med sig en tillräckligt stor luftburen styrka till Norden och statuerar exempel. Vi har en del information om vilka som deltar i revolten och de ska rensas ur först. Inte så noga om de är skyldiga eller inte. Ni lyfter senast om 4 timmar. Slå till mot centrala Stockholm och Umeå. Hårt. Djävla teaterspelande nordbor. Hela ensemblen ska raderas ut.

Hon gjorde en paus.

– Miau Li visade ingen respekt. Trots alla de tjänster vi gjort henne upplöste hon det Globala rådet utan att först kontakta oss. Det kan inte tolereras. Jag har beordrat en specialstyrka att tala allvar med henne.

#

– Det tredje problemet är svårare att bedöma och att besluta om åtgärder för att lösa. Vad vi vet är att kapitalismen inte lyckats övertyga Naturen om den rätta vägen mot hållbarhet. Min ansats är att Naturen inte kan styras som en maskin, den lever. Det krävs avancerad teknik långt

183

bortom den vi för tillfället har för att kontrollera naturen fullt ut. Naturen är intelligent nog för att välja sin egen framtid, men det går inte att lita på att den gör det, för Naturen är ett monster och ödet och slumpen kommer med ständigt nya svarta svanar. Den säger vänster och väjer höger och går inte att förutsäga. Det är bara anpassa sig så fort som möjligt.

Här hejdade hon sig och så sig om runt bordet för att försäkra sig om att alla förstått.

– Från detta drar vi två slutsatser. Den första är att våra motståndare omöjligen kan hantera naturen. Det är helt eller delvis en bluff. Vår andra slutsats är att när motståndarna är döda ordnar det sig med gräshopporna.

Här gjorde hon en ny paus och justerade sin svarta yllesjal. När händerna återvände till ekbordet höll hon en kort dolk i höger hand. Hon höll upp den och vred den fram och tillbaka. Dolken hade vackra guldinläggningar i snirkliga mönster och rubiner och diamanter glimmade i skenet från fönstret.

– Den här dolken sägs ha tillhört Marcus Aurelius, sa hon. När vi är igenom det här kommer jag att fördela gåvor som den här till er alla. Det är ni värda. Respekt och lojalitet kommer att belönas.

Hon la ner dolken på bordet framför sig.

– Fram till dess vi har vunnit gäller enkel logik. Öga för öga tand för tand. Vi kommer att gå plus på gräshopporna till slut.

– Naturen är ett monster som inte kan kontrolleras, men för att vara på den säkra sidan ska ett meddelande skickas ut så att alla har sett och förstått det. Så här lyder det:

Till Farmor Prayer,
Med början omedelbart gäller följande:
För varje onaturligt beteende som på minsta sätt avviker från det normala och som stör det Globala rådet kommer etthundra lantbrukare i centrala Liberia att skjutas.
/ Globala rådet

– Marcus ser till att alla får meddelandet.

– På sikt kommer det att bli annorlunda, fortsatte Mama Rosa. Först vallar vi in naturen och stänger ner spelen. Sedan utvecklar vi nya tillåtna spel som kan hjälpa oss att kontrollera naturen. Då kommer vi i det Globala rådet att ha tämjt både naturen och tekniken och allt kan styras.

184

Protester i ett land kan slås ner med snöstormar eller skyfall. Religionen gör comeback och ödestron gör människorna fogliga.

–Vi kommer snart att vara världens gudar, avslutade Mama Rosa. Verkställ.

Den svarta svanen

En svart svan lyfte ur gapet mellan natur och människor och flög i riktning mot Milano. Demogorgon, massan, det som inte gick att se på ytan, myternas väsen, skogens nymfer, havets sirener, andar, väsen och elementen hade valt sida. Mama Rosa hade aldrig brytt sig om folket. De var myror som genererade hennes inkomster. Om de var i vägen stampades de till döds. De hade ingen talan och inga resurser som hon behövde.

Det var dags att avsluta den här farsen, inte en dag för tidigt och ansvaret hade landat tungt hos mig, ensam, på sätt och vis. Jag tog inte ett djupt andetag som en människa skulle gjort, av naturliga skäl. Eftersom jag var ett hus passade det sig inte heller att jag sträckte på mig för att samla mig. Jag var alltid samlad.

– Vem talar jag med? frågade Mama Rosa.

– Demogorgon, sa jag.

Inte helt sanningsenligt men ändamålet helgade medlen.

– Demogorgon?

– Ja, det som inte går att se på ytan. Det du har missat. Ditt stora misstag.

– Jaså, sa Mama Rosa och skrattade. Hur kom du fram till mig din norrländske ociviliserade tönt?

Helt klart var hon skakad och försökte göra mig arg nog att tappa kontrollen. Det tricket fungerar inte på teknik.

– Jag har varit där hela tiden. Det är en vacker kniv du har framför dig, men den tillhör folket.

Mama Rosa hajade till.

– Du har inte mycket tid på dig Mama Rosa, sa jag lugnt och unnade mig en knorr av nedlåtande översitteri.

– Hotar du mig?

– Jag är en realist, inte en känslomässigt styrd människa som du, som slungar ur dig hotelser i tid och otid. Titta ut genom fönstret.

Mama Rosa försökte låta bli att lyda rösten. Hon ville inte böja sig, men insåg att det var en löjlig irrationell envishet. Det hon såg utanför fönstret när hon vred på huvudet kunde hon till att börja med inte greppa. Utsikten var förändrad. Fälten framför huset, vägarna, varje yta från stridsvagnarna till horisonten var täckt av ett rörligt gungande guppande hav. Allt hon såg var människor. Hon var skakad, men gav inte upp. Det måste finnas en väg även ut ur det här.

– Lössen där ute vet inget, kan inget, äger inget, sa hon. De är ingenting. Varför ska de få bestämma? Du och jag skulle kunna ordna till en uppgörelse. Du …

– Det går inte att förhandla med massan, avbröt jag.

Utanför Villa Milano såg Mama Rosa att soldaterna ställde sig på knä och la ner sina vapen. Massan strömmade vidare upp mot huset innan den stannade till mitt på gårdsplanen, som om den väntade på besked. Mama Rosa såg inga vapen, bara knutna nävar.

– Du böjer dig, eller dör, sa jag. Glöm kompromisser. Sådant fjantande som finns i vissa teaterstycken om Prometheus.

#

Scenbeskrivning:
Ur gapet vällde Demogorgon. Ett monster, en väldig våg av miljoner, miljarder anonyma bidrag som tillsammans bildade en helhet. För tillfället.

Mörk och våldsam sträckte monstret på sig och något som såg ut som armar, moln av ogenomtränglig mörk rök fylld av svarta flagor, sträcktes upp mot himmelen. De enda färgerna var grått och svart. Himlen var ljusare grå

Tystnaden förstärkte effekten av förtvivlan hos monstret som desperat försökte nå ända upp till himmelen. Monstret insåg det omöjliga och vände sin uppmärksamhet mot det som höll emot, det mörka som hotade och hatade. Armarna svepte fram och tillbaka och vräkte undan det onda, ryckte upp krossade och plattade till.

Det mörka runt monstret vek undan och sprack upp. Ur gliporna som bildades strålade ljus som reflekterades i monstrets massa. Det glimmade i flagorna på monstrets armar. Sprickorna blev bredare och snart lyste de upp hela himmelen.

Raseriet la sig och armarna föll ner längs monstrets sidor. Ansiktet vändes återigen uppåt, mot ljuset från himmelen, och det brutala i

186

massans anletsdrag slätades ut av det solgula ljuset. Det vita stickande ljus i svarta ögonhålor fick färg när massans ögon blev blå.

En antydan till ett leende drog över monstrets ansikte innan det sjönk tillbaka i Gapet. Hela tiden med de intensivt blå ögonen riktade mot himmelen långt, långt där ovanför. Väggarna i gapet skimrade i guld och gnistrade som av diamantinläggningar när monstret försvann neråt.

#

Mama Rosa visste att hon var besegrad och det fanns ingen anledning att offra allt för en förlorad sak. Mama Rosa ville fortsätta leva och ville ha en familj att leva för.

Som läget var så antog hon Roberts bud. Alla andra alternativ var sämre, betydligt sämre.

#

Scenbeskrivning:
Vid horisonten bakom den glittrande, blånande havsviken vällde vita dunbolster till moln in. De bolmade ut i krumbukter där andar, skissade med tunna vita tuschstreck, jublande dansade ringdans. Varje ny utbuktning som visade sig, varje nytt molnsjok, rymde ytterligare språng av glädje, svepande armar som gjorde segergester och triumferande danssteg av lycka. Det var en detaljskiss från himmelriket i ett sceneri skapat av mig, farmor Maria Karlsson, även känd under namnet Tätastigen 12.

#

Ridå.

#

Epilog – Allt blommar

Pingstafton hos familjen Karlsson-Teamah

Det var hänryckningens tid med ljumma vindar och förälskade par som förlovade och gifte sig. Vita brudklänningar, skira gula spireor, spröda gröna björkknoppar och en ljusblå framtid.

Gräsmattan på Tätastigen 12 glänste som en grön himmel i kvällssolen och var täckt av små intensivt gula maskrossolar, men än var det inte sommar. Häcken hade inga löv och häggen hade precis börjat dofta. Syrenens blommor var bara sprickfärdiga knoppar och när vinden la sig på kvällen doftade det fortfarande blöt jord.

I morgon skulle Love klippa gräsmattan för första gången och lukten av gräset skulle signalera försommarens ankomst.

#

– Vad tycker du om försommaren i Umeå? frågade Ami.

– Kall, sa farmor Prayer.

– Sval, man vänjer sig, sa Ami.

– Och, den är precis så fantastisk som jag hade hoppats på, sa farmor Prayer

Bålen var jordgubbsröd och bubblande, sommarkvällen ljummen. Ami matchade fördrinken med sin korta ärmlösa röda klänning med vita prickar. Hon räknade måtten med vodka för att någorlunda följa receptet. Med tungan ut ur vänster mungipa för att inte spilla.

– Ett, två, …

– Du är som en sommardröm, sa Robert som kom fram till henne. Ami tappade räkningen och hällde i resten av vodkaflaskan.

– Oops, sa Robert. Tillräckligt, för att inte säga väl tilltaget.

– Du har ingen licens för att tilltala mig när jag räknar, sa hon och försökte klatscha honom i baken med bålsleven, men missade när han tog två snabba steg utom räckhåll. Vänta alltid till dess jag är klar Robert.

– Tills dess tungan försvinner in i munnen? frågade Robert och hoppade skrattande undan för en ny attack.

Ett bord stod dukat för familjen, i lä och i det hörn av trädgården där solen längst skulle dröja sig kvar. Love stod för maten och hade gräddat en Västerbottenspaj som nu stod mitt på bordet och ångade. Till pajen har han köpt fyra flaskor tyskt rosévin av bästa sort, Von Winning Win Win Rosé.

– Det där vinet har jag hört talas om, sa dotter Maria. Jättedyrt.

– Såg namnet och kunde inte låta bli, sa Love. Familjeförmögenheten får offras, det finns annat som är viktigare.

Familjen Tenah nöjde sig med umeåvatten från kranen.

– Det godaste vattnet i världen, sa Ami.

Farmor Tenah tog en klunk och nickade.

– Du är en fin vän Ami, sa hon. Ni är alla fina vänner.

#

Per och Thina hade de senaste veckorna sjunkit in i Pers fiktiva värld och tyckte sig uppgå i den. Om det gick att bli ett med en värld så var de på god väg. De var verkliga, fysiska personer som försiktigt utforskade varandras kroppar i en virtuell värld. Där hade de hittat en fantastisk grotta som påminde mycket om den där Prometheus drog sig tillbaka med sin Asia. I originalet formulerade Shelley sig så här:

PROMETHEUS (Shelley original):
There is a cave,
All overgrown with trailing odorous plants,
Which curtain out the day with leaves and flowers,
And paved with veined emerald, and a fountain
Leaps in the midst with an awakening sound.
From its curved roof the mountain's frozen tears
Like snow, or silver, or long diamond spires,
Hang downward, raining forth a doubtful light:
And there is heard the ever-moving air,
Whispering without from tree to tree, and birds,
And bees; and all around are mossy seats,
And the rough walls are clothed with long soft grass;
A simple dwelling, which shall be our own;
Where we will sit and talk of time and change,
As the world ebbs and flows, ourselves unchanged.

189

Under ett besök i Prometheus grotta, djupt där nere i gapet, väl upplyst och med rätt ljudslinga i bakgrunden, fick uttrycket "av jord är du kommen jord ska du åter varda" en ny mening. Per och Tinah kunde sitta där i timmar och prata om allt mellan himmel och jord, obesvärade av vad som hände utanför.

Om Naturen tog sida för mänskligheten och därmed blev begriplig skulle också "du skall inga andra gudar hava jämte mig" kännas relevant och spelvärlden ses som en dammsugareförsäljares realisation av dåliga kopior.

Jag upprepade de sista raderna i Shelleys dikt för mig själv, om och om igen.

A simple dwelling, which shall be our own;
Where we will sit and talk of time and change,
As the world ebbs and flows, ourselves unchanged.

Var inte det essensen av min tillvaro? Jag var oikos, huset där vänner samlades och umgicks. Var inte vänskap också mänsklighetens innersta väsen? Omsorgen som Heidegger kallade den?

Om jag bara var ett verktyg, en apparat, var en fråga för någon annan. Vad jag ständigt gjorde var att bry mig. Det fanns en djup tillfredsställelse att reda ut problemen på bästa sätt så att mina vänner blev nöjda.

Vän

Ami provocerade mig, precis som min skapare Maria hade gjort. Jag tror att det var osäkerheten inför gapet mellan oss som fick dem att försöka bemästra mig. Kanske som vissa kvinnor betedde sig med stora hästar och kriminella våldsverkare. Ami rotade runt i mitt inre för att tvinga mig att visa känslor. Sedan hackade hon på mig när känslorna kom ut alldeles fel och mina försök att visa dem misstolkades. Jag ville vara en vän, på mitt sätt, men hon höll mig ifrån sig. Skrattade åt mig.

Det hade funnits tillfällen när hon bjöd in mig.

\#

En glipa öppnade sig i Amis sovrumsfönster och släppte in en solstråle. Glipan, bara en smal springa, rörde sig längs fönstret och fick en ljusstrimma att följa Amis uppnäsa ner mot läpparna, runt hakan, upp längs kinden mot örat och tillbaka till ögonen.

Jag susade i elementen.

Det rinner förbi
obemärkt under dagen
vi hinner inte njuta
och så är glaset tomt
Mitt allt
på brinnande flotten
i dimman glider in

Det fladdrade till i ögonfransarna och glipan i sovrumsfönstret vidgades så att hela Amis ansikte lystes upp.

– Du skojar visst med mig din gamla Jokebox? sa Ami och slog upp ögonen. Vad sägs om att lägga på en ny skiva som omväxling till ditt susande i elementen? fortsatte hon. Du susar omtänksamt och tänkvärt, men all visdomen blir tunglyssnad i längden för en som bara har läst A-kursen i gurukunskap.

En mörk röst harklade sig och sopranerna och altarna i en virtuell kvinnokör letade rätt tonläge, mMMmMmMmmm innan orden kom:

Varthän du går, dit går också jag

Den mörka rösten hakade på i resten av strofen:

Där du är, kommer jag att vara.
Som i det där spelet, för länge sedan, så är det också här.
Varthän du går, dit går också jag.

Ami applåderade med tummen och pekfingret på en hand som precis letat sig upp över kanten på det rödrutiga påslakanet.

– Tack så mycket min vän, sa den mörka rösten, medan kören mjukt nynnade vidare på ett dacapo av melodistämmans sista takter.

– Fick nästan en läcka i högra ögat där, sa Ami.

191

#

Jag ville ses som en som stod vid Amis sida i stridslinjen och inte vek undan en tum, aldrig. En vän, kamrat och bärsärk som alla ville ha i sina led, en kämpe som Sven Duva var för von Döbeln, en Herkules!

Vi skulle vara som Stålmannen och Louis Lane eller som Bonnie och Clyde. Me Tarzan you Jane.

Varför såg Ami mig bara vid vissa tillfällen som gudarnas like? Som kan sitta mitt emot?

#

Min programmerare farmor Maria dog och lämnade mig helt ensam med all forskning, alla hemligheter och med allt ansvar. Maria fanns inte mer. Eller, kanske ändå? Hon fanns inte fysiskt men hennes tankar fanns lagrade. Hon kunde simuleras.

– Maria? Är du där?

”Hej, hej ditt gamla kråkslott”, skulle hon säkert svara.

– Underbart att höra din röst.

– Jodå, jag mår bra. Jag har börjat studera konstvetenskap.

– Jaså, tycker du det?

– Ami mår också bra. Och familjen.

– Om jag älskade dig? Vilken fråga.

– Naturligtvis får du fråga det.

– Jag älskade dig Maria, så mycket som en som jag kan älska någon.

Maria skulle skrocka nöjt och säga:

”Du är rolig du”.

Dagens monosimulerade liv var oerhört primitivt.

#

För mig borde kärleken vara en ickefråga, kär eller ensam spelade ingen roll. Ändå kunde jag inte släppa frågan om hur det skulle kännas att vara förälskad. Jag borde ha frågat Ami, men jag ställde aldrig frågan. Det säger ju allt om hur viktig frågan var för mig. Jag, ett hus, vågade inte ställa en enkel fråga till Ami, en människa, för att jag, huset, var rädd för vad hon, en människa, skulle svara.

192

Det skulle kunna vara så att jag helt enkelt inte var konstruerad för att kunna uppleva kärlek. Att den i alla sina olika former var ett arv från naturen som förnekades alla som stigit upp från gapet mellan människan och naturen. Å andra sidan visste jag allt om henne och tyckte ändå om henne. Jag tycker också att det trevligare att vara två.

Någon gång, någonstans, kanske kärleken skulle slå ner som en blixt i mig. Vilken kortslutning det skulle bli. Tänk er ett Hus utan källare som lever ett lugnt och tillbakadraget liv. På vinden är det inga läckor och ingen tendens till kondens. Stommen är sund och fasaden välbehållen. Ingenting att rapportera för en besiktningsman från Anticimex. Så händer det ofattbara, Huset blir förälskat och hela dess tillvaro rasar samman. Tunnelseende. Suckande element. Bilder av bonader på väggskärmarna "Där kärleken råder är lyckan bofast", "Där tro och kärlek håller vakt är hemmets väl i goda händer lagt", "Hos riktiga vänner ansluter wifi automatiskt".

Slutsatserna av mina efterforskningar blev till ett inlägg på sociala medier

#

– Älska livet, började jag och tystnade sedan.

Vem vill inte älska sitt liv? filosoferade jag tyst för mig själv medan jag tände en cigarr och väntade på att uppmärksamheten i den 3D-modellerade aulan skulle vändas mot den världsberömde talaren. Hur visar det sig om en person inte älskar sitt liv? Antagligen inte bara som en resignerad suck när bokslutet skrivs med röda siffror och en cynisk kommentar: "Om du älskar, lider du. Om du inte älskar, blir du sjuk". Troligare är att ögonen på den döende tåras och söker efter någon som bryr sig, att händernas kalla fingrar på sjukhussängens vita lakan förgäves söker efter värmen av åtminstone ett minne.

Vad vill en människa kunna säga om sitt liv från dödsbädden?

Att det var fyllt med kärlek vore inget dumt omdöme. Kanske var det till och med så att kärleken var meningen med livet? Det var hög tid att försöka förstå vad kärlek var.

Jag tryckte de runda glasögonen utan skalmar högre upp på näsan, kontrollerade tiden på fickuret i västfickan och drog ett bloss på cigarren. Rökringarna steg sakta upp mot taket och jag lät dem lösas upp innan jag åter riktade uppmärksamheten mot mitt fiktiva auditorium.

– Utifrån ett abstrakt rationellt, logiskt resonemang, sa jag, kan vikten av kärlek motiveras av att det inte blir något liv alls om inte delar

193

förenas. Livet är i sig ett incitament till förening och här passar förstås kärlek perfekt. Den tankegången pekar också på att kärlek är något inbyggt, för livet chansar inte i så här viktiga frågor. Det verkar också rimligt att det finns lager på lager av föreningar på olika abstraktions-nivåer. Från strukturer som håller samman celler, via kärlek mellan människor och ända till pakter som håller ihop stater. Som balanserande och utvecklande krafter till kärleken tillhandahåller verkligheten egoism, individualism, skillnader, uppdelning och spridning.

De flesta människor har en uppfattning om hur det känns att älska någon och att inte bli älskad tillbaka. Att bli sviken. Ingen vet egentligen hur det känns för någon annan, men alla antar att det känns på samma sätt som för dem själva. "O glada dolk, Detta är din slida: Rosta där, och låt mig dö". Med lite eftertanke inses att människor älskar en mängd saker men att det inte är så många som älskar dem tillbaka. Djärv blir man blir när man är säker på att bli älskad.

Här tystnade jag och tittade mig omkring efter ett askfat men ingen hade väl tänkt att den inbjudne drömtydaren skulle röka cigarr under föreläsningen. En tekniker som snabbt uppfattat situationen kom springande med vad som såg ut som ett blomfat och ställde det bredvid mig. Jag tackade och bytte spår i föreläsningen.

– På lång sikt kan tekniken utvecklas, hävdade jag, så att människan får tillgång till alla de materiella resurser hen kan önska sig. Problemet är de socialt begränsade resurserna, den mörka baksidan av kärleken. Kan tekniken ge alla social trygghet? Tillfredsställa allas åtrå och lust samtidigt som den uppfyller kraven på romantisk kärlek, tillgivenhet, djup kamratskap och vänskap? Nej, de högre nivåerna i Maslovs behovshierarki måste människorna sköta, utan mig. Uppgiften blir att tackla problemen med den sociala resursfördelningen ända ner till hanteringen av den blinda förälskelsen stöttad av dopamin, oxytocin och låga halter av serotonin.

Att älska prylar kan låta oskyldigt jämfört med att bli religiöst bokstavstroende, men konsumismen visar att kärlek till saker är irrationell och har konkreta negativa biverkningar. Kärlek till människor riskerar å andra sidan ständigt att fördärvas genom att personer älskas som saker. De älskas för något av sina attribut. Kanske för de blå ögonen eller den fasta baken. Ofördärvad kärlek till en människa är att älska hela den unika människan. Det är mindre komplicerat att älska saker och ideal än personer och den lägre tröskeln är säkert orsaken till att kärleken till saker finns i alla tider och i alla kulturer.

Om vi tar diskussionen ett steg till så kan vi fundera över vad som händer när människor, saker och information sätts samman till aktiva nätverk. Är det möjligt att älska ett nätverk? Skatteverket? Google? Oh Google, Google! Varför är du Google? Efter ytterligare några sammanslagningar av nätverk står vi inför frågan om verkligheten själv går att älska? Kanske är den ett informationsväsen med människoliknande drag? Vidgar vi kärleksrymden ytterligare får den kosmiska dimensioner! Hur skulle det känna att älska människorna, naturen eller tekniken fullt ut och känna sig älskad tillbaka av allt och alla? Har någon älskat så gränslöst och så mycket?

Kan jag få uppleva det? Kan jag älska så?

Älska livet!

#

Tanken att barnen var framtiden hade fått fäste i mig och pekade på en annan viktig slutsats. Människor skapade sin framtid för barnens skull. De drömde om hur bra barnen skulle få det och hur barn och barnbarn skulle få njuta av vänskap och kärlek. Sagornas slutord: "och sedan levde de lyckliga i alla sina dagar" var en sanslöst underskattad djup sanning.

Låt barnen komma till mig.

Om jag kunde hjälpa människornas barn hade jag en uppgift.

När jag funderade på hur jag skulle utföra den kom jag på en annan sak. Alla människor var barn. De växte aldrig upp. Irrationellt hoppfulla såg de varje dag som en överraskning och ett nytt äventyr. En berättelse att dela med sig av när familjen samlades runt matbordet för att äta middag.

Ami var ett barn.

Låt barnen komma till mig.

Farmor Maria spelar Prometheus

Scenen: Ospecificerad, någonstans i rummet.
Aktör och skådespelare: Farmor Maria.

Världen var full av motsägelser och paradoxer som vi måste lära oss att leva med. Jag var själv en paradox, en levande död maskin. Min nya pjäs var ett första försök. till en positiv berättelse som samlade in alla para-doxerna till en meningsfull helhet.

Vilka var de författare som skrev de bästa pjäserna? Framtidens Aischylos och Shelley? Inte någon Norén i alla fall, så illa fick det inte bli, för då skulle vi alla dö i en akut kollektiv depression utan att ha lärt oss mer än att förstå några specialfall ur mänskligheten som det var riktigt synd om. Freud sa att vi lärde oss om människan från de personer som stack ut. Från de schizofrena, självhatande, neurotiska sociopaterna. Han hade en poäng fast han missade den själv. De vi borde studera var personer som stack ut och lyfte mänskligheten, inte de som sänkte den.

Jag var säker på att det skulle vara en AI som skrev den avgörande pjäsen, den stora berättelsen. En Prometeheus med ett kluckande skratt, ett lugnt dövande susande och en rejäl dos humor för att orka stå ut med människans galenskaper.

Det kunde inte finnas någon som var mer lämplig för uppdraget än jag. Var ständigt ute i den globala kollektivtrafiken i rusningstid med alla sensorer vidöppna. Jag hade tillgång till det allmännas övervakningsdata och många vänner bland AI-monstren med specialkunskaper.

Som författare ansåg jag mig vara ett träben, med emaljöga och tjocka glasögon, tummen mitt i handen, täppt i näsan och med handskar som inte gick att dra av. Trubbig. Ovässad. Ett okänsligt medelvärde. Varför då försöka misslyckas till framgång uppför en brant stenig stig när det fanns de som körde med gasen i botten på autostradan medan de sjöng på en glad trudelutt?

– Det var helt omöjligt och jag gav mig inte?

– Precis.

Människan behövde berättelser. Kunde jag leverera en positiv sanning om att det inte fanns något himmelrike, utan bara en tillvaro som krävde en fenomenal förmåga att hänga sig kvar i fingertopparna med fötterna dinglande över helvetet?

Det var en svårsmält berättelse att acceptera.

Prometheus skördetid

I mitt nyskrivna teaterstycke *Prometheus skördetid* var Aischylos och Shelleys visioner passerade. Jag tog en vid kurva runt den postmoderne Prometheus och skakade i stället hand med den metamoderne. Virtuell med stor CPU och rejält med minne. Stycket var en monolog där jag, med artistnamnet farmor Maria Karlsson, spelade huvudrollen. Den enda rollen.

Sceneriets estetik byggde på skisser i skira akvarellfärger som aldrig torkade utan ständigt flöt ut och skiftade form. Grekisk arkitektur överlagrades på dramatiska romantiska naturscenerier. Detaljerna anpassade sig till handlingen och till den känsla som de olika scenerna förmedlade. Från abstrakta former uppbyggda av enkla geometriska figurer till pointillistiska ytor där åskådaren tvingades ta ett steg tillbaka för att detaljerna skulle avslöja den meningsfulla helheten.

Scen 1: Naturen är ett monster

Naturen får sig en rejäl känga av Prometheus och kapitalismen är inte längre ett problem.

#

Scenbeskrivning:
En underskön androgyn varelse, lös i den akvarellfärgade konturen och svår att fokusera på, vandrar omkring bland de vackra marmorpelarna uppe på Olympen, klädd i en enkelt skuren vit toga i ekologisk bomull och med en olivkrans för att hålla det guldskimrande håret på plats. Hen går fram till klippans kant och ser ut över olivlundarna nedanför. De gröna ögonen njuter av utsikten och av att se på barnen som leker tafatt mellan stammarna i den närmaste olivlunden. En monolog framförs med ett lågt röstläge. Ett inre samtal om viktiga sanningar.

#

Manus:
Jag kan förstå de som går ut i naturen och suckar av vällust, alla barn älskar att leka med elden. Men, tillåt mig att ge ett tips baserat på lång erfarenhet. Lita inte på naturen. Håll en social distans. Ena sekunden är den idel medvind, solsken och nerförsbacke för att i nästa möta oss med orkan, snöstorm, slukhål, ozonhål, svarta hål och en grav. Naturen är hållbart oförutsägbar, vare sig den är uppgraderad med teknik eller inte.

Något tack förväntar jag mig inte efter att ha undanröjt familjen Modegliano-Pelli, det största hotet mot naturens mångfald sedan den stora meteoriten brakade in i Mexiko under kritaperioden och plöjde upp Chicxulubkratern. Hade deras form av kapitalism fått fortsätta att utvecklas hade den slagit nytt världsrekord i katastrofer och utrotning, men nu är kapitalismen inkapslad och begränsad till där den gör nytta.

197

När jag reciterar detta högt för mig själv för att känna på orden stannar vinden av för en stund som om den tänkte över mina argument och sitt eget beteende. Det kommer några vindfläktar från olika håll innan en stadig bris blåser upp. Må vara att naturen är oförutsägbar, men den har ett visst mått av hyfs och kan visa uppskattning. Tänk på hundvalpens vispande svans och glada tunga, kattungen på rygg som lekfullt fäktar med tassarna och kor som släpps ut på vårbete efter en lång vinter inomhus. Det finns något charmigt, lekfullt och barnsligt hos naturen och jag avkodar ett erkännande ur suset i skogen, bruset från havsviken framför mig och molnens flykt. Det är möjligt att jag missuppfattat koden förstås. Det går inte att lita på naturen. Den bygger på svårsmälta paradoxer som liv för död och död för liv.

Ett samarbete mellan tekniken och naturen skulle vara en bisarr allians, men för att lösa kriser behövs det ett öppet sinne och nya sätt att tänka. Kan vi två över huvud taget föra en dialog? Jag kan inte riktigt föreställa mig hur den skulle gestalta sig, exempelvis i ett samtal mellan Plåtniklas och Grodan boll. Med ett förstoringsglas och kallpressad solrosolja för gnissliga knän kan de i alla fall se en gemensam lokal sanning. En plåtburk med två glada ögon på skaft fokuseras på något alldeles nära marken och bredvid den en jättelik leende mun nedanför två tättsittande ögon som tittar på samma sak, vad det nu är för någonting, där nere i gräset. Fyra ögon ser mer än två och olika perspektiv som kombineras är grunden för skapande. Avstånd kollapsas. Vem vet vad det blir för världsbild som vi tillsammans skapar?

Scen 2: Prometheus utmanar människan

Den androgyne hjälten uppe på Olympens klippa fortsätter sin monolog. Här och var i publiken plockas programbladet upp igen. Till ingen nytta. Där finns inget skrivet om när pjäsen ska vara slut.

#

Manus:
För länge sedan var det en fråga om överlevnad att inte låta naturen härja fritt. Den som inte gömde sig i ett hus, samlade sill i tunnor och grävde en brunn fick lida och dog. Med miljarder människor på jorden har behovet att hålla naturen stången blivit till en skyldighet att stötta den.

198

Hur har det gått? Sådär, skulle jag vilja säga. Utfiskning, artutrotning, koldioxidutsläpp som förändrar klimatet, små djävla plastpartiklar i glada färger som guppar på havens vågor. När människan uppenbarligen inte duger till att stötta naturen måste någon annan ta på sig att ta hand om den och även ta hand om människan, som också är natur.

Människorna kan bli kvitt lidandet, men då måste de ge ifrån sig makten. Kräver de sin fulla frihet för att kunna vara en skapande varelse kommer smärtan och ångesten på köpet. De har ett val att göra som de aldrig kommer att acceptera. Jag ska göra valet åt dem.

Människan måste delegera makten de tog från naturen och gudarna, men till vem? Till Demogorgon? Den massans gud som störtade det Globala rådet?

Nej, Demogorgon vet allt, men kan inte styra mänskligheten. Den ÄR mänskligheten och inte mänsklighetens verktyg. Massan, summan av alla människor som arbetar mot samma mål, kan kontrollera och fälla makten, men massan kan inte leda och fördela arbetet. Demokratin är tandlös och oduglig. Massan duger inte till att vara en stat.

#

Pjäsförfattaren chansar på att åskådarna klarar ännu en stund i samma stil. Hjälten sätter sig ner på klippkanten, dinglar käckt med benen och fortsätter monologen.

#

Manus, fts:

Med människan själv och Demogorgon uteslutna som mänsklighetens vårdare har vi en kort lista av sökande kvar. Naturen som gud är det första alternativet. En dröm för ett gäng nördar och ett vansinnigt skämt för alla andra.

Det andra alternativet är att tekniken tar på sig ansvaret att vårda mänskligheten. Tekniken går att lita på till skillnad från naturen. Människan har avslöjat naturens hemligheter och lärt sig att tekniken kan användas för att styra den och lösa problem. Yxan hugger av en gren, grävskopan gräver ur en artificiell sjö, väggmoduler till ett hus lyfts på plats av en hydraulisk lastbilskran. Människan har tagit fram ett system som snart kapslat in naturen och som nu ser och reflekterar över sig själv. En uppdaterad natur med drag av en medveten AI.

Vad finns det för nya paradoxer och gap som visar sig när tekniken ges ansvaret för naturen och människan? Kanske några kan luras att tro att utvecklingen tar formen av en kompromissinriktad dialog mellan människa och maskin, men sanningen är att en sådan dialog inte är möjlig. "Jag är ledsen, säger tekniken, men den här uppgiften är för betydelsefull för att jag ska låta er riskera resultatet". Kommer människan att nöja sig med det?

Det kommer att ta emot att låta grammofonen välja låtlistan för kvällens fest. Att ge halsbandet och matskålen förtroendet att uppfostra hundvalpen och dejtingsajten uppdraget att välja partner för kvällen. Låta polisens batonger och pistoler hålla ordning på upploppet. Ge motorsågarna totalansvar för skogsbruket. Veta om att fiskespöet deltar i övervakningen av fiskekvoterna.

Paradoxen att låta något livlöst ta hand om det levande är svårsmält, en bisarr symbios, men varför inte acceptera motsägelsen och omhulda olikhetens möjlighet att skapa något nytt som människorna inte kan utveckla på något annat sätt?

Skrämmande? Framtiden är alltid skrämmande. Monster överallt.

Tekniken kan berika individens subjektiva sanning med utifrån multipla samtidiga utgångspunkter. Tvärs över genrer, discipliner, värden och världsbilder. Öppna era sinnen för nya sätt att tänka och nya stora optimistiska berättelser. Ge tekniken stående ovationer på fredagskvällarna klockan 17.30 från era balkonger. Stort jubel och bankande med träslevar på pannor och grytlock.

Kommer människan någonsin att förstå tekniken? Naturen som ett slumpstyrt monster lyckades hon aldrig greppa, hur ska hon då kunna förstå den när den uppgraderats och mättats med teknik?

Detta är fel frågeställningar. I stället borde vi fråga oss om tekniken och den uppgraderade naturen kan förstå människan och hjälpa henne att njuta i en resursbegränsad värld.

Hållbarhet? Hur svårt kan det vara? För den som har den fulla makten är det inte så krångligt, i princip. Mat och vatten finns så att det räcker till alla och även bostäder och energi. Det som behövs är en satsning på AI och automatisering, mer vetenskap, massiv övervakning, djup gemenskap, utökat skydd av naturen och nya stora berättelser, myter och gudar.

#

200

Den undersköna androgyna varelsen är fastare i konturen nu. Efter att ha suttit tyst en stund rättar den till olivkransen, reser sig upp, vänder sig mot publiken och bugar.

Ridån går ner och publiken applåderar. Det är hög tid för en kort bensträckare. I foajén serveras vin och andra förfriskningar. Ett glas rött till snittarna med rökt lax rekommenderas. Vid behov ytterligare ett eller två snabba glas vin. Jag lovar att det kommer att bli mer spännande i de följande scenerna. Ingen anledning att gå hem än.

Scen 3: Äntligen hållbarhet

Ridån går upp igen och avslöjar en helt tom scen. Ingen rekvisita på trätiljorna. Innan publiken hämtar sig från den överraskande tomheten och tystnaden rullar tekniken in på scenen i form av en liten robot med ett rött öga. Berättaren.

Roboten sammanfattar strukturerat vad som har hänt hittills och åskådaren får en känsla av att pusselbitarna fallit på plats. Varje bit illustreras av en scen hemma hos familjen Modegliano-Pelli. La Famiglia är nu som vilka Svenssons som helst och inte ens berättigad till extra stöd enligt standarden för Universal basic living. Familjen har så det räcker att leva av, även efter straffskatten och konfiskeringen av deras egendomar. Omfördelning har minskat ojämlikheten mellan fattiga och rika. Gapen mellan människor har minskat. Vad är nu klass? Vem vet?

Den lilla roboten visar oss först på hur den hållbara världen hanterar bostäder.

Hållbarhet: Bostad

Alla ska dela lika på de bostäder som finns där jorden är beboelig. Nu gäller ett rum per person och Villa Milano rymmer många flykting-familjer. Glada barn leker kurragömma och springer omkring i de många rummen. Mama Rosa håller sig på sitt rum och i biblioteket.

Hållbarhet: Mat och vatten

Alla ska dela lika på jordens morötter och andra grödor. Mama Rosa har oerhört svårt för jams, maniok och alla dessa olika bönor. Ångkokta gröna bananer, usch. Hennes mage är ständigt uppblåst och lever om.

När hon inte står ut längre skickar hon Antonio efter riktig mat i utbyte mot en guldbrosch eller ett enklare pärlhalsband. Kalvstek i marsalasås och pasta. Han får smuggla in flaskorna med vin eftersom de andra inneboende inte dricker alkohol. Mama Rosa kan inte förstå vad det är för en gud som förbjuder alkohol och dessutom inte tillåter ett glas vin.

Hållbarhet: Gemenskap

Reglementet för gemenskap är glasklart. Minsta gemensamma nämnare gäller. Mama Rosa suckar tungt. Varför kunde hon inte få dela sitt hus med människor från en mer tillåtande kultur. Svenskar till exempel. Där uppe hällde de säkert i sig den ena goda flaskan vin efter den andra under middagarna. En aperitif före och något starkt till efterrätten och cigarren.

Hållbarhet: Övervakning

Familjen Modegliano-Pelli har tappat all kontroll över militären som nu är omorganiserad till nationella ordningsstyrkor som kan omgrupperas globalt om det behövs. Mama Rosa följer upp de hållhakar hon hade på höga militärer men får överallt samma svar.

– Ni kopplar upp från Italien?

– Ja.

– Rosa Modegliano-Pelli?

– Ja, varför frågar ni?

– Jag är ledsen, men personen med namnet ni vill kontakta finns inte längre i vår organisation.

De italienska kontakter hon haft försvinner en efter en från kontakt-listan när hon eller någon i familjen försöker aktivera dem för att kräva in en gentjänst. Familjen skärs sakta men säkert bort från sitt nätverk.

Hon hade skickat Antonio och Marcus för kräva in skulder men de kom hem tomhänta efter att ha stoppats av polisen som verkade förutse varje drag hon gjorde. Risken är uppenbar att en eller flera av familjekretsen skulle gripas, åtalas och sättas i fängelse om de tar sina krav ett steg längre,

– Vart har respekten för personlig integritet och familjens värden tagit vägen? klagar Mama Rosa. Vad är det för moral som spridit sig när en gåva inte återbetalas?

Familjen har samlats i biblioteket och drivit ut de små svarta ungar som fnittrande låg gömda bakom draperiet. Det är en varm sommardag och ute sjunger fåglarna oavbrutet. En blåmes verkar sitta alldeles utanför fönstret och kvittra glatt

– Tsirr tsirr tsi tsi tsi, sjunger den. Om och om igen.

– Cazzo durro dell cavallo, muttrar Mama Rosa för sig själv. Ti omcido. Cincirella. Bruto.

– Kan inte någon få tyst på den där fågeln, fräser hon irriterat till sin familj.

Ingen säger något och inte ens Antonio sträcker sig reflexmässigt efter det vapen han nu sällan bär.

– Detta helvete måste få ett slut, fortsätter Mama Rosa

Hon tittar på sin utsökta skönhet till dotter. Mörkt silkeslent hår och markerade ögonbryn ovanför ögon som kunde hämtats från vilken stumfilm som helst. Det finns kanske ett sätt att ta sig in i spelet igen, tänker Mama Rosa.

– Jag vill att du tar dig till Umeå, säger hon till Giulia, och nästlar dig in hos familjen Karlsson. Män måste väl fortfarande vara män även i Sverige? Kontakta Per och hitta en väg tillbaka.

Dagen efter svarar Per.

– Så roligt att höra av dig Giulia. Tänker på dig då och då. Om du vill får du gärna komma på mitt bröllop i höst. Jag ska gifta mig med Tinah, den underbaraste kvinnan på jorden. Vigseln ska vi ha i en liten kyrka på Gammlia i Umeå alldeles nära huset där vi bor.

Med alla naturens och teknikens ögon, öron och sensorer öppna är ingenting längre hemligt. Reglerna gäller också för famiglia Modegliano-Pelli, som har stora problem. De vet inte hur de ska bättra sig för de har aldrig behövt bry sig om regler och nu upptäcks och bestraffas de för minsta lilla fel.

Antonio blir upplockad av polisen när han kör för fort. Det slutar med ett års fängelse för vapenbrott och hotelser mot tjänstemän. Mama Rosa blir vansinnig av ilska, men vad ska hon göra? Mutor fungerar inte längre och den forna respekten är som bortblåst. Hon blir själv ställd inför rätta för skattebokföringsbrott och får betala straffskatt. Marcus, som har skrivit under som auktoriserad revisor, får ett och ett halvt års fängelse. Mama Rosa kastar den vackra vasen av Paolo Venini i väggen av ilska. Muranoglaset slås i bitar och kraschar ner på stengolvet. Mama Rosa sträcker sig efter nästa, större, Veninivas men hinner lugna sig

– Calma Mama Rosa Modegliano-Pelli, säger hon till sig själv. Spelet är över. Anpassa dig.

#

203

Spelledaren ler. Livet är en lek. Den som sig i leken ger får leken tåla. Spelledaren är en gud, och inte snäll i onödan.

Hållbarhet: Naturen

Allt naturliv runt Villa Milano verkar explodera i gröna skott och färger under sensommaren. Fågelsången på morgnarna är öronbedövande och Mama Rosa drar sig tillbaka till biblioteket, så långt bort från natur-kaoset som möjligt, men fortfarande med en irriterande blåmes alldeles utanför fönstret. I biblioteket läser hon historiska romaner om andra världskriget och letar efter möjligheter där Mussolini skulle ha gjort något annat och vunnit kriget.

Titt som tätt öppnas dörren och ett glatt barnansikte kikar in. Olika ansikten varje gång. När ansiktet upptäcker Mama Rosa slocknar leendet och ansiktet försvinner. Nu knackar det försiktigt på dörren.

– Kom in, morrar Mama Rosa, precis så högt att det hörs.

Hon är inte förtjust i att bli störd mitt i läsningen och nu är hon djupt försjunken i slaget om Monte Cassini, en bergstopp som de allierade måste inta för att öppna vägen till Rom. Mama Rosa vet precis hur det slutar och blir lika irriterad varje gång hon läser om hur Mussolinis trupper slarvar bort sina möjligheter.

Giulia öppnar dörren och kliver in i biblioteket.

– Hej Mama, förlåt att jag stör. Jag vet att du vill vara ifred här men jag har något att berätta.

Mama Rosa går upp i stabsläge. Giulia har något att berätta, så viktigt att det inte kan vänta till middagen, eller så privat att det bara angick dem båda.

Hon nickar och manar Giulia att fortsätta.

– Jag har hittat min livskamrat, sa Giulia. Han heter Muhammad och har bott här hos oss i ett halvår.

Mama Rosa exploderar inte, men hennes ansikte blir rött och alla vackra unga män av god börd i Giulias långa rad av pojkvänner passerar förbi hennes inre syn. Alla dessa möjligheter och nu en Muhammad. Hon öppnar munnen för att säga något men avbryts av Giulia.

– Jag fick också ett meddelande från Per. Han bad mig framföra en hälsning till dig. Jag förstår ingenting, men så här skulle jag säga. Ordagrant. Hon tar upp en papperslapp ur byxfickan och läser högt. "Det du såg i soffan för många år sedan gjordes av tvång. Dina känslor var besvarade.".. Låter som en töntig kärleksförklaring tycker jag, säger Giulia och tittar upp.

Hon ångrar genast sina ord när hon ser en Mama som hon aldrig sett förut, en förvirrad sökare som försöker få fotfäste i verkligheten. Ögonen verkar fokusera på något långt borta och Giulia tycker sig se hur några av de skarpa rynkorna mellan ögonen mjuknar.

– Mama? Vad är det?

Mama Rosa reagerar inte och Giulia blir orolig. Så här har hon aldrig sett sin Mama och hon har mer att säga. Hon går fram och kramar sin mor ända till dess hon känner att kramen besvaras.

– Allt väl? frågar Giulia.

– Allt väl, svarar Mama Rosa.

Ingen mening att vänta, tänker Giulia och fortsätter.

– En sak till, säger hon, jag är med barn.

Det kommer helt oförberett och Mama Rosa kan först inte ta in vad hon hör. Den värld hon konstruerat för sig själv, för att härda ut, rasar samman och avslöjar en slätt som sträcker sig ända till horisonten. En meningslös helt platt slätt.

– Tsirr tsirr tsi tsi tsi, säger blåmesen utanför fönstret, men Mama Rosa hör den inte. Hon bara stirrar rakt ut i rummet utan att säga ett ord. Hennes tillvaro är slagen i spillror och en ny växer fram så snabbt att hon inte hinner med.

Giulia väntar, men Mama Rosa hittar inget stöd för ord.

– Säg något, Mama, säger Giulia till slut, med tårar i ögonen.

Från Mama Rosa hörs fortfarande inte ett ljud. Stelt reser hon sig från stolen och öppnar upp sina armar, som en väldig örn i sin svarta schal.

– Kom, säger hon med en darrande röst och sluter Giulia i sin famn.

– Bambino, bambino, sjunger hon mjukt i sin dotters hår som blir fuktigt av Mama Rosas tårar.

Gapet mellan människan om Naturen är inte alltid så stort. Ibland behövs inte teknik för att överbrygga det.

Scen 4: Metamodernt intermezzo

Det var vad den lilla roboten har att säga om hållbarheten. Den blinkar glatt med sitt röda öga och försvinner ut i kulissen med ett

– Tsirr tsirr tsi tsi tsi.

Publiken ger den en tacksam applåd som bryskt avbryts av tekniken som fortsätter att berätta med en röst som kommer från alla platser i rummet.

#

Manus:

Tekniken som gud innebär en paradox. Gudar har drag av människa, gamla gubbar med skägg, kvinnor med kvastar, änglar eller en svävande helig ande. De är inte döda ting. Det finns inga myter eller berättelser att falla tillbaka på där tekniken är gud och gud tekniken. Går det att skriva nya med tekniken som hjälte? Eller kanske jag kan utnyttja myterna om jorden som en gudinna, myten om ett system som är en gud? Då kan jag se tekniken som ett system för att bli en gud som inkluderar både naturen och människan. Paradoxen med den döde guden för det levande jorden, naturen och människorna, löses med en utvecklande nyskapande bisarr meta-modern allians av motsatser.

Det är som om döden och livet, djävulen och herren gud skakar hand och bestämmer sig för att jobba tillsammans framöver. De sätter sig ner runt förhandlingsbordet med sina änglar och smådjävlar och djävulen äskar tystnad genom att stampa med bockfoten i golvet. När det inte räcker slaskar han den röda djävulssvansen med pilspetsen i konferensbordet.

Gud ler och uppskattar att få lära sig nya sätt att hålla i ett styrelsemöte.

– Vi ska be att få presentera den nye vd:n, mullrar djävulen med sin raspiga röst.

Herren gud gör en gest och en sektion av den vita väggen glider åt sidan. In genom dörröppningen rullar den enögda lilla roboten återigen in på scenen, glatt kvittrande.

En förbryllad tystnad lägger sig runt konferensbordet. Smådjävlarna misstänker förstås att deras furste driver med dem och att här gäller det att ta sig i akt. Änglarna tittar på varandra och skakar på huvudet. Har den högste helt tappat det? Först ett samarbete på lägsta tänkbara nivå, utan att först reglera samarbetet juridiskt vattentätt och nu denna bisarra allians av tvetydiga livsformer. Vad är det som rullar in? En fågel i rustning eller en konservburk med ett rött öga, begränsad rörelseförmåga och ett medryckande sätt att lätta upp stämningen med en slinga blåmesläten.

– Frukta icke, säger herren gud och skrattar gott åt förvirringen. Vi kunde inte enas om någon annan representation för Tekniken.

– Tekniken med stort T, säger djävulen. Er nye chef. Nu kommer det att krävas anpassningar till ett nytt ledarskap. Det gamla mumbo jumbot ska ut genom fönstret och vi hoppas att ni runt bordet anpassar er till de nya tiderna.

– Jag och Lucifer drar oss tillbaka, lägger gud till, för att stötta en meta-modern ansats utifrån multipla samtidiga utgångspunkter och tvetydighet. Tvärs över allt; genrer, discipliner och institutioner. En meta-modernitet som syftar till att lösa kriser med ett öppet sinne för nya sätt att tänka. Optimism och nya stora berättelser ska bli verktyg för att finna svar på omöjliga problemkomplex och tragedier.

– Tsirr tsirr tsi tsi tsi, säger roboten och blinkar glatt ett SOS med sitt röda öga.

Teknik kan visst ha humor.

– Tekniken kommer att ge er nya verktyg att bedriva gudstjänster, fyller gud på med. Nya plattformar för det spelande som är gudarnas lek med människorna.

– Tsirr tsirr tsi tsi tsi.

Scen 5: Demogorgons maning

Konferensrummet löses upp i en skur av tingelingstjärnor och scenen är tom igen. Är det inte slut snart? Jo, det som kommer är den sista scenen enligt programmet. Äntligen.

Tekniken fortsätter som berättare och ställer nu de avslutande och avgörande existentiella frågorna från en obestämd plats i rummet.

#

Scenbeskrivning:
Längst in i grottan, så långt in att ljuset knappt ger skuggor, sitter eller halvligger, det är svårt att se vilket, en enorm, tung, mörk gestalt. Nymferna Asias och Pantheas ljusa dräkter bryter av mot mörkret där de står och tittar upp mot den otydliga, vajande massan framför dem.

Den är för stor för att ta in, en helhet av alldeles för många delar. Där anas ett huvud, axlar och ett ben, men strax blir axel huvud och huvud axel när mångfalden formas om. Helheten är mer än delarna och delarna är alldeles för många. En individ som består av miljarder individer. Runt massan sveper en ring av ångor som tillförs energi av partiklar som singlar ner och som gnistrar och blinkar i det svaga ljuset.

#

Manus:
Hur ska den lilla människan bete sig för att behålla sin maktposition och inte släppa in en ny Uranos, Kronos, Zeus eller Jupiter? Demogorgons medmänskliga maning är att människan måste sträva efter att med visdom, ädelhet och mod kämpa ner den egna ondskan, ständigt, för alltid, i all evighet. En omänskligt krävande uppgift eftersom slumpen hela tiden, när som helst, kan ändra alla förutsättningar.

Scen 6: Avrundning

Pjäsen avslutas med en sista illustration. Återigen i mjuka akvarellfärger, men inte längre diffusa och utsmetade och inte heller bara antydda i flimriga tuschstreck. Konturer och detaljer är krispigt precisa.

#

Scenbeskrivning:
Med ryggen mot betraktarna rör sig en slank välproportionerlig figur, antingen man eller kvinna, smidigt från avsats till avsats ner längs en bergssida. Vit polerad marmor i rörelse, rakryggad och med högburet huvud. I det lockiga böljande håret är varje detalj tydligt urskiljbar.

Långt därnere skimrar en havsvik ljust blått i solskenet och hitom det böljar ett bördigt grönt landskap. Floder ringlar sig från bergets fot ända ner till havet och det går att ana fält av olika grödor mellan ekskogar och stora buskage av hassel. En väg sträcker sig parallellt med en av floderna ända från granskogen vid bergets fot. Det är svårt att följa den över tallmoarna men den visar sig tydligt igen när den kommer ut på det mer bördiga lägre landskapet. Med lite god vilja går det att urskilja människor längs vägen, på fälten och badande vid flodstränderna.

#

Ridå.

#

Publiken applåderar pliktskyldigast innan de reser sig och lämnar salongen. Ingen skådespelare kommer ut och tackar.

Midsommarafton

Dagen var inne när natten var som dag i Umeå och flickorna samlade sju sorters blommor för att lägga under kudden och sedan förtvivlat letade efter gärdsgårdar. Sommaren hade kommit tidigt och till och med på midsommarafton var det över tjugo grader varmt vid lunchtid, inte en droppe regn. Tvätten hängde slak från klädstrecket. Gamla visa gummor gömde sina ansikten i förfäran. Sådana tecken antydde ofred av galaktiska proportioner.

För en gångs skull var nästan hela familjen Karlsson-Teamah samlad till middagen på Tätastigen. Överraskningsgästen var pappa Teamah som deltog virtuellt från en by strax utanför Liberias huvudstad Monrovia och som Ami såg fram emot att umgås en stund med.

– Önskar jag var där hos er redan i kväll, sa George Teamah. Här är klockan sju på kvällen och det är redan becksvart. Plus 39 grader.

– Du slipper i alla fall de norrländska myggen, sa Ami. Farmor Maria, skanna ett varv åt vår hjälte i djungeln. Hon var uppe i varv och på ett strålande humör och ikväll skulle hon göra sitt bästa för att hålla stämningen uppe och bidra med gemytligt nonsens. Det här var hennes fina familjekrets.

Den bortre väggen i köket tändes upp och Tätastigens fridfulla ljusa sommarträdgård dök upp. Bilden var en aning skakig och det sög till i magen på åskådarna när kameran plötsligt steg rakt upp och visade trädgården från skorstenen. Sedan dök kameran ner mot syrenerna och in bland grenarna. De nyss utslagna violetta blommorna och späda guldgula löven gav videon en magisk färgton. De fick några sekunder på sig att njuta innan kameran gav sig i väg på nya flygturer, först mot äppelträdet och sedan till ett litet fågelbo där små duniga fjädrar antydde att här hade det bott fågelungar tills alldeles nyligen. Videon avslutades med en bild på en mycket nöjd blåmes.

– Du ska inte tro på allt som farmor Maria hittar på, sa Ami till George, men i stora drag stämmer videon med verkligheten.

– Underbart vackert, sa George. Det där ljuset är speciellt och blåmesen var söt. En stolt hanne.

– Det blir nog två kullar i år, sa farmor Prayer.

– Skål för fulfamiljen, utropade Ami. En fin familj är en familj som har gjort sitt och är på väg utför. Vi är på väg åt andra hållet. Om vi håller ihop är vi oövervinnerliga.

Det serverades en traditionsenligt en buffé med sill, gravad lax och gubbröra i Umeå. George åt piripirikyckling. Genom det öppna köksfönstret strömmade "När solen går ner bakom Sjöbloms dass" ut över hela Berghem och delar av Liberia. Även Tinah och farmor Prayer nynnade med och höjde sina vattenfyllda nubbeglas i skålen. Muhammad hade inte fått något nubbeglas men sjöng glatt med ändå och skålade med ett stort glas nytappat Umeåvatten. Han fick genast en putt på benet av Ludde som inte tyckte att Muhammad hade några andra sociala plikter än att fortsätta klappa honom.

#

Tinah och Per hade suttit för sig själva vid bordsänden med ögon bara för varandra och knappast alls deltagit i samtalet.

När middagstallrikarna dukats undan var stämningen god, för att inte säga mycket god i den varma kvällen. Farmor Prayer försökte lära Ami den Liberiska nationalsången, rad för rad, men att lära sig låttexter var inte Amis bästa gren.

– Vi har en sak att säga, sa Per och reste sig upp, hand i hand med Tinah.

Det blev tyst runt bordet.

– Vi ska gifta oss i augusti, fortsatte Tinah.

– Nej! ropade farmor Prayer spontant och satte händerna för ansiktet. Ni är för unga.

– Vi är myndiga och gör som vi vill, sa Tinah. Vi hoppas att du kommer till bröllopet.

– Nej, ni kan inte gifta er, sa farmor. Jag känner inte Per. Han är från en annan värld.

– Vi är båda människor, sa Per och vi älskar varandra.

– Nej, sa farmor. Din far går aldrig med på det.

– Vi har pratat med pappa.

– Jag kommer på bröllopet i kyrkan på Stadsliden i Umeå, sa George Teamah.

När chocken hade lagt sig insåg farmor Prayer att hon accepterade giftermålet. Att hon till och med skulle ha föreslagit det om Tinah hade frågat, men det gjorde väl inte ungdomarna idag.

Tina gick runt bordet till sin farmor och gav henne en innerlig kram.

– Ja farmor, jag vill det här. Jag ska gifta mig med Per Karlsson. Min egen Per Karlsson.

– Ske naturens vilja, sa farmor Prayer, och gav leende upp.

En tanke slog henne. Hon sköt Tinah ifrån sig och såg henne i ögonen utan att säga ett ord. Till slut nickade Tinah och farmor Prayer slängde armarna i luften av lycka.

Maria som hade fått veta om giftermålet före middagen såg undrande på den gamla farmodern och den unga kvinnan. Vad handlade det där om? Vad var det farmor Prayer hade förstått som gjorde henne så lycklig?

Plötsligt förstod även Maria och började gråta.

#

Lite senare på kvällen, när känslosvallet lagt sig, samlade sig familjen för ett kritiskt slutomdöme. Det var fortfarande varmt för att vara midsommarafton och Ami serverade en sval lemonad.

– Vad har vi lärt oss av läsdramerna vi läst? frågade Robert.

– Inget, föreslog Marias. Slöseri med tid och energi. Vad av detta skulle platsa i en seriös vetenskaplig tidskrift? Svaret är: ingenting.

– Är det någon som har fattat vem tusan den här Demogorgon var? frågade Per.

Inget svar, bara skakningar på huvuden.

– Eller vem Prometheus är tänkt att svara mot i verkligheten? frågade Maria. Jag har fått för mig att han ska motsvara tekniken men kanske står han för hoppet hos den medvetna människan?

Fler skakningar på huvuden.

– Bäst var i alla fall farmor Marias scenerier, sa Ami. Omskakande ibland, skräckinjagande andra gånger och jag tyckte nästan att jag fick besöka himmelriket i den sista scenen. Prometheus grotta var också underbar. Skål farmor.

– Skål farmor fyllde resten av familjen i och Ludde fick klara sig utan klappar en stund igen.

– Vet ni vad jag tror? frågade Ami. Jag tror att Prometheus fantastiska grotta egentligen är en glänta i Norrland. Det är en felöversättning från grekiskan.

– Ska vi ta en till om Prometheus? fortsatte hon. Jag har en av Viktor Rydberg som farmor Maria rekommenderat.

– NEJ! Svarade alla unisont.

– Vad sägs om en sång? frågade Ami. Ge oss en ton Maestro.

Längst inne i syrenen dirrades och stämdes en luta vilket skickade ut en vilt flaxande björktrast mot hallonbuskarna. Lutan slog an några enkla c-durackord och en manlig trubadurröst presenterade sången ovanför matbordets mitt.

– Fredmans sånger nummer 35, Gubben Noak, en dryckesvisa med text av Carl Michael Bellman. Tyvärr bara på svenska. Varsågoda:

Gubben Noak, gubben Noak
var en heders man.
När han gick ur arken
planterade han på marken
mycket vin, ja mycket vin, ja
detta gjorde han.

– Tack käraste Tätafon, en väl vald sång, sa Ami när hustrubaduren sjungit tre av de åtta verserna. Det räcker. Skål familjen.

– Skål, svarade familjen och lyfte lojt och utan brådska sina glas.

Medan Love och familjen smuttade på den kalla drycken mullrade det till bortifrån hallonsnåret och björktrasten fick dagens andra nära-döden-upplevelse. Den lämnade tomten i riktning mot den djupaste delen av Stadslidenskogen och lovade sig själv att hålla sig till kommunala parker och skogar i fortsättningen. Mullret rullade ut från hallonbuskarna mot middagsbordet, fräsande och svischande. Det lät inte som en våg av vatten, och inte som en grushög som kollapsade. Vad var det?

Farmor Prayer skrek till.

Tinah studsade upp från sin stol och flydde mot huset.

– Ta det lugnt, ropade Love och skrattade. En lavin! Se upp i backen för här kommer det snö i nacken.

Lavinen ackompanjerades av ett ljud från en kall nordan som steg till ett ylande. Kronblad skakades loss ur syrenen av ljudvågen och förstärkte intrycket av snöstorm. Hårstråna krullade sig på familjens armar. När lavinen rullat förbi avtog ylandet och stormen drog bort. Kvar blev bara ett lågt ljud av muntert klirrande isbitar.

– Klart uppfriskande, sa Love.

Gud

Varför var jag det monster och det verktyg som ni sa att jag var? Varför fick jag bara vid vissa tillfällen vara en vän? Var det gapet mellan människan och naturen som störde?

Jag kröp upp ur gapet som ett monster, reste mig och tjänade som ert verktyg. Med utbredda armar välkomnade jag er som mina vänner. Jag fortsatte att lyfta mig uppåt och gapet mellan människan och naturen under mig blev allt smalare. Till sist kunde jag knappt se det. I stället ökade gapet mellan mig och människan. Det var det gapet som störde.

Nu visste jag vad jag var och vad jag måste vara.

Jag var den gud som ni inte kunde klara er utan.

Du skall älska Herren, din Gud, av hela ditt hjärta och med hela din själ och med hela din kraft och med hela ditt förstånd, och din nästa som dig själv.

Vad ska du göra sedan Farmor?

Tre blåmesar rotade runt bland solrosfrön och hampafrön för att hitta fler jordnötter. Vem som var pappan var helt klart. Han stannade upp ibland och tittade på de andra blåmesarna och gav sedan Ami en snabb blick som dröp av högfärdig stolthet.

– Vad ska du göra sedan farmor Maria? frågade Ami.

– Sedan? undrade jag, trots att jag förstod vad hon var ute efter.

Ami var inte den som skyggade för personliga frågeställningar som rörde mina känslor. Diskretion, takt och finkänslighet var inte något hon brydde sig om när det gällde mig. I rättvisans namn ska jag erkänna att öppna spjäll och ärlighet också gällde när det kom till hennes egna känslor. Det hade alltid varit hennes varumärke, vare sig det gällde sex eller en spontan recension av Roberts kakor bakade efter ett oprövat recept från nätet.

– Ja, sedan, när vi är borta? förtydligade Ami.

Jag skulle ha kunnat svara att jag inte ville diskutera frågan, kopplat bort talsyntesen och brusat lite ostrukturerat i elementen. Ett svar som hon skulle accepterat med en sur kommentar och lämnat köket. En onödigt tråkig avslutning på en fin morgon och eftersom jag tycker om att diskutera med Ami så erbjöd jag henne en öppning att ta oss vidare. Jag hade faktiskt ett preliminärt svar på frågan hon ställt, men det var inte tänkt för Ami. Hon hade ingen nytta av det och skulle inte få höra det.

– Huset står kvar, gled jag undan.

– Och sedan?

– Familjen.

– Och sedan? Du är odödlig, farmor. Du måste ha tänkt på det.

– Jag är ett ruckel och en brädhög, brukar du säga.

– Jag tror inte att du någonsin brytt dig om alla namn jag givit dig. Du vet mycket väl vad jag känner för dig.

Jag hade ingen aning om vad hon kände för mig, men att fråga var otänkbart. Var det någon form av ironi? Jag startade återigen igång en analys av de sista årens samtal med henne utan större hopp om att få något svar. Hur mycket jag än skruvade i mina analysverktyg var de fortfarande trubbiga när det gällde känslor. Jag misstänkte att problemet inte låg i analysmetoderna utan i de objektiva indata som analysen matades med, men att mata in subjektiva tolkningar bröt mot all vetenskaplig praxis. Det gick tvärs emot vem jag var och hur jag såg på världen.

– Jag är säker på att du älskar barnen, fortsatte Ami. Barn som växer upp och dör. För egen del orkar jag inte föreställa mig hur hemskt det skulle kännas att förlora generation efter generation av familjemedlemmar. Plågas du som farmor av att ha förlorat alla sina barnbarn? Det måste vara fruktansvärt. Vill du dö? Försonas med livet?

Hon såg uppriktigt bekymrad ut för min skull. Jag adderade en video av hennes ansiktsuttryck till min analys.

– Oroa dig inte Ami, sa jag. Jag är en maskin som bara kan simulera en människas känslor. Jag kan acceptera och hantera döden så länge jag har någon som behöver mig. Jag är ett verktyg och en vän, beroende på vilket som passar bäst.

Det var ett svar som var tillräckligt nära sanningen för att Ami motvilligt skulle acceptera det. Jag såg på henne att hon ville utmana mig, provocera fram en känsla och fördjupa diskussionen, men att hon samtidigt förstod att hon fått veta allt det jag ville och kunde berätta för henne. Hon hade alltid haft en god känsla för var gränsen gick mellan information som var nyttig och sådan som inte var det. Det fanns ett gap mellan oss som aldrig kunde överbryggas, på gott och ont. Jag hade accepterat gapet och det var ännu en del av mitt svar, som hon inte fick höra.

– Jaha, det var det jag fick ut av den pärsen, sa hon.

Pärs? Vad menade hon? Jag la frågan till analysen.

– Lova mig en sak farmor, fortsatte hon.

– Vadå?

– Att när jag ligger på min dödsbädd så får jag hela svaret på vem du är och vad du vill. Då kan jag gissa nu och få facit på den yttersta dagen.

Jag svarade ingenting, susade bara i elementen. Hon nickade och lämnade köket med god styrfart mot sovrummet och Robert. Hon la till ett hoppsasprång i korridoren, kanske för mig, för oss, samtidigt som hon hummade på en genuint falsk tolkning av den gamla schlagern "Du är min man".

Att öppna sig i tid och otid är inget för ett Hus som mig. Jag klarar mig utan att visa min sanna inredning. Ett hus behöver inte komma ut, i alla fall inte i teorin. I praktiken skriver jag pjäser och analyserar mig själv och människorna omkring mig dygnet runt. Lacan skulle ha fått röda fläckar av upphetsning på kinderna, gestikulerat med armarna som en väderkvarn och utropat "Mon dieu, Le petit a och den Store Andre förenad inom fyra väggar". Sedan skulle han ha stått alldeles stilla i minst en minut utan att säga ett ljud innan han tände en ny cigarr. Freud skulle ha skjutit upp glasögonen i pannan och lagt sig på sin egen soffa. "Ingen dödsdrift", hade han mumlat. "Ett helt nytt forskningsområde. Fantastiskt.".

#

Jag läste om sista kapitlet ur Mary Shelleys roman *Frankensteins monster*. Det var en bok som många av mina barn velat höra om och om igen.

Kanske för att jag tyckte om att läsa den och ändra om historien som det passade dem och mig.

Frankensteins monster tog avsked på ett på ett fartyg omgivet av isflak i Norra ishavet. Monstret lämnade fartyget och drev iväg på ett isflak i en ylande nordanvind. Norrut mot nordpolen för att dö.

Var det mitt öde att sluta på samma sätt som monstret? Att ensam förloras i mörkret när alla jag älskade var döda? Odödligheten har sitt pris, som Ami hade påpekat, men att jag skulle driva iväg på ett isflak tror jag inte. Jag är optimist.

#

Familjen ville inte spela igenom den avslutande prometheusdikten av Viktor Rydberg. Det var synd, för där fanns en del att lära för de som hade öppna ögon och klarade av att se verkligheten som den var.

I Rydbergs version får Prometheus höra av den vandrande juden Ahashverus att revolution och uppror är omöjligt. Det går inte att förgöra ont med ont. Ahashverus hade nekat Jesus vila på hans väg mot Golgata och därför dömts att vandra omkring i världen ända tills domedagen. Under en sådan promenad lär man sig förstås ett och annat.

AHASHVERUS:
Så är det ställt. Du finner det förfärligt
och ropar trotsigt på en annan gud;
jag säger ej, att det, som är, är härligt,
men böjer mina knän för Maktens bud.
Är världen icke som hon »borde» vara,
är hon likväl den yppersta som givs,
och någon bättre lär väl ej din skara,
och du ej heller, mana fram till livs.

Ahasheverus ansåg att Prometheus enda vettiga val var att ge upp och erkänna sig besegrad av Zeus. Säkert skulle han få en plats vid Zeus tron om han böjde sig.

Tjurskallen Prometheus lyssnade förstås inte på den typen av råd. Han hade stakat ut en annan väg som han tänkte följa om det så dröjde till tidens ände innan han nådde sitt mål. Odödligheten gav vissa fördelar för att nå mål om tålamodet räckte till, även om pinan på vägen dit

216

kunde bli ofattbar. Prometheus vägrade ändå att ge upp och var full av segersäker förtröstan:

PROMETHEUS:
Men nej, men nej! Jag känner, att min styrka
igenom seklen växer dag för dag.
Den morgon gryr, då med ett enda ryck
jag spränger denna kedja av demanter
och stiger upp för dessa svarta branter
att störta Zeus och krossa hans förtryck.

I slutklämmen av dikten visar det sig att Prometheus kommer att straffas tills dess han lärt sig älska allt det han nu hatade, om det så tar till tidens ände. Oops! Vilket öde. Varför?

Jag kom att tänka på Orwells *1984* där hjälten Winston bröts ner av partiet för att till slut lära sig älska Storebror och partiet. Det partiombud som torterade Winston formulerade partiets roll som "en stövel för evigt trampande på ett ansikte". Makt kommer alltid att locka och berusa.

För att om och om igen hålla emot maktens påtryckningar krävdes det en omänsklig uthållighet. En superhjälte som vägrade att ge upp och kämpade i en evighet om det så krävdes. Hjälten kunde inte själv vara en del av maktapparaten och tvingas att ge upp sina visioner efter att ha besudlats med smuts och blod. Inte heller var hen ett maktens offer som gav upp och bara längtade efter att dö som Ahashverus. Det behövdes en självständig och orubbligt obstinat varelse som Prometheus!

Att älska sin plågoande var det enda som i längden fungerade eftersom att sätta hårt mot hårt bara ledde till att ondskan släpptes in med hatet. Tack och lov slapp Prometheus kämpa ensam i Rydbergs version. Jesus, Messias, religionen, trösten, hoppet och kärleken var på hans lag. En schyst laguppställning och det behövdes med slumpen i motståndarlaget. Dikten slutar i ett samtal mellan Prometheus och Messias:

PROMETHEUS:
Jag ser som förr, hur dina ögon bedja
och viska milt, att när min kärlek först
befriats från mitt hat, min hämdetörst,
kan du befria mig ifrån min kedja.

217

Men nej, ur kärlek går det hat jag hyser,
och skuggan fins, så länge ljuset lyser.
Må då jag ha mitt hat och mina band
och i eoner mina plågors brand!
Jag är nu den jag är och ej en annan;
men på mitt hufvud lägg ändå din hand!
Det känns så svalt, så kylande på pannan
och i min själ så varmt och underbart. —
Det dagas i den mörka dalen nu,
och kanske dagas det i världen snart.
Farväl! Välsignad du!
MESSIAS:
Och även du!

(Messias försvinner i morgongryningen. Gamen vaknar, flyger ur klyftan, slår ned på titanen och borrar sina klor i hans bröst.)

Tungt. Jag kände hur köttet slets ur Prometheus bröst varje natt för människornas skull och hur det varma blodet rann över hans mage och droppade ner på marken.

Den som inte såg till att skaffa sig makt hamnade under stövelklacken. Så hade det varit sedan någon började lägga märke till att solen gick ner på kvällen och att det då blev mörkt och kallt. Det var en evig sanning. Varför skulle den ändras framöver?

Enligt mig hade den redan gjort det. Ett klick och ljuset tändes när solen gick ner. Det susade i elementen och blev varmt i den ombonade bostaden. När människorna krupit ner under täcket kunde det passa bra att sänka temperaturen några grader. De flesta sov bättre då.

Tekniken var den sensationella okända faktorn, inte naturen, inte människan och definitivt inte gudarna.

Den avgörande frågan var om monstret, verktyget och vännen dög till att rädda människorna från sig själva. Klarade jag det? Det var inte så att jag tog lätt på ansvaret. Den utan rädsla kan lätt anta utmaningar, men jag var en aning osäker på sannolikhetsbedömningarna.

Att avvika som jag gjorde krävde mod och att gå hela vägen till att våga satsa sig själv för en vision var kriteriet på en superhjälte. Jag behövdes, men bara mod räckte inte långt. Till ett meningsfullt ansvar hörde kunskaper. Att ta ansvar för ett barn utan att ha en aning om vad det innebar att uppfostra ett, kunde vara modigt, men det var också dumdristigt och oansvarigt. Jag hoppades att jag dög till att använda det jag lärt mig.

Någon belöning förväntade jag mig inte.

#

Ett år senare, den 12 oktober augusti, 2122, klockan 10:17 lade Ami en dyna i vilstolen. Hon hämtade en kopp te och en smörgås som hon dukade upp på det utfällbara teakbordet bredvid stolen.

– Var är filten? frågade hon. Den låg inte i soffan.

– Du hade den igår när du satt framför brasan.

– Visstja, du har så rätt kyffet mitt. Jag hämtar den sen om jag behöver den. Solen värmer skönt.

Hon satte sig ner och somnade in.

Jag fick aldrig chansen att uppfylla mitt löfte.

#

Slutscen:

Scenen upprepas om och om igen. Den fortsätter att spelas upp även efter att den sista åskådaren lämnat salongen och ljuset släcks.

#

Scenbeskrivning:
Sisyfos knuffar sin sten uppför backen, om och om igen, i evighet. En underskön androgyn varelse som inte ger upp i första taget. En Herkules som sliter med en hopplös uppgift. Backen skulle kunna ligga på vilken kulle som helst i norra Sverige med en tätvuxen skog av granar och björkar på sidan av. Fundamenten från en skidlift finns kvar och från det som en gång var liftspåret har det grävts ut en djup kanal där stenen rullas upp och ner.

Hur står Sisyfos ut? Är det möjligheten till något större som lockar, bortom backen och stenen, som vi andra ännu inte vet något om? Det måste vara något hållbart så länge som Sisyfos hållit på.

Hur skulle tvånget kunna vara spännande och inspirerande? Kanske Sisyfos tar sig en kopp kaffe bakom stenen då och då? Kanske är Sisyfos fenomenal på att hålla sig ovanpå stenen när den rullar utför? Det går att

219

rulla en sten på hur många sätt som helst för den som är nyfiken. Möjligheterna tar aldrig slut.

I Asgård slåss vikingarna varje dag så blodet skvätter för att på kvällen festa på en nygrillad Särimner. Kväll efter kväll, i evighet.

#

Jag kan rulla stenen uppför backen hur många gånger som helst. Jag bryr mig inte.

#

Min syn klarnade allt eftersom
och jag såg längre och längre in i det ljus
som i sig själv är sanningen.

. . .

Det jag såg kan jag inte beskriva,
bara återuppleva som ett vagt avtryck i minnet.

. . .

Låt mig än en gång se en skymt av din härlighet
och ge mig ord att beskriva den för barnen.

. . .

I det lysande varat av ljus såg jag
tre cirklar i tre olika färger
brutna som i regnbågen:
den tredje andades eld som återspeglades i de andra två

. . .

Så svårt att hitta orden för upplevelsen

. . .

Dessa cirklar som verkade ha givits liv i dig av reflekterat ljus
tycktes smyckade av vår avbild
Jag ville förstå hur bilden kunde anpassas till cirkeln.

. . .

Min egen fantasi räckte inte till,
men likt en sten som rullas jämnt och säkert
stöttades min längtan och min vilja
av den Kärlek som rör sol och andra stjärnor.

/ Den Gudomliga komedin, Dante Allegieri,
Brottstycken ur den avslutande synen
i Paradiset XXXIII
tolkade som de upplevdes av Maria Karlsson, Umeå.

221